이국에서

이승우 장편소설

이국에서

이승우 장편소설

은행나무

차례

1

6개월의 시간이 황선호에게 주어졌다. 정확히 5개월 19일. "짧지는 않지만, 그렇게 길지도 않을 거야. 정확히 말하면 5개월 하고 29일이 남았네." 열흘 전, 인구가 300만에 육박하는 광역시의 수장은 그렇게 말하며 황선호의 어깨를 툭툭 두드렸다. 300만은 알바니아나 몽골국의 전체 인구와 비슷한 숫자이다. 물론 이보다 인구가 적은 나라도 많을 것이다. 이 광역시가 작지 않은 도시라는 뜻이고, 그만큼 시장의 영향력이 만만치 않다는 뜻이기도 하다. 이 광역시 시장 출신 정치인 가운데 여러 명이 대통령 후보로 나섰다. 물론 대통령이 된 사람은 아직 없다. 그러나 이 도시의 시장이 대권 후보로 가는 유력한 코스 중 하나라고 생각하는 사람이 여전히 많다.

　그 말을 들은 날로부터 열흘이 지났다. 황선호는 그의 어깨를 툭툭 두드리던 시장의 손길이 느껴져 몸을 웅크리곤 한다. 긴 시간 비행기를 타고 아주 먼 곳으로 이동해 와 있는데도 그렇다. 열흘은 길지도 짧지도 않다. 어떤 일을 하기에는 길고 어떤 일을 하기에는 짧다. 그러나 오랫동안 해오던 일을 그만두고 모든 것이 낯선 공간으로 이주하기에 충분한 시간이라고 할 수는 없다. 보보는 그가 살아온 인구 300만의 광역시보다 면적이 세 배쯤 크고 인구는 두 배쯤 적은 도시국가다. 공식명칭은 보보민주공화국. 유럽 대륙의 여러 큰 나라들이 이 땅을 오랫동안 지배해왔다. 2차 세계대전이 끝난 후 독립국이 되었지만 그 후로도 내전이 끊이지 않았고 최근까지 쿠데타를 통한 권력 주체의 변동이 일어나는 등 정치적으로 매우 불안정한 나라이다. 보보는 나라 이름이기도 하고 수도 이름이기도 하다. 보보시는 보보민주공화국의 수도이고, 행정구역상 하나밖에 없는 도시이다. 보보민주공화국의 국민은 모두 보보시의 시민이다. 황선호는 최소한 이 도시에서 6개월, 시장의 정확한 계산대로라면 5개월 19일 이상 살아야 한다. 그 기간은 조금 더 길어질 수도 있다. 어쩌면 아주 많이 늘어날지 모른다. 황선호는 그런 예감이 싹트면 애써 누른다. 그러나 누른다고 눌러진다면 그게 예감이겠는가. 황선호는 되도록 자신의 미래를 상상하지 않으려고 한다. 내일 자기가 어떤 사람일지 알 수 있는 사람은 없다. 내일의 나는 오늘의 나에게는 타인이기 때문이다. 타인은 모르는 사람이다. 모르는 사람에 대한 상상은 허공에 그림을 그리는 것처럼 허전한 일이다. 모르는 사람에 대해 우리는 아무 권리가 없다. 그런 생각을 하며 황선호는 다만 오늘을 사는 사람이려고 한다. 어떻게든 오늘을 살아내려 한다. 그러다 보면 그날에 도달할 것이다. 익숙한 곳을 떠나 낯선 곳으로 향할 때 그의 마음에 웅크린 생각이 그것이었다.

황선호는 현재의 자기 상태를 텅 빈 자루에 비유한다. 이 도시로 이동하면서 그의 자루는 완전히 비었다. 그가 있던 광역시에서는 필요해서 채웠던 것들이 이 도시에서는 아무 데도 쓸모없는 것이어서 비워야 했다. 그 광역시에서 그는, 마치 그것이 자기 삶의 목적이라도 되는 것처럼, 아니, 그런 생각조차 하지 않고, 할 겨를도 없이, 그저 관성처럼 무언가를 가득가득 채우며 살았다. 반성할 여유 같은 것은 가져본 적이 없었다. 그래서 그의 자루는, 그 도시에 사는 대부분의 사람들이 그런 것처럼 언제나 가득했다. 가득한데도 충분하지 않아서 늘 허둥거렸다. 자루 속에 가득한 그것들이 정말로 필요한 것인지는 말할 수 없고, 말할 필요도 없다. 가득 채운다는 것, 그것만이 언제나 중요했으니까. 무엇으로든 가득 채워야 했으니까. 그렇지 않으면 불안했으니까. 다들 그렇게 살았으니까. 그를 추동한 것은 성찰이 아니라 모방과 관성이었다. 모방과 관성에 따라 반사적으로, 또는 경쟁적으로 그저 주워 담았을 뿐이고, 그러니까 그의 자루에 정말로 쓸 만한 것이 얼마나 들어 있었는지는 말할 수 없다. 그런 생각이 모방과 관성이 지배하는 현장을 떠나자 비로소 어렴풋이 찾아왔다.

그리고 이제 그 빈 자루에 무엇이 채워질지 황선호는 예측할 수 없다. 예측하지 않으려 한다. 아니, 무엇을 채우려는 시도 같은 것을 하지 않으려 한다. 그는 보보에 이제 막 도착했고, 이곳은 처음이고, 처음이므로 아는 것이 거의 없었고, 무엇보다 이곳에서 해야 할 과제가 없었다. 부여받은 과제가 없다는 것은 적어도 이곳에서 살아갈 날이 5개월 19일 이상 남은 시점에서 그가 분명히 말할 수 있는, 어쩌면 유일한 진실이다. 부여받은 과제가 없다는 것과 그의 삶이 빈 자루라는 건 관계가 있다. 그는 과제 없는 빈 자루의 시간을 이 낯선 도시와 함께 받았다. 그러니까 5개월 19일이라는 시간은 그의 계산 밖에 있는 시간이다. 그의 시간을 기획할 수 있는 사람은 그가 아니다. 언제나 그랬지만 보보에서는 더욱 그렇다. 굳이 말하자면 그 시간은, 그가 '보스'라고 부르는 광역시장의 계산 속에 있는 시간이다. 보스가 시간이 되었다고 하면 황선호는 이곳에서의 시간을 중단하고 왔던 곳으로 돌아갈 것이다. 확실한 것은 그것뿐이다. 그 시간이 5개월 19일이라는 건 하나의 가정이다. 시간이 앞당겨질 만한 일이 일어날 거라는 예감이나 기대 같은 건 없다. 물론 그런 일이 일어나지 않을 거라는 예감이나 기대 역시 가지고 있지 않다. 예감이나 기대는 그의 몫이 아니다.

"지금 나는 빈 자루와 같다." 그는 호텔 창문을 통해 출렁이는 바다 물결을 바라보거나 아직 익숙해지지 않은 이 지역 특유의 향신료 냄새를 견디며 식사를 하다가 최면을 걸듯 가끔 중얼거린다. 그 말을 할 때 들이마시거나 내보내는 공기의 양에 따라 그 말은 터무니없는 상황을 무기력하게 받아들이는 것처럼 들리기도 하고 대범하게 무엇이든 훌쩍 초월해버린 것처럼 들리기도 한다. 어느 쪽이든 빈 자루와 같긴 마찬가지다. 그러나 물론 그 목소리를 듣는 사람은 그 말고는 없다. 비어 있는 공간을 무엇으로든 채우려는 것이 자연, 특히 인간의 본성이라는 것을 감안하면 그의 빈 자루도 머지않아 무엇인가로 채워지기는 할 것이다. 그러나 그 목록이 그의 머릿속에 들어 있지 않다는 건 확실하다.

광역시에서 황선호는 원하는 것이 많았고 원하지 않는 것도 많았다. 아침부터 밤까지 할 일이 많았고, 하지 않을 일도 많았다. 하지 않으면 안 될 일들과 해서는 안 되는 일들에 둘러싸여 살았다. 하지 않으면 안 될 일을 하지 않기도 하고 해서는 안 되는 일을 하기도 하면서 살았다. 달래거나 반박하거나 으르거나 구슬려야 하는 사람들, 올리거나 내리거나 돌려야 하는 문서들, 주거나 받거나 물리쳐야 하는 돈들, 기회들, 사건들. 그것들 가운데 그는 늘 있었다. 그것들의 일부로, 때로는 핵심으로, 물론 일부에 지나지 않은 핵심으로 그는 존재했다. 일과 문서와 사람과 사건들. 야망과 의심과 음모들. 그것들 가운데서 그는 욕망하고 싸우고 타협하며 살았다. 그것들 가운데서 그는 으르렁거리고 속삭이고 덫을 놓고 덫에 치이고 칼을 숨긴 채 웃고 칼을 숨긴 웃음에 찔리며 살았다. 그것들이 그를 지배하고 그는 그것들에게 끌려다녔다. 간혹 그가 그것들을 지배하고 그것들을 끌고 다니는 것 같은 모양새를 갖추기도 했지만, 모양은 모양일 뿐이었다. 그것들과 함께 있을 때 그는, 다른 많은 '그'들과 마찬가지로, 그것들에 의해 그것들의 일부로 불리었다. 그는, 다른 많은 '그'들과 마찬가지로, 그것들에 속한 자였다. 그것들이 그를 다루고 간섭하고 지배했다. 그것들이 그를 부리면서 그에게 지위를 부여하고 신분을 보장했다. 그는 그것들의 그였다. 그것들이 그의 그것들인 것처럼 보인 적은 있지만 실상은 현상과 달랐다. 그것들이 그를 규정했으므로, 그가 있는 곳이 그것들이 그에게 지정한 자리였으므로, 그 자리를 벗어나는 순간 아무것도 아닌 것, 공허, 빈 자루가 되어버린다고 세뇌되었으므로 그는 그것들에 달라붙어 있기 위해 필사적이어야 했다. 참여하고 기여해야 했다. 바람직하다고 할 수는 없지만 불가피했다. 생존은 바람직한가 바람직하지 않은가를 묻지 않는, 물을 수 없는 영역이다.

며칠 만에 야망과 의심과 음모들이 소용돌이치지 않는 곳, 달래거나 반박하거나 으르거나 구슬려야 할 사람들이 없어지고, 올리거나 내리거나 돌려야 할 문서들이 사라지고, 주거나 받거나 물리쳐야 할 돈과 기회와 사건들이 보이지 않게 된 현실은 비현실적이었다. 그는 해결해야 할 과제, 사람과 문서와 돈과 기회가 오가는 세계에서 아주 오랫동안 살았기 때문에, 그것들의 영향권에서 벗어나 살아본 기억이 아득했기 때문에, 갑자기 주어진 텅 빈 시간의 무한한 침묵 앞에서 먹먹해졌다. "휴가라고 생각해. 그동안 쉬지 않고 일했잖아. 보너스를 받은 거라고 생각해." 시장은 보스답게 말했다. 그때도 아마 그의 어깨를 두드렸을 것이다. 툭툭. 보스는 자주 그렇게 했다. 그것은 상대를 신뢰한다는 표현이면서 자기를 신뢰하라는 요구였다. 황선호는 자기가 받은 것이 휴가나 보너스라는 생각은 하지 않았다. 그는 꽉 찬 자루를 반납하고 빈 자루를 받았을 뿐이다. 수지를 따질 계제가 아니었다. 그러나 빈 자루가 꽉 찬 자루보다 무겁지 않다고 단언할 수는 없다.

2

　황선호는 어딘가로 떠나지 않을 수 없는 상황을 받아들여야
했을 때 자연스럽게 이 도시를 떠올린 자신에게 놀랐다. 보스
가 제시한 세 곳의 후보지 가운데 이 도시는 없었다. 세 곳 모
두 생소한 곳이긴 했지만, 보보처럼 낯설지는 않았다. 그것은
그와 함께 시장을 보스라고 부르는 측근 중의 한 명인 송이 만
든 자료를 볼 때까지 그도 미처 인식하지 못한 사실이었다.
"어디라고?" 보스는 그가 말하는 보보를 처음 듣는다고 했다.
"보보? 그게 어디 있는데?" 보스는 인터폰을 통해 그와 단둘
이 있는 시장실로 세계지도를 가져오게 했다. 황선호는 탁자
위에 펼쳐진 지도의 한 부분에 손가락으로 동그라미를 그렸
다. "어디? 어디가 보보야?" 보스는 지도에 눈을 가까이 붙이
고 물었다. 지도에는 보보가 표시되어 있지 않았다. "아마 여

기 어디일 겁니다." 황선호는 바다와 육지가 맞닿은 지점 한곳을 짚으며 자신 없이 말했다. 시장은 이마를 찡그려 주름을 만들고 왜 여기냐고 물었다. 심각한 결정을 해야 할 때 그는 습관적으로 이마에 주름을 만들었다. 상대방의 의도를 의심할 때도 그랬다. 황선호는 언뜻 시장이 자기를 의심한다는 생각이 들었지만 자기가 왜 그 도시를 택하게 되었는지 사실대로 말할 수는 없었다. 다른 사람을 이해시킬 만큼 조리 있게 말할 자신이 없었다. 그렇다고 그냥 불쑥 떠올랐다고 할 수도 없었다. 그렇게 무책임한 말을 입에 올릴 수 없었다. 그런 말은 시장을 언짢게 할 것이다. 그래서 그는 보보가 이번 프로젝트에 딱 어울리는 곳이라고만 말했다. "여기를 아는 사람이 없어요. 누구도 내가 여기에 가 있을 거라고 생각하지 못할 거예요. 우리 프로젝트에 제격이지요." 그는 프로젝트라는 단어를 강조해서 말했다. 시장은 이마의 주름을 펴지 않은 채 무엇인가를 끄집어내려는 것처럼 황선호의 눈을 주의 깊게 바라보았다. 황선호의 얼굴에는 표정이 없었으므로, 그리고 숨기고 있는 것 역시 없었으므로 시장은 아무것도 찾아내지 못했다. "검토해보자고. 자네가 이유 없이 여기를 추천한 건 아닐 테니까."

이틀 후 시장이 정치에 입문할 때부터 그림자처럼 데리고 다니는 측근 중 한 명인 송이 황선호와 시장 앞에서 보보민주공화국에 대해 브리핑했다. 예측한 대로였다. 송이 제일 먼저

한 말은 치안이 좋지 않다는 것이었다. 20세기 중반 유럽 제국의 식민 통치에서 벗어났지만 그 이후 오랫동안 내란의 과정을 거쳤고, 현재는 쿠데타로 집권한 군부의 독재가 몇 년째 이어지고 있다고 했다. 게다가 여전히 종교가 다른 두 민족의 갈등이 심각하며 안정적인 통치가 이뤄지고 있다고 보기는 어렵다. 불안정한 정세와 치안 때문에 우리 정부에서도 여행 자제 지역으로 선포한 적이 있다. 주산업은 농업과 광업. 티타늄, 구리, 주석 등이 주산물이다. 국민 소득은 낮고 빈부격차는 크다. 우리 교민은 없는 것으로 파악되며, 영사조차 파견되어 있지 않다. 대륙의 끝에 붙어 있으며 국토의 대부분이 바다에 닿아 있다. 전쟁과 폭정과 가난을 피해 자기 나라를 떠날 수밖에 없게 된 이웃 대륙의 난민들이 인접해 있는 큰 나라로 들어가기 위한 경유지로 이 나라에 상륙한다. 국제기구와 선진국의 지원에 의해 운영되는 난민수용소가 보보의 해안에 설치되어 있다⋯⋯. "기후도 호의적이지 않네요, 1년 내내 기온이 30도를 오르내린다고 합니다. 관광객이 갈 만한 곳이 아닙니다. 정세가 안정적이지 않아서, 우리나라에서도 여행을 자제하고 있고요." 송의 설명을 보스는 주의 깊게 듣지 않았다. 적어도 황선호의 눈에는 그렇게 보였다. 그를 부르기 전에 먼저 설명을 들어 이미 알고 있는 내용일 거라고 황선호는 생각했다. 보스는 황선호의 표정이나 반응을 살피기 위해 같은 설명을 다시

하게 한 것이 분명했다. 상관없는 일이었다. 보보가 어떤 나라인지, 가령 관광에 적합한 나라인지 아닌지는 보스에게도 황선호에게도 중요한 문제가 아니었다. 숨어 있기 좋은 곳인가가 유일한 관심이었다. 그는 관광객으로 그곳에 가는 것이 아니고 보스 역시 그를 관광객으로 그곳에 보내는 것이 아니었다. "이런 데를 찾아내다니. 참 용하다는 생각이 들거든. 맞아. 자네 말대로 우리 프로젝트에 딱 맞지. 누가 이런 데를 생각이나 하겠어. 그렇긴 한데, 왜 하필 여기야?" 보스는 황선호의 입을 통해 무언가 더 분명한 말을 듣고 싶어 하는 눈치를 보였다. 자기 마음 한쪽의 찜찜함을 해소해달라고 요구하고 있다는 걸 황선호는 알아들었다. "하늘이 투명하고 태양빛이 순수하다고 합니다." 황선호는 무심한 듯 중얼거렸다. 그건 어디서 나온 정보야? 하고 묻는 시장의 시선을 그는 피했다. 다른 말로 하면 무지 덥다는 거지요 뭐, 하고 송이 덤덤하게 덧붙였다. 그 정보의 출처를 밝힐 상황이 아니기도 했지만 그 말을 불쑥 뱉어놓고 가장 많이 놀란 사람이 그 자신이었으므로 황선호는 답을 하지 못하고 송의 말에 고개만 끄덕였다. 미심쩍다는 듯 잠시 황선호를 바라보던 시장은 갑자기 호탕하게 웃었다. "하늘이 투명하고 태양빛이 순수하다면 뭐 지낼 만하겠구만. 거기다가 아무도 안 가는 곳이라니까, 무엇보다 우리 교민이 한 명도 없다고? 세상에, 그런 데를 어떻게 찾나? 안 그래?" 시장의 시선은 송을 향했고, 송은 지낼 만했으면 좋겠습니다, 하며 황선호를 보았다. 잠시 후에 시장이 다시 황선호의 어깨를 툭툭 쳤다. 그는 황선호가 왜 그 도시를 선택했는지 더 묻지 않았다.

1년짜리 비자가 4일 만에 황선호의 손에 쥐여졌다. 6개월은 짧지는 않지만, 그렇게 길지도 않을 거야, 정확히 말하면 5개월 하고 29일이 남았네, 하며 보스는 그의 어깨를 토닥였다. 그가 말하는 5개월 29일은 자치단체장 선거일까지의 시간이었다. 그날은 그가 인구 300만의 광역시장 재선에 성공해야 하는 날이었다. 더 큰 정치적 야망을 품고 있는 그에게 이번 선거는 놓칠 수 없는 기회였다. 그는 재선에 성공한 후 그 업적을 디딤돌 삼아 최고 권력의 자리로 진격할 계획이었다. 그 그림은 오래전에 그려져 있었다. 황선호는 그 그림을 같이 그린, 시장의 몇 안 되는 측근 가운데 한 명이었다. "어려운 결단을 내려줘서 얼마나 고마운지. 누구나 할 수 있는 결단이 아니지. 우리는 이미 승리한 거나 마찬가지야. 자네의 헌신을 절대로 잊지 않을 거야. 나만 아니라 우리 동지들 모두." 그리고 휴가와 보너스로 생각하라는 말이 이어졌다. 그러나 말한 사람이나 들은 사람이나 진심으로 휴가, 혹은 보너스라고 생각하지는 않았다. 다만 이 갑작스러운 휴가, 혹은 보너스가 불가피하다는 데에는 두 사람뿐 아니라 이른바 동지들의 생각이 같

있다.

그 아이디어를 낸 사람은 황선호였다. 선거를 몇 개월 남기지 않은 상황에서 시장의 뇌물 스캔들이 불거졌다. 건설업체로부터 받았다는 뇌물의 액수가 워낙 커서 깔끔하게 무마시키지 않는다면 선거운동은 하나 마나가 될 것이었다. 보스의 캠프 역할을 하는 기린팀은 비상 대책을 세우지 않을 수 없었다. 무조건 부정하거나 무대응만으로는 사태를 막을 수 없는 수준이라는 데에 의견을 달리하는 사람은 없었다. 물론 방어를 위한 싸움을 하자면 못할 것도 없었다. 그러나 그것은 평상시의 일이었다. 별것 아닌 일이 태산처럼 커지고 별 상관없는 일이 긴밀하게 연결되어 있는 것으로 뒤바뀌는 일이 이상하지 않게 벌어지는 마법의 시간이 선거의 시간이었다.

생각과 입장이 다른 사람들은 어디나 있기 마련이고 그런 사람들을 납득시키는 것은 악어를 길들이는 것보다 어렵다. 반대파가 있다는 것은 그가 정치인이라는 증거일 뿐, 나쁜 사람이라는 증거라고 할 수 없다. 세상에는 좋은 사람과 나쁜 사람이 있고, 그리고 정치인이 있다. 무슨 일을 하든 어떻게든 헐뜯는 데 혈안이 되어 있는 사람들이 한쪽에 있고, 무슨 일을 하든 찬양해 마지않는 사람들이 다른 쪽에 있다. 황선호의 보스가 정치인이라는 증거로 이보다 확실한 것은 없다. 한쪽 사람들은 시장이 의심의 여지가 없이 옳은 말이나 칭찬받을 일을 해도 고개를 갸우뚱하고 그 말이나 일에 어떤 저의가 있을 거라고 의심한다. 그 사람들에게 시장은 옳은 일을 할 가능성이 전혀 없는 사람이거나 옳은 일을 하면 안 되는 사람이다. 다른 쪽 사람들은 시장이 누가 봐도 옳다고 할 수 없는 말이나 일을 해도 옳지 않다고 비난하지 않는다. 그 사람들에게 시장은 옳지 않은 일을 할 가능성이 전혀 없는 사람이거나 옳지 않은 일을 한 사람으로 지목되면 안 되는 사람이다. 무슨 일을 했느냐가 아니라 누가 했느냐를 먼저 묻고, 그에 따라 반응한다. 판단은 행위의 내용이 아니라 행위의 주체가 누구냐에 따라 자동적으로 이루어진다. 똑같은 일이 용납할 수 없는 잘못이 되거나 불가피한 처신, 심지어 용기 있는 행동이 된다. 사실에 대한 분석과 이해는 빠지고 해석이 앞으로 나온다. 해석이 주관의 영역에 머물지 않고 사실을 바꾼다. 궤변이 이렇게 탄생한다. 그것이 정치의 영역에서 흔하고 당연하게 벌어지는 일이다.

해명과 은폐와 역공격을 통해 불거진 의혹을 어떻게든 덮을 수는 있겠지만 다른 쪽 사람들이 가만히 있을 리 없다. 여기저기서 의혹과 자료와 증인들이 쏟아져나올 것이고, 그것들을 막는다고 허겁지겁 뛰어다니다 보면 선거 결과는 불을 보듯 뻔해진다. 살얼음판과 같은 시간이 눈앞에 있었다. 살얼음판 위를 걷는 사람은 살얼음판 위를 걷는 것처럼 걸어야 한다.

"뒷문을 열어두면 안 된다." 보스가 기린팀에 내린 지침과 다른 의견을 가진 사람은 없었다. 회의에서는 여러 가지 방법이 거론되었다. 방어하는 것보다 중요한 것은 방어할 일을 없애는 것이고, 구를수록 커지는 눈덩이는 굴리지 않는 것이 최선이다. 잘잘못을 따지고 해명을 해서 이해시키는 것보다 더 좋은 것은 아무 일도 없는 것으로 만드는 것이다. 따지고 해명해서 설득시키려면 진흙을 뒤집어쓸 각오를 해야 하는데, 뒤집어쓴 진흙이 어디서 튀어나온 것인지 제대로 분간해낼 눈이 유권자들에게 있다고 기대할 수 없기도 하거니와 그러기에는 시간이 너무 촉박하기도 하다는 것이 기린팀의 판단이었다. 사실 잘못이 있는가, 얼마나 큰 잘못인가는 핵심이 아니었다. 그들과 정치적 입장을 달리하는 사람들이 그들을 어떻게 공격할지를 예측하고 대응하는 것이 중요했다. 그들을 설득할 수 있다는 희망을 품는 것은 순진하고 어리석은 일이었다.

반대쪽 사람들과 일부 언론이 대가성 있는 뇌물을 받았다고 떠들어대지만, 그들을 포함해서 어떤 사람도 해당 업체가 그 공공사업을 맡아 할 만한 자격이 없다고 주장하지는 않았다. 문제는 뇌물이지 그 회사의 능력이 아니었다. 하지만 뇌물이 없었다고 해도, 그러니까 공정하게 경쟁했다고 해도 사업권은 그 회사에게 돌아갔을 것이다. 뇌물이 없었다는 뜻이 아니라 뇌물이 업체 선정에 어떤 영향도 미치지 않았다는 주장으로 누구를 설득시킬 수 있을까. 정치에는 돈이 필요하고, 큰 그림을 그리고 있는 정치가에게는 큰돈이 필요하다. 그렇지만 황선호의 보스는 큰 정치를 위해 필요한 큰돈을 모으기 위해 함량 미달이고 무능하고 부패하고 자격 없는 기업과 기업인에게 특혜를 주지는 않았다. 그만큼 정의로운 것이 아니라 그만큼 어리석지 않은 것이다. 주겠다고 덤빈다고 해서 아무 돈이나 덥석 받아먹는 짓은 하지 않는다는 것, 그것이 보스가 처음부터 견지해온 일종의 원칙 같은 것이었다. 그런 사람들이 내미는, 원하는 것이 빤한 수상한 돈을 묻지도 따지지도 않고 챙기는 양아치 짓은 절대로 하지 않는다는 것. 큰일을 하기 위해 큰돈이 필요하니 안 받을 수는 없지만 그 대가로 자격 없는 자에게 부적절한 혜택을 제공하지는 않는다는 것. 무슨 일이든 항상 최적임자를 택하고, 그들을 상대한다는 것. 특정인이나 특정 기업이 광역시 내의 어떤 사업을 맡아 한 것이 객관적으로 타당하고 합리적으로 받아들여진다면, 설령 그 사람이나 기업으로부터 돈을 받았다고 하더라도 대가성이 있다고 할 수 없으므로 그것을 뇌물이라는 더러운 이름을 붙여 모함하지는 말아야 한다는 것. 그것이 보스와 황선호의 팀이 자신들을 합리화하는 논리였다. 돈을 받은 대가로 자격 없는 사람이나 기업에게 일을 맡겨 자격을 부여하는 경우 그 돈을 뇌물이라고 불러야 한다. 그런 돈은 주지도 받지도 말아야 한다. 그렇게 하면 자격을 갖춘 사람이나 기업이 불이익을 받는 일이 생기기 때문이다. 그러나 의심의 여지없이 능력이 뛰어나 어차피 일을 맡게 될 (자격을 갖춘) 사람이나 기업이 그 일을 맡은 것이라면, 설령 큰돈이 오갔다고 하더라도 그 때문에 불이익을 받는 사람이나 기업이 생겼다고 할 수 없으니까 뇌물이라고 비난해서는 안 된다는 논리. 보스는 받은 돈의 쓰임새에 대해서도 떳떳했다. 재산 늘리고 사치 부리고 유흥을 즐기는 식으로 사사롭게 쓰지 않았다. 보스는 그 점에 있어 유난히 엄격했다. 엄격하다기보다 치밀했다. 꼬투리 잡힐 일은 하지 말라. 언젠가 화가 될 일을 삼가라. 왜냐하면 우리에게는 큰 목표와 여정이 있기 때문이다. 보스는 자주 그런 말을 했다. 돈은 그 목표와 여정을 위해 모이고 쓰이고 보관되었다. 말하자면 미래자금이고 공공자금인 셈이었다.

그러나 그 논리로, 내부자들 말고 누구를 설득시킬 수 있을까. 그것으로 무슨 일이든 일단 의심부터 하고, 그 의심에 근거하여 비난하고 공격하는 이들을 어떻게 설득시키겠는가. 기린팀 사람들은 그런 논리를 폈을 때 돌아올 돌팔매를 예상하지 못할 만큼 어리석지 않았다. 정면 돌파는 통할 때가 있고 통하지 않을 때가 있다. 솔직하다는 것은 언제 어디서나 누구에게나 인정받는 절대 가치가 아니다. 어떨 때는 솔직하지 않은 것이 치명적이지만 어떨 때는 능력 없는 것이 치명적이다.

어떨 때는 솔직하다고 존중받는 것이 어떨 때는 어리석다고 무시된다. 솔직함은 방어용 무기라는 것, 방어용 무기로는 상대를 이길 수 없다는 것, 그러므로 치열한 백병전에서 솔직함을 사용하면 안 된다는 것을 기린팀 사람들은 잘 알았다. 따라서 진솔한 사과와 해명, 꾸준한 설득은 초반에 제외되었다. 필요한 것은 솔직함이 아니라 기술이고 책략이었다. 정치는 옳고 그름을 주장하는 토론장이 아니라 그럴듯하게 보이는 것, 옳다고 보이도록 선전하는 것, 옳음이 아니라 옳음의 이미지를 깃발처럼 쳐드는 것이니까. 적시에 적소에서 적확한 깃발을 드는 것이 관건이니까. 삼박자가 다 맞아야 한다. 잘못 들었다가는 한순간에 나락으로 떨어진다. 시기가 적절하지 않거나 장소가 적절하지 않아도 마찬가지. 적시에 적소에서 적확한 깃발을! 그들은 어떤 깃발을 들어야 하는지 신중해야 했다.

이미 꼬투리를 잡힌 상태였다. 꾸물거릴 시간이 없었다. 이럴 때는 어떻게 해야 하는가. 부패 정치인의 딱지를 붙이려는 반대쪽 사람들의 공세가 벌써 시작됐고, 예단을 하고 달려드는 언론의 취재가 극성스러웠다. 여기저기서 터져나오는 폭로들과 우호적이지 않은 언론들이 제기하는 정황 증거들에 의해 불리한 스토리가 만들어지고 있었다. 그들은 시민단체를 동원해 고소를 하게 하고 시장을 검찰청 포토라인에 세울 것이다. 침묵도 부정도 변명도 통하지 않는 상황에서 기린팀은 밤낮 머리를 맞대고 대책을 궁리했다. 마침내 걷잡을 길 없이 커져가는 불길을 잡을 방안으로 도출된 것이 책임자의 완벽한 한시적 실종이었다. 잡힌 꼬투리를 과감하게 잘라내버리는 방법. 완벽하고 철저하게. 이른바 담당자 한 명이 모든 비리와 부정을 뒤집어쓴다. 관련된 파일과 비밀과 진실을 싸안고 사라진다. 완벽하게 종적을 감춘다. 선거에서 승리할 때까지 나타나지 않는다.

고안자는 황선호였고, 최종 기안자도 황선호였다. 여러 아이디어를 거쳐 긴 토론 끝에 결정되었으나 참신한 아이디어는 아니었다. 참신함 때문이 아니라 실행의 부담스러움 때문에 긴 토론의 시간이 요구되었다. 유력한 인물이나 기관에 치명적인 어떤 의혹이 불거졌을 때 실무를 맡은 누군가가 모든 잘못이 자기에게 있다는 유서를 남기고, 혹은 유서도 없이, 다만 주변에 괴로움과 회한의 감정을 토로하고, 극단적인 선택을 하는 일은 더러 있었다. 당장은 충격을 주고 의혹과 공분을 불러내지만, 사건의 실체를 덮어버리는 데는 언제나 효과가 있었다. 문제를 계속 제기하는 것은 극단적 선택을 한 사람에 대한 도리가 아니라는 듯 사람들은 그 사건으로부터 서둘러 달아났다. 그렇지만 이런 일이 기획에 의해 이루어질 수 있을까. 아무리 효과적이라고 해도 꺼림칙하지 않을 수 없는 이런 일을 누가 기획하고 누구에게 실행하게 한단 말인가. 그 효과라고 하는 것 역시 꺼림칙함과 아무 관련 없다고 할 수 없었다.

물론 그 안을 낼 때 황선호는 누군가 목숨을 내놓아야 한다고 주장한 것은 아니었다. 그는 선거가 끝날 때까지 담당자 역을 맡은 사람이 완벽하게 사라져주기만 하면 된다고 말했다. 행방불명. 자발적 죽음에 버금가는 효과를 이끌어낼 만한 아이디어라는 데 이의를 다는 사람은 없었다. 문제는 누가 그 역할을 맡는가였다. 그 안을 낼 때 황선호는 자신이 그 역할을 맡아 할 책임자, 모든 의혹과 파일과 비밀과 진실을 싸안고 행방불명 상태로 들어가는 한 명의 담당자가 되겠다는 의향을 가진 것은 아니었다. 그렇게 될 거라고 생각하지도 않았다. 어떤 규정의 기안자들은 규정의 외부에서 사유한다. 혹시라도 자기가 그 규정의 지배를 받을 거라고 예상한다면 결코 고안될 수 없는 규정들이 있다. 자기가 빠질지도 모른다고 생각하면서 함정을 파는 사람은 없다. 계획은 사람이 세우지만 모든 일이 계획대로 이루어지는 것은 아니라는 말을 누가 했던가. 그 자발적 실종자 후보에 어떤 경우에도 포함되지 않을, 포함되어서는 안 되는 유일한 사람은 그들의 보스인 시장 말고는 없다는 사실을 황선호는 간과했다. 그 외에는 누구나 그 사람이 될 수 있었다. 황선호라고 그 사람이 되지 말라는 법은 없었다. 기안자라고 해서 예외가 될 수 없었다. 그렇긴 하지만 왜 하필 그여야 한단 말인가?

3

　외부인은 안 된다. 보스는 그것이 첫 번째 원칙이라고 선언
했다. 그것은 황선호가 회의 때 한 말이기도 했다. 책임자나
담당자란 말 속에 이미 외부인 배제의 원칙이 들어 있다. 외부
인이 책임자일 수 없고 담당자가 외부인일 수 없기 때문이다.
팀 사무실이 있는 기린빌딩의 11층 벽에는 '관계자 외 출입금
지'라는 문구가 적혀 있다. 관계자가 아니면 출입할 수 없는
방이다. 외부인은 안 된다. 그 말은 관계자 중 한 사람이어야
한다는 뜻이다. 관계자가 아닌 사람이 책임자나 담당자로 나
선다면 효과는 나타나지 않을 것이다. 어느 정도로 관계되어
있어야 하는가, 라는 질문은 아무도 하지 않았다. 긴밀할수록,
말하자면 측근이라고 분류되는 사람일수록 더 효과적이라는
사실을 인지하지 못하는 사람은 없었으니까. 반대파는 설득시

킬 대상이 아니라 입을 막아야 하는 대상이었다. 어떻게 해도 설득되지 않을 테니까. 핵심 관계자의 실종은 반대파의 입을 막는 데 효과적일 것이다. 이후에도 무슨 공격인가를 계속하겠지만 그들의 말은, 타깃이 사라졌으므로 갑자기 공허해질 것이다. 기린팀이 의식하는 설득의 대상은 일반 시민이었다. 시민은 입을 막을 대상이 아니었다. 여론의 흐름을 유리하게 만들기 위해서는 일반 시민들을 설득시켜야 하고, 그러기 위해서는 사라지는 역을 맡는 사람이 시장과 매우 가까운 사람, 관계자 중의 관계자가 아니면 안 된다는 의견이 자명한 결론으로 도출되었다. 그러면서도 기린팀원 가운데 누구도 그들 가운데 누군가가 그 역할을 맡아야 한다는 것을 자명한 사실로 인식하지는 않았다. 측근이어야 한다면서, 측근이 아니라고 할 수 없는 자기들을 대상에서 제외한 이 사실이 규정을 고안하는 자들의 속성을 보여준다. 사람들은 자기들이 빠질 거라고 생각하지 않기 때문에 함정을 판다.

그런데 왜 황선호였을까? 그는 측근 중의 측근, 보스의 그림자와 같은 사람이 맞지만, 그 말고도 그런 사람은 더 있었다. 그런데 왜 그여야 했을까?

보스는 어느 날 저녁 은밀하게 그를 불렀다. 보스가 자주 다니는 일식당의 큰 방에 그는 보스와 단둘이 마주앉아 식사를 했다. 그런 일은 흔하지는 않지만 드문 일도 아니었다. 개별적 접촉을 통해 여러 명이 모이는 회의에서는 나오기 어려운 의견을 청취하거나 은밀한 지시를 내리는 것이 보스가 사람을 다루는 방식 가운데 하나였다. 그는 기린팀에 속한 각 구성원들을 따로 접촉해서 그들 모두 자기가 특별하게 신임받고 있다는 믿음을 갖도록 했다. "이건 자네 일이야. 자네보다 더 잘할 수 있는 사람이 없지. 내가 누굴 믿고 이 험한 길을 가겠어?" 둘만 있는 자리에서 그런 말을 들은 사람이 황선호만은 아니었다.

책임 있는 담당자의 완벽한 실종에 대한 안건은 식사가 끝난 후 보스의 입에서 나왔다. 밥을 먹는 동안에는 가벼운 이야기를 주고받았다. 텔레비전 방송 인터뷰에 입고 나간 청색 재킷과 염색하지 않은 머리카락에 대한 대중의 호의적 반응에 대해 이야기하며 웃기도 했다. 두 달째 공석인 산하 기관장 후보로 거론되는 인물에 대한 의견도 주고받았다. 여론이 웬만하다면 임명을 강행하고 싶어 하는 보스에게 황선호는 여론이 웬만하지 않다는 의견을 전했다. 보스는 고개를 끄덕였지만 그 문제를 심각하게 여기는 것 같지는 않았다. 처음부터 보스의 관심은 다른 데 있었다. 이윽고 보스는 황선호에게 아직 혼자 사느냐고 질문했다. 황선호가 그렇다고 하자, 어떨 때는 책임질 가족이 없는 자네가 부러워, 하며 허허 웃었다. 디저트로 나온 과일을 먹다가 어디선가 걸려온 전화를 받고 난 보스는 잠깐 심각한 표정을 지으며 침묵했다. 오늘따라 보스가 뜸을 들인다고, 평소의 보스와는 좀 다르다고, 매우 중요하고 은밀한 어떤 지시를 내릴 것 같다고 느끼며 황선호는 약간 긴장했다. 그러나 그때까지도 자기에게 그 과제가 주어질 거라고는 상상하지 못했다. 보스는, 이러다가 실기하는 게 아닌지 모르겠어, 자네가 낸 그 아이디어 말인데, 하고 말을 시작했다. "요점은 과녁을 없애는 거지. 저들이 휘두르는 주먹을 공허하게 만드는 거. 그러면 여론이 잠잠해지겠지. 자네는 늘 핵심을 찌르는 아이디어를 낸단 말이야. 그러니 내가 자네를 의지할 수밖에. 문제는 그 주연배우를 누구를 시키느냐, 그거잖아. 그런 일을 아무에게 맡길 수 없는 거니까. 결국 내 분신이나 다름없는 사람이 맡아야겠지, 그렇지 않아?" 동의의 뜻으로 고개를 끄덕이면서도 황선호는, 그 순간까지도 보스가 자기에게 그 역할을 맡기려고 한다고 생각하지 못했다. 분신 같은 사람이라고 할 만한 사람은 자기 말고도 몇 명 더 있었다. 더구나 그는 이 아이디어의 제안자였다. 제안자는 항상 제안한 내용의 외부에 자기를 놓고 사유한다. 조물주가 피조 세계에 갇히지 않는 것과 같은 이치이다. 분신이라는 말을 상징적인 표현으로 들은 측면도 아마 있었을 것이다. "물론입니다. 분신 같은 사람이라야 합니다." 그 순간에 자기는 '분신 같은 사람'에서 제외되어 있었으므로 그는 그렇게 말할 수 있었다. 믿음이 아니라 우매함 때문이었다. 때때로 믿음은 우매함과 구분되지 않는다. 혹은 믿음이 분별의 눈을 가려 우매함에 빠지게 한다. 기다렸다는 듯 바로 던진 보스의 다음 말들에서 황선호는 자신이 넓게 친 보스의 그물에 걸려들었다는 사실을 깨닫고 멈칫했다.

보스는 황선호와 함께 해온 지난 시간들을 새삼스럽게 회고했다. 시장 선거에 출마하기 전에 그는 한 중견 기업의 인사 담당 이사였고, 황선호는 그 부서의 대리였다. 은퇴하는 유력한 지역 정치인의 지원을 받으며 정치에 뛰어든 보스는 회사를 나간 지 몇 달이 되지 않아 선거 캠프를 꾸리면서 황선호를 불렀다. 자기와 함께 큰일을 한번 해보자고 제의했는데, 그때까지 보스가 말하는 '큰일'에 관심을 가져본 적이 없었던 황선호는 자기에게 왜 이런 제안을 하는지 이해할 수 없다는 반응을 보였다. 보스는 황선호의 성실성과 책임감을 꼽았다. "한 번도 가보지 않은 새 길을 가려고 하는데, 이 나이에 이런 결심을 그냥 했겠나. 광역시 시장이 내 목표가 아니라고. 그러니 믿을 만한 사람을 곁에 둬야 하지 않겠나." 황선호는 그 말을 자기에 대한 신뢰를 표현하는 것으로 이해했다. 황선호는 보스가 재직할 때 그가 꾸린 특별사업팀의 일원으로 3년간 일했었다. 보스는 황선호로 하여금 자기가 그의 능력을 인정하고 있다는 믿음을 갖게 하는 데 성공했다. 동시에 보스는 자신의 야심과 리더십에 대한 믿음을 심어주는 데도 성공했다. 그렇다고 해서 평생직장으로 여기며 다니던 회사에 사표를 제출하는 것이 그렇게 간단한 일은 아니었다. 그렇긴 해도 그런 믿음이 황선호를 움직이게 하는 데 적지 않게 작용한 것은 사실이었다. 판에 박힌 일들을 무한 반복하는 직장인으로 평생을 살게 될 자신의 인생이 처음으로 지루하고 무미건조하게 여겨졌으니까.

그때부터 그는 측근이었다. 몇백 표 차이로 낙선한 첫 보궐선거 이후 황선호는 보스의 그림자처럼 움직였다. 시장이 있는 곳에는 거의 언제나 그가 있었다. 함께했던 시간만큼 많은 일들을 겪었다. 일반적인 상사와 부하 직원 사이에 생길 수 있는 것보다 훨씬 많은 일들이 그들 사이에 있었다. 말할 수 있는 것도 있지만 말할 수 없는 것이 더 많았다. 그래서 그는 대체로 말을 하지 않았고, 보스는 그의 그런 점을 좋아했다. 어떤 이들은 시장에게 할 말을 그에게 했다. 시장에게 하듯이 그에게 했다. 그는 많은 일들을 시장을 대신해서 했다. 황선호만 유일한 분신이라고 말하는 것은 사실이 아니지만 그가 분신이 아니라고 하는 것은 더욱 사실이 아니었다. 보스의 회고는 그 사실을 수면 위로 떠오르게 했다. "나는 참 복이 많은 사람이야. 나 혼자 지금의 나를 세운 거라고 절대로 생각 안 해. 나는 자네를 비롯한 우리 동지들에 의해서 형성된 하나의 연합체 같은 거지. 우리가 한몸이라는 건 내가 늘 강조하는 거 아닌가. 그게 빈말이 아니라는 건 굳이 말할 필요가 없겠지. 자네들이 나를 이루고 있는 거야. 자네들이 나의 일부인 것처럼 나도 자네들의 일부인 거야. 한쪽 팔이 아프면 온몸이 아프지. 눈이 즐거우면 온몸이 덩달아 즐겁지 않던가. 운명 공동체, 그거지. 우리는 끝까지 같이 가고 영원히 같이 할 걸세. 좋은 일도 같이 하고 궂은 일도 같이 할 거야. 물론 내가 자네만 신뢰한다고 말하면 거짓말이 될 거야. 그렇지 않아? 동지들이 있으니까. 그렇지만 자네를 누구보다 신뢰한다고 말하면 거짓말이 아니지. 그건 자네도 알고 우리 동지들도 다 아는 사실이야. 그렇지 않아?"

그렇지 않아? 하고 물을 때마다 보스는 황선호의 눈을 그윽하게 쳐다봤다. 사랑을 고백하는 사람처럼 진심을 담아, 정성을 다해서. 황선호는 그런 게 어색했지만, 보스가 하는 말을 부정할 수 없었고, 보스의 진심을 의심할 수도 없었다. 그러나 굳이 하지 않아도 모를 리 없고, 그러므로 굳이 할 필요가 없는, 그래서 그동안 굳이 하지 않았을 그런 말들을 새삼스럽게 토로하는 보스의 의도가 어느 순간 너무나 분명하게 깨달아졌으므로 황선호는 그의 눈빛을 아무 동요 없이 받고 있기가 힘들었다. 그는 그윽하게 쳐다보는 보스의 눈을 되도록 피했다. "누군가 하기는 해야겠지요. 언제나 그렇듯이. 그렇지만……."

황선호는 말을 잇지 못했다. 보스가 그의 말을 낚아채서 이어 갔다. "왜냐고? 왜냐하면, 자네가 가장 믿음직하기 때문이야. 다른 사람도 믿음직하지만 자네는 더 믿음직해. 자네야말로 믿음직해. 자네는 처음을 나와 같이 한 사람이고, 마지막까지 같이 할 사람이지. 거기다가 이 훌륭한 아이디어를 낸 사람이 바로 자네이기도 하잖나. 난 자네가 이 아이디어를 내줘서 정말 고맙고, 오해하지 말길 바라는데, 다행이라고 생각해. 만일에 상황이 좀 복잡하게 돌아가더라도, 그럴 리 없지만, 만일에 말이야, 자네는 자기가 낸 안을 스스로 폐기하지 않을 사람이라는 믿음이 있기 때문이지. 나만 그렇게 생각하는 게 아니라 우리 동지들이 다 그렇게 생각해. 그리고 이건 좀 현실적이고 또 상황적인 건데, 이 역시 오해하지 말길 바라는데, 한몸을 이루고 있는 동지들 중에 독신인 사람이 자네뿐이야. 자네만 혼자야. 그만큼 몸이 가볍다는 뜻이지. 몸이 가볍다는 건 생각 보다 중요한 덕목이야. 가족은 때때로 투철한 신념의 사람을 흔들어 나락으로 떨어뜨리기도 하지. 서글프지만 드물지 않게 일어나는 일이잖아?"

가벼운 몸. 황선호는 독신의 상태가 그런 식으로 이해되어 자기를 묶을 줄 몰랐다. 그것이 중요한 덕목이라고 추켜세워 질지 몰랐다. 그는 완벽한 자발적 실종이라는 아이디어를 낸 자신을 한탄했다. 그는 완벽한 자발적 실종이 무엇을 뜻하는지, 어떤 현상을 말하는지 비로소 진지하게 검토하기 시작했다. 자기가 낸 아이디어가 죄 없는 사람을 대리복역 시키는 것과 전혀 다르지 않다는 사실을 인식하자 맥박이 빨라졌다. 그훌륭한 아이디어라는 것은 누군가가 빠질 구덩이를 파는 일이었다. 자발적 실종을 완벽하게 꾸민다는 내용 속에 자발성이끼어들 여지는 없었다. 자발성을 강요하는 기획이라니. 비자발성을 스스로 고발하고 있는 셈이 아닌가. 그가 쏜 화살이 그에게 돌아왔다. 그는 자기가 누군가를 빠질 (누군가를 빠뜨릴) 구덩이를 팠고, 그 구덩이에 자기가 빠지게 (자기를 빠뜨리게) 되었다는 사실을 이해했다. 누군가 빠지기 전에 그냥 구덩이를 메워버리자고 제안할 수 있는 타이밍을 놓쳤다는 사실도.

그의 난처한 마음의 상태를 보스는 알아차렸다. 노련한 정치가인 보스에게 상대방의 난처함은 동정할 이유가 아니라 이용할 기회이다. 측근이라고 다를 리 없다. 측근이니 더욱 그럴 것이다. 황선호는 보스가 자기를 동정하지 않으리라는 것을 확신했다. 보스가 하는 말을 믿지 못한다는 것과는 달랐다. 그는 보스가 얼렁뚱땅 말하고 허투루 약속하는 사람이 아니라는 걸 의심하지 않았다. 동시에 그는 보스가 야심가이며 치밀한 전략가이고 세운 뜻을 관철하기 위해 할 수 있는 모든 수단을 동원하는 무서운 사람이라는 것도 의심하지 않았다. "자네가 곧 나야. 지금이야말로 더욱 그렇지. 그냥 하는 말이라고 생각하지 마. 지금은 금방이라도 세상이 무너질 것처럼 떠들어대지만 선거가 끝나면 언제 그랬느냐는 듯 잠잠해질 거야. 이런 일을 한두 번 본 게 아니잖아. 6개월은 그리 길지 않아. 숨 고르는 사이에 지나갈 거야. 숨 고를 시간도 필요하지. 지금이 그때라고 생각하자구. 지방선거가 우리 목표가 아니잖나. 우리는 우리 목표를 이뤄낼 거고 자네는 나와 함께 더 중요한 일을 해야 하지. 그리고 내가 무엇을 얻든 그것은 자네가 얻는 것이 될 거야. 자네는 나를 이어 내가 하던 일을 하게 되겠지. 자네는 말 그대로 나의 분신, 나의 확장, 나의 연장이 될 거야."

보스가 그를 구슬리고 있다는 사실을 모르지 않았다. 그러나 그 말 속에 진실이 전혀 없다고 생각하지도 않았다. 빈말이라는 확신이 든다면 아무리 보스라도, 아무리 홀리는 말을 해도 거절하는 것이 가능했다. 그러나 그렇지 않았으므로 거절하기 어려웠다. 보스는 최선을 다해 설득했다. 그 과정을 통해 황선호가 확인한 것은 보스의 야심과 그 야심의 성취를 향한 저돌성과 수단의 치밀함 같은 것들이었다. 그것들은 그가 단순한 몽상가가 아니고, 원하는 것을 이루어낼 능력을 가지고 있다는 뜻으로 해석할 수 있는 요소들이었다. 황선호는 보스가 목표하는 것을 이루지 못할 거라고는 도저히 상상할 수 없었다. 황선호에게는 두 가지 선택밖에 없었다. 부탁의 형식을 취한 보스의 사실상의 지시를 받아들여 완벽한 시한부 실종을 실행하는 배우가 되든가 몸담아온 캠프를 떠나든가. 캠프를 떠나지 않은 채 시장의 부탁을 거절할 길은 없어졌다는 걸 황선호는 직감했다. 두 가지 선택이 있었지만 어느 것도 길이 아닌 것 같았다. 보스는 황선호의 창백한 얼굴을 걱정스러운 듯 바라보며 말했다. "눈앞의 벽을 보지 말고 벽 너머를 보라고 충고하고 싶어. 야망을 가져야지. 안 그래?" 황선호는 그 앞에서 무의식적으로 고개를 끄덕이고 있는 자신이 부끄러웠다. 그는 생각을 좀 하겠다고 대답했고, 보스는 해야지, 생각, 언제나 생각을 잘하는 게 중요해, 하며 다시 그의 어깨를 토닥였다. "사흘이면 충분하지 않을까? 생각을 잘하는 데 필요한 시간 말이야. 사흘 후에 여기서 다시 만나지." 그것은 사흘 안에 결정하라는 지시였다.

그는 평소처럼 움직였다. 여느 날과 마찬가지로 출근했고 퇴근했고 사람들을 만났고 서류를 뒤적였고 회의를 했다. 그러나 그의 마음은 평소와 같을 수 없었다. 출퇴근하고 만나고 뒤적이고 회의를 했지만 어느 것에도 집중하지 못했다. 사정을 다 털어놓고 답을 구할 누군가가 있으면 좋겠다는 생각을 문득문득 했다. 내 상황이 현재 이러이러하다. 당신은 나에게 어떤 충고를 하겠는가? 당신이 나라면 어떻게 하겠는가? 그러나 그럴 사람이 없었다. 실은 누구에게 털어놓을 수 있는 일이 아니었다. 누구에게 털어놓는 순간 그 일은 누구에게도 털어놓을 이유가 없는 일이 되어버린다. 감춰져 있을 때만 의미를 갖는 일이 있는데, 황선호가 누군가에게 털어놓을 수 있으면 좋겠다고 생각하는 일이 그러했다. 드러나는 순간 그 의미가 증발되어버리기 때문에 그럴 수 없는 일.

어머니가 살아 있다면, 모든 걸 털어놓고 조언을 구했을 것이다. 그러면 어머니는 틀림없이 현명한 답을 주었을 것이고, 그는 그 뜻을 따랐을 것이다. 그는 어머니의 말을 잘 듣는 아들이었다. 보스가 정치의 영역으로 불렀을 때도 그는 어머니에게 조언을 구했다. 어머니가 그때 한 말을 그는 선명하게 기억하고 있었다. "네가 원하는 일인지 생각해라. 너를 위한 일인지 생각하라는 말이 아니다. 남을 위해 일하더라도 네가 원하는 일을 하라는 뜻이다." 그는 그때를 떠올렸다. 그리고 자기가 그 일을 원하는지 생각했다. 그때 그는 원하는 것과 위하는 것의 구별이 분명하지 않을 때 했던 고민이 사라지자 마침내 결단할 수 있었다. 그때 그는 남을 위해 일하는 것이 자기가 원하지 않는 일을 하는 것과 동의어가 아니라는 사실을 깨닫고 선택했다. 그러나 지금은 그때와 같은 상황이 아니었다. 어머니가 살아 있더라도 쉽게 털어놓을 수 있는 문제가 아니었다. 아니, 어머니에게는 더욱 그럴 수 없을 것 같았다. 아무리 현명한 답을 줄 거라는 확신이 있다고 해도, 아들이 어떻게 어머니에게 이런 걸 털어놓을 수 있겠는가. 아니, 어머니가 살아 있다면 이런 고민을 해야 하는 상황이 생기지 않았을 것이다. '가벼운 몸'이 그가 선택된 중요한 이유였으니까. 가족이 없다는 것. 혼자라는 것. 아내와 자식은 물론 부모도 없다는 것. 동지들 가운데 혼자만 혼자라는 것. 그것이 그를 돋보이게 하는 요소였고 지목된 이유가 아니었던가.

그 사흘간 그는 세상에서 가장 외롭고 힘든 사람이었다. 자기 안에서 누구의 것도 아닌 목소리들이 우왕좌왕했다. 황선호는 대개 질문의 형식을 띤 그 목소리들에 시달렸다. 왜 너여야 하는데? 하는 질문이 가장 빈번하게 들려왔다. 6개월 후에 모든 것이 원상복구 되리라는 걸 어떻게 믿지, 그걸 누가 보장하지? 하는 질문도 만만치 않았다. 그런 질문들은 그가 구상하고 기린팀이 확정한 그 프로젝트가 얼마나 부실하고 현실과 유리된 것인지 깨닫게 했다. 그러나 선택된 사람이 자신이었기 때문에 취소하거나 변경할 수 없었다. 자기가 선택되지 않았다면 취소하거나 변경할 사유를 찾지 못했을 터이니 결과는 다르지 않을 것이다.

그는 어머니가 했던 말을 떠올리고 적용해보려 했다. 네가 원하는 일인지 생각해라. 너를 위한 일인지 생각하지 말고. 황선호는 답했다. 나는 원하지 않는 것 같습니다. 그리고 물었다. 원하는 일이 아니어도 하지 않을 수 없을 때는 어떻게 해야 하나요? 어머니는 대답하지 않았다. 사흘 동안 그의 생각은 1센티미터도 진전되지 않았다. 그의 생각은 제자리를 맴돌았다. 아무 선택도 하지 않았기 때문에 사흘 후 그는 자기가 판 구덩이에 자기 몸을 밀어넣는 사람이 되어 있었다. 아무 선택도 하지 않은 것이 그의 선택이 되었다. 그는 자기 앞에 설치된 벽을 마주 보았다. 벽 너머에 뭐가 있는지 보자. 마지막에는 그런 심정이었다.

4

　황선호는 호텔에 틀어박혀 지냈다. 그의 수중에는 꽤 오랫동안 놀고먹기에 충분한 돈이 있었다. 두 대륙, 세 도시를 경유해서 26시간 만에 보보에 도착한 그는 몸과 마음이 너덜너덜한 상태로 호텔에 체크인했다. 식민지 시대에 지어진 낡은 호텔은 중심가에서 조금 떨어진 바닷가에 있었고, 그의 방에서 햇빛을 받아 반짝이며 꿈틀거리는 바다 물결을 볼 수 있었다. 창문을 통해 염분을 머금은 바람이 수줍게 방 안으로 들어왔다. 방에 들어오자마자 창문을 닫았고, 열지 않았고, 두꺼운 커튼을 쳐서 바다와 햇빛을 막았다. 불도 켜지 않았기 때문에 그의 방은 하루 종일 어두웠다. 밤에는 캄캄했고, 낮에도 어둑어둑했다. 알 수 없는 피곤이 그를 짓눌러 꼼짝하지 못하게 했다. 그가 호텔에서 한 일은 침대에 누워서 잠을 자는 것이 전부였다. 아주 오래 잠을 잤다. 잠은 커다란 자루에서 쏟아지는 보드라운 가루처럼 그의 몸과 정신을 덮었다. 아무리 손을 휘저어도 쏟아지는 잠을 걷어낼 수 없었다. 마치 새로운 도시의 시민이 되기 위해 저 세계의 기억들을 모두 잠 속에 묻어버려야 하는 규율이라도 지키는 것처럼 그는 자고 또 잤다. 자다가 깨어 정신이 들면 술을 찾았다. 여러 종류의 술을 냉장고에 가득 채워놓고 마셨다. 술에 취하면 가끔 단말마의 비명을 쏟아내거나 울었다. 그러다가 잠들었다. 밥은 먹지 않았다. 오랫동안 방문이 열리지 않는 것을 걱정한 직원이 문을 따고 들어왔다가 침대에 쓰러져 자고 있는 그를 보고 문을 닫았다. 그 이후에도 그는 계속 잤다. 자고 일어나 술을 마시고 또 잤다. 그 것은 아직 떠나온 저 세계의 흔적을 지우지 못했다는 증거와 같았다. 그는 술병 옆에 쓰러져 다시 잠속으로 들어갔다. 어쩌면 자다가 깬 것이 아니라 긴 잠을 계속 자고 있었는지 몰랐다. 긴 잠을 자면서, 잠 속에서 자다가 깨고 술을 마시고 소리를 지르고 울고 다시 자고 하는 꿈을 꾼 것 같기도 했다. 잠을 담은 그의 자루는 좀처럼 비워지지 않았다. 그는 자기가 왜 그러는지 알지 못했다. 해가 지고 뜨는 일이 그와 상관없이 일어났다. 며칠인지 헤아리지 않았다. 날은 흐리거나 화창했다. 그러나 그는 날이 흐린지 화창한지 알지 못했다. 세상은 그의 밖에 있었다. 그는 세상 밖에 있었다.

황선호는 아무 계획도 세우지 않았다. 그럴 여유가 없기도 했다. 그의 머뭇거림과는 달리 모든 일이 갑자기 너무 빠르게 진행되었다. 그렇게 빨리 비행기를 타고 떠나게 될 거라고 생각하지 않았기 때문에 조금 당황스럽기도 했다. 서두른 사람은 그가 아니었다. 그의 외부에서 무언가, 혹은 누군가 조용히 서두르고 있었다. 그는 가만히 있는데 어떤 보이지 않는 손들이 그를 조용히 한쪽으로 급히 몰고 갔다. 누구도 어떤 표시를 하지 않았지만 황선호는 자기를 몰고 가는 조직의 움직임을 느꼈다. 은밀하고 용의주도한 움직임. 보스는 더 이상 그를 따로 부르지 않았다. 사흘 후 보스를 만나러 그 식당에 찾아갔을 때 비자와 항공권과 신용카드와 달러 뭉치와 새 핸드폰을 건넨 사람은 그의 동료인 송이었다. 그가 선택을 망설이고 있던 사흘 동안 그의 선택과 상관없이 그런 것들이, 자기를 배제한 채 준비되고 있었다는 사실이 황선호를 놀라게 했다. 기린팀의 그 치밀하고 노련한 수행능력에 대해 감탄할 이유는 없었다. 그를 놀라게 한 것은 그것이 아니었다. 그는 이 일의 결정이 순전히 자신에게 달려 있다고 생각했었다. 자기가 정하기 전까지는 누구도 그에게 어떤 선택을 강요하지 못하고, 어떤 일도 추진되지 않는다. 그는 게임 체인저와 같은 존재였고, 사흘은 그에게 주어진 선택의 시간이었다. 그 시간은 온전히 그의 것이었다. 그가 결정을 하기까지 모든 것은 동결된다. 그래야 했다. 그가 결정을 하면 비로소 멈춘 시간이 흐를 것이다. 그래야 했다. 왜냐하면 그가 결정의 주체이기 때문이다. 그는 그렇게 생각했다. 그런데 그의 결정과 상관없이 그들의 시간은 흐르고 치밀하고 은밀하게 일이 진행되고 있었다. 황선호에게는, 그의 생각과는 달리, 처음부터 다른 선택을 할 자유가 주어져 있지 않았다. 그는 선택할 수 있는 자가 아니라 선택된 자였는데 그걸 모르고 있었다. 동결된 것은 그들의 시간이 아니라 자기의 시간이었는데 그걸 모르고 있었다. 어쩌면 시장이 그와 독대하며 그 제안을 하기 전부터 정해져 있던 내용을 그만 모르고 있었을 거라는 생각을 하자 으스스 한기가 느껴졌다.

황선호와 마찬가지로 시장을 보스라고 부르는 송이 황선호에게 말했다. 특별한 일이 없는 한, 아니 특별한 일이 있어도 연락하지 않기. 특히 보스에게는 절대로 연락하지 말 것. 어떤 희미한 연결도 드러나면 안 되니까 흔적도 보이지 말 것. 신분을 노출할 수 있는 모든 계정을 삭제할 것. 완벽하게 사라질 것. 완전히 다른 사람으로 살 것. 없는 사람으로 살 것. 그리고 자기와 소통할 유일한 채널이라며 가공의 이메일 주소를 적어 줬다. "나 말고 누구의 연락도 받지 마. 누구도 여기로 연락하지 않을 테니까. 보스가 보낸 메일도 열지 마. 보스가 연락할 일은 없을 테니까." 송은 지령을 내리는 요원처럼 건조하게 말했다. 그가 일부러 사적인 감정을 드러내지 않으려 한다고 황선호는 생각했다. 자기들을 대신해서 힘든 임무를 부여받은 동료에 대해 미안한 마음을 어떻게 표현할 수 없어서 그러는 거라고. 그렇게 생각하지 않으면 동료의 무신경한 태도나 감정이 드러나지 않은 표정을 견디기 힘들어서 그렇게 생각하려고 했다. 방을 나가면서 송은 보스가 하듯 그의 어깨를 툭 쳤다. 그리고 짧게 포옹했다. "내일 책상을 치울 거야. 황 형이 기린팀에 있었다는 흔적은 어디서도 찾을 수 없을 거야." 황선호는 그 말의 뜻을 알아들었다. 알아들었지만 섭섭했고, 그래서 대꾸하지 않았다.

황선호는 다음날부터 출근하지 않았다. 다른 동료들과 인사를 나누는 것도 허용되지 않았다. 아마 그가 맡은 일을 아는 사람은 기린팀 내에서도 극소수일 것이다. 어쩌면 보스와 송말고는 모를 수도 있었다. 내가 떠나고 나면 세상이 시끄러워지겠지. 그제야 비로소 눈치채겠지. 눈치채고 나서도 쉬쉬하겠지. 그렇지만 그때 나는 이미 이 팀의 일원이 아니고, 이곳에는 없는 사람이고, 다른 곳에서도 없는 사람으로 살 테니까, 이곳이 시끄러운지 시끄럽지 않은지도 모르는 외부인이 되어 있을 테니까 상관없지, 하고 황선호는 자조하듯 중얼거렸다.

황선호는 자기가 떠난 후 도시 곳곳에 자기 이름이 휴지처럼 휘날릴 것을 알았고, 그 도시의 시끄러움이 그 때문에 더 심해질 것을 예감했다. 그는 그 현상을 살필 배짱이 없었다. 그는 중얼거렸다. 시끄러울 것이다. 그러나 나는 시끄럽지 않을 것이다. 왜냐하면 나는 완벽하게 없는 사람이 될 테니까. 눈도 귀도 없는 사람이 될 테니까. 이름도 없는 사람이 될 테니까. 그것이 어떤 계획도 세우지 않은 그가 세운 유일한 계획이었다. 그렇지만 계획을 세웠다고 해서 계획한 일을 계획한 대로 할 수 있는 것은 아니고, 계획을 세우지 않았다고 해서 아무 일도 하지 않게 되는 것은 아니다. 계획을 세우지 않은 사람은 계획에 없는 일을 하며 산다.

5

　호텔 매니저가 그의 방문을 열고 들어왔을 때 황선호는 바닥에 쓰러져 있었다. 투숙한 지 열흘이 지난 저녁이었다. 호텔에서는 객실에서 좋지 않은 무슨 일이 일어난 건 아닌지 염려했다. 근거 없는 염려가 아니었다. 그 방의 투숙객은 투숙한 후 한 번도 문 밖으로 나오지 않았다. 사흘 전에 술과 음식을 주문한 것이 유일했다. 체크인한 지 열흘째 되는 날, 그날까지 한 번도 청소를 하지 않았다는 객실 담당 직원의 보고를 받은 매니저는 무슨 일인지 직접 찾아가 확인하라고 프런트 데스크의 직원을 보냈다. 오후 2시부터 10시까지 호텔 프런트에서 시간제로 근무하는 직원이 벨을 눌렀는데 응답이 없었다. 문을 두드리고 귀를 기울여보았지만 아무 기척도 느껴지지 않았다. 그는 매니저에게 사정을 알렸고, 매니저는 그 직원과 함께 마스터키를 들고 올라갔다. "이상한 동양인이에요. 체크인할 때 말고 본 적이 없어요. 객실 담당하는 직원 말로는 첫날 걸어둔 '방해하지 말라'는 사인이 여태 그대로라고 합니다. 그래서 침대 정리고 청소고 한 번도 못했대요. 마지막 룸서비스가 사흘 전이구요. 혹시 무슨 일 생긴 건 아니겠지요?" 직원은 5층 객실까지 올라가는 동안 쉼 없이 주절거렸고, 문을 열고 들어간 다음에는 방 안에 펼쳐진 모습을 보고 입을 다물지 못했다.

투숙객은 이상한 모습으로 바닥에 누워 있었다. 한쪽 옆구리를 바닥에 붙인 채 웅크리고 있었는데, 한 다리는 침대 밑에 들어가 있고 다른 다리는 침대 위에 올라가 있었다. 아무렇게나 벗어둔 옷과 먹다 남은 음식과 빈 술병이 탁자 위와 침대 위와 바닥에 뒹굴었다. 술과 음식 냄새, 오래 묵은 먼지를 가두고 있던 방 안은 탁하고 어둡고 퀴퀴했다. "이 사람, 죽은 걸까요?" 호텔에 근무한 지 세 달이 채 안 된 계약직 직원이 분위기에 어울리지 않게 활기찬 목소리로 물었다. 매니저는 나무라는 표정을 지어 보이며 커튼을 걷고 창문을 열라고 지시했다. 그리고 투숙객 옆에 쭈그려 앉았다. 직원은 매니저의 지시에 따라 커튼을 걷고 창문을 열면서도 바닥에 누운 황선호에게서 눈을 떼지 않았다. 매니저는 황선호의 몸을 흔들었다. 그의 몸은 매니저가 흔드는 대로 흔들렸다.

바깥에서 들어온 바람이 휘리릭 커튼을 날렸다. 그 모습이 혼이 빠져나간 빈껍데기 같다고 느낀 사람은 시간제로 근무하는 호텔 직원이었다. 그는 추리소설 애독자이고 작가 지망생이기도 했다. 그는 근무 중에도 틈나는 대로 추리소설을 읽었다. 퇴근 후에는 책상과 책장 말고는 어떤 가구도 없는 좁은 방에 틀어박혀 조금씩 글을 썼다. 조금 전에도 그는, 죽은 다음에도 자기가 살던 집을 떠나지 못하고 매미의 허물과 같은 모습으로 이 방 저 방 흐느적거리며 돌아다니는 사람이 나오는 소설을 읽다가 올라온 참이었다. "죽은 걸까요?" 그의 질문에는 두려움과 호기심이 반씩 섞여 있었다. 매니저는 얼굴을 찡그리며 황선호의 몸을 똑바로 눕혔다. "여기 잡아요. 일단 침대 위로 옮깁시다." 매니저는 황선호의 머리를 받치고 직원에게 다리를 들게 했다. "숨을 쉬지 않는 것 같은데, 진짜 죽은 거 아닐까요?" 황선호의 몸을 마치 시체를 만지듯 거리를 두고 조심스럽게 받쳐 들며 젊은 직원이 말했다. 매니저는 제발 그 입 좀 다물어요, 하고 낮은 목소리로 경고했다. 매니저가 그렇게 눈치를 주는데도 직원은 입을 다물지 않았다. 그는 소심하고 호기심 많고 눈치는 없는 사람이었다. 침대 위에 눕히자 황선호가 팔을 휘저으며 무슨 소리인가를 냈다. 그러나 의미가 담긴 말은 아니었다. 직원은 한 발 물러나며, 병원에 연락할까요? 의사를 불러올까요?라는 말을 매니저의 귀에 대고 이어갔다. 이 지독한 냄새를 보면 몰라? 술독에 빠진 것뿐이야, 정신 차리게 문을 열어둬, 하며 매니저는 방을 나갔다. 세달 경력의 직원과는 달리 15년째 호텔에서 일하고 있는 매니저는 이런 손님들을 수도 없이 상대해봤다. 술꾼들의 문제는 술을 너무 많이 마신다는 것이다. 술기운이 빠지면 술을 마시지 않은 사람보다 훨씬 얌전해지는 것이 이런 치들이라는 걸 그는 경험으로 알고 있었다. 세상에서 험한 일을 겪은 후 마음의 혼란을 달래러 호텔에 들어와 술을 마시며 두문불출하는 이들이 종종 있었다. 골치 아픈 일을 벌이는 이들은 술을 이용하지 않는다,라고 그는 생각했다. 쭈뼛거리던 직원은 매니저가 문을 잡고 서서 쳐다보자 뭐가 아쉬운지 멈칫거리다가 뒤따라 나왔다. "그냥 뒀다가 죽으면 어떻게 해요? 구급차를 불러야 하지 않을까요?" 따라오며 조잘거리는 직원에게 매니저는 세 시간 후에 들어가 손님을 깨우고 물을 많이 마시게 하고 청소를 하라고 지시했다.

그렇게 지시를 하고 나왔지만 두 시간이 되기 전에 황선호의 방문을 직접 열고 들어간 사람은 매니저 자신이었다. 처음에 그는 낯선 동양인 숙박객이 술에 취해 정신이 없는 상태라 걱정할 일이 아니라고 판단했지만, 혹시 자기 판단이 틀렸을까봐 걱정이 되었다. 그 신출내기 직원이 경망스럽게 지껄이던 말들이 자꾸 떠올라 마음을 거두지 못했다. 여러 날 룸서비스를 받지 않았다는 말도 신경쓰였다. 밖으로 나가지도 않고 룸서비스도 받지 않았다면 식사를 거의 하지 않았다는 뜻이 된다. 열흘 동안 밥을 거의 먹지 않고 술만 마셨다면? 그 직원의 말대로 투숙객이 객실에서 죽기라도 한다면 보통 시끄러운 일이 아닐 수 없었다. 마침내 그는 세 시간을 기다리지 못하고 엘리베이터를 탔다. 문을 두드렸지만 반응이 없었기 때문에 매니저는 이번에도 마스터키를 이용해 문을 열었다. 창문을 열어 두었음에도 방에서는 여전히 지독한 냄새가 났다. 방에 가득한 악취 속에는 아까와 다른 것이 섞여 있었다. 매니저는 얼굴을 찡그렸다. 황선호는 침대에 엎어져 있었고, 침대는 그가 토한 것들로 인해 더러웠다. 그가 입고 있는 옷과 얼굴도 지저분했다. 매니저는 가까이 다가가지 못하고, 정신 차리라고 소리쳤다. 황선호의 입에서 무슨 소리인가가 나오긴 했지만 매니저가 한 말에 대한 반응이라고 할 수는 없었다. 신음을 뱉어내지도 못하고 끙끙 앓고 있는 것에 가까웠다. 매니저는 정말로 골치 아픈 일이 생기면 어쩌나 덜컥 겁이 났다. 그는 누군가로부터 자기가 했던 판단이 틀렸다는 걸 지적당하기라도 한 것처럼, 아까는 안 그랬잖아, 아까는 이러지 않았어, 하고 중얼거리며 프런트에 전화를 걸어 구급차를 부르게 했다. "거봐요. 내가 뭐랬어요. 그 사람, 죽은 거지요?" 부름을 받고 올라온 신출내기 직원은 호들갑을 떨었다. "제발, 그 입 좀 다

물어 제발." 매니저는 버럭 소리를 질렀다.

    황선호는 닷새 동안 병원에 있었다. 하룻밤이 지난 후 의식을 되찾은 황선호는 자기 팔에 꽂힌 주사기를 가리키며 뭐냐고 물었다. 젊은 의사가 웃으며 무슨 말인가를 했는데, 그가 알아들을 수 없는 말이었다. 그가 멀뚱히 쳐다보자 의사가 영어로 말했다. "술은 피를 맑게 한다. 조금 전에 제가 한 말, 보보어로 그런 뜻입니다. 술꾼들이 만든 속담이에요. 지금 당신의 피가 온통 알코올이에요. 피가 엄청 맑아져 있어서, 더 맑아지면 안 될 정도니까, 지금 피를 탁하게 만들고 있는 겁니다." 그가 말을 하는 도중에 황선호가 눈을 감아버렸기 때문에 의사는 웃음을 거뒀고 더 말하지 않았다. 병원을 나갈 때까지 황선호의 팔에는 링거주사기가 꽂혀 있었다. 영양을 공급하고 손상된 간과 위를 치료하는 처치가 이루어졌다. 열이 떨어지지 않았고 무얼 먹으면 구토가 일어 잘 먹지 못했다. 의사는 웃음기 없는 얼굴로 회복이 더디다고 말했다. 황선호는 침대에 눕거나 앉아 약을 먹고 밥을 먹었다. 화장실에 들락날락했고 초점 없는 눈으로 창밖을 바라보았다. 창밖은 햇살이 쏟아져 눈부셨다. 그러나 그의 눈은 풍경을 붙잡지 못했다.

    퇴원하기 전에 병실 한쪽에 걸려 있는 시계를 물끄러미 바라보다가 황선호는 오늘이 며칠인지 물었고, 자기가 그 도시를 떠난 지 2주가 넘었다는 사실을 깨달았다. 그 시간이 까마 득하게 먼 과거처럼 여겨졌다. 그가 부대끼며 살았던 익숙한 도시가 무엇으로 지운 것처럼 까맸다. 그동안 그 도시에 대해 아무 생각도 하지 않고 지내왔다는 사실이 믿어지지 않았다. 정확히 말하면 그 도시에 대해 생각하지 않으려고 자기가 벌인 비상식적인 일들이 믿어지지 않았다. 호텔 방 안에 틀어박혀 정신과 영혼을 술 속에 담그고 지낸 것이 말하자면 그 도시에서 벗어나기 위해 그가 벌인 사투였다. 그가 떠나온 도시는 그의 이름으로 아마 시끄러울 테지만, 이 도시에서 그는 자기 이름조차 잊었다. 잊고자 했다. 이 도시에서 그의 이름은 황선호가 아니라 강진이었다. 비자에 적힌 그 이름으로 그는 이 도시에 들어왔고 호텔에 투숙했다. 그 도시에서 황선호라는 이름이 어떻게 얼마나 시끄러운지 알아보고 싶은 마음을 누르기 위해 그는 방에 갇혀 자고 마시고 취했다. 핸드폰 전원을 켜 인터넷에 접속하려는 욕구와 싸우기 위해 정신의 피폐화를 자청했다. 완벽하게 없는 사람이 되기 위해 그는 이를 악물었다. 황선호를 없애고 강진으로 태어나기 위해 그는 자기 안에서 그곳의 그를 완벽하게 없애야 했다. 쉬운 일일 수 없었다. 이를 악물고 술을 마시고 울고 비명을 질렀다. 보보시의 바닷가에 있는 H호텔 507호는 그의 동굴, 그의 감옥, 그의 고치였다. 그는 저 익숙한 세계에서 사라지기 위해 그곳으로 들어갔고,

다른 낯선 세계로 입장하기 위해 그곳에 머물렀다. 황선호는 죽었고, 죽었으므로 이제 그는 그가 아니다.

'이제 나는 공식적으로 존재하지 않는다.' 그는 퇴원하기 전 병실 침대에 걸터앉아 첫 문장을 썼고, 호텔 앞 카페에 앉아 이어서 썼다.

이제 황선호는 공식적으로 존재하지 않는다. 내 신상명세가 등록되어 있는 도시, 사람들과 문서와 돈의 연쇄, 경쟁과 모방과 활기와 유혹과 자부심과 환멸과 치욕이 용광로처럼 끓는 다중인격의 도시에서 이제 사람들은 나를 부르지 않을 것이고, 아니, 혹시 부르는 이가 있을지 모르지만 나는 대답하지 않을 것이고, 아니, 못할 것이고, 나는 그들에게 내 모습을 보이지 않을 것이다. 아니, 보일 수 없을 것이다. 내가 옮겨온 이 도시는 나를 알지 못하고, 나 역시 이 도시를 알지 못하고, 내 신상명세는 이 도시 어디에도 등록되지 않을 것이고, 그러니까 어디서도 나를 부르지 않을 것이고, 아니, 부르지 못할 것이고, 나는 어디에도 나를 드러내지 않을 것이다. 아니, 드러내지 못할 것이다. 나는 죽었고 아직 태어나지 않았다. 나는 죽은 채로, 아직 태어나지 않은 채로 산다. 말하자면 유령으로. 유령은 공간을 함께 하고 있지만 층위가 달라

감각되지 않는 존재에게 붙여진 이름이다. 몸에서 빠져나온 혼은 다른 층위로 이동해간다. 같은 공간에 위치해 있더라도 거주하는 세계와 존재의 방식이 다르므로 초자연적인 능력이나 예외적인 과정의 손길이 개입되는 아주 드문 경우를 제외하고는 어떤 접촉과 소통도 이루어지지 않는다. 나는 그런 존재와 같다. 저 세계를 빠져나왔고, 그러니까 저 세계의 존재자가 아니고 그렇지만 이 세계에는 등기되지 않고 떠돈다. 그러니까 이 세계의 존재자 역시 아니다. 나는 헤카테, 이 세계와 저 세계를 연결하는 문을 지키는 신에게 임시로 소속된 자이다. 헤카테는 교차로, 문턱, 건널목을 지배한다고 알려져 있다. 나는 교차로와 문턱과 건널목에서 서성이는 자이다. 교차로와 문턱과 건널목은 거주지가 아니다. 그러니까 나는 거주자가 아니다. 교차로와 문턱과 건널목은 이곳도 아니고 저곳도 아니다. 그러니까 나는 없는 사람으로 있고, 살지 않는 사람으로 산다.

그날 이후 그는 가끔 노트를 펴고 무언가를 썼다. 황선호는 성실한 기록자는 아니었다. 일기 형식을 취하고 있지만 건너뛴 날이 많고, 사실을 기록하기보다 감정을 털어내는 식이어서 그가 쓴 문장만으로는 실제로 무슨 일이 일어났는지, 무슨 일을 겪었는지 이해하기가 쉽지 않다. 그나마 초기에는 비교

적 자주 길게 글을 썼지만, 나중에는 간격이 벌어지고 짧아졌고, 어느 순간부터는 아예 쓰지 않았다. 그것은 그 도시에서의 정착의 여로를 보여준다고 할 수 있다. 삶이 불안정할 때 삶의 불안정함을 토로하는 글은 길고 글쓰기는 잦다. 삶이 안정할 때 삶의 안정함을 토로하는 글은 짧고 글쓰기는 드문드문하다. 첫날 쓴 그의 글에는 비장한 기운이 흐르는데, 보보라는 낯선 도시에 대한 기대 같은 것은 보이지 않는다. 그도 그럴 것이 그는 이곳에 살기 위해 온 것이 아니기 때문이다. 그는 (이곳에) 나타난 사람이 아니라 (그곳에서) 사라진 사람이었다. 어떤 글은 자기도 알지 못하는 사이에 자기 운명에 대해 하는 예언이 되기도 한다. 무언가를 쓰는 사람들이 대개 그렇듯 그는 아마 그것을 몰랐을 것이다.

6

'이 도시의 하늘은 투명하고 태양빛은 순수하다.'

그를 이곳으로 끌고 온 이 문장은 황선호의 것이 아니다. 완벽한 한시적 실종이라는 역할을 맡기로 작정할 무렵 그의 머릿속에 그 문장이 떠올랐다. 더 정확히 말하면, 직장 상사였던 보스의 권유를 받고 다니던 회사를 그만둘지 말지 고민할 때 어머니가 해줬던 말―"네가 원하는 일을 해라. 남이 원하는 일이 아니라"―을 되새기고 있는데 그 어느 순간 그 문장이, 그동안 어디에 숨어 있었을까, 그야말로 갑자기 솟아올랐다. 네가 원하는 일을 하라는 말을 처음 들은 사람은 황선호가 아니었다. 황선호의 어머니는 아들에게 하기 훨씬 전에 그 말을 누군가에게 했었다. "그때도 나는 그 말을 했다. 그 말밖에 할 수 없었다." 황선호는 어머니가 말하는 그때가 언제인지 알고 있다. 오래전 그 사람이 떠난 날, 아니, 그 사람을 보낸 날, 그 녀는 당신이 원하는 일을 해요, 남이 원하는 일이 아니라,라고 말했다,라고 황선호에게 말했다. 어머니가 그 사람이라고 부르는 사람이 누구인지 황선호는 알고 있었다. 처음부터는 아니었다. 어느 순간부터 알게 되었다. 그 일을 생각하자 깊은 우물 속에서 끌어올려진 두레박처럼 그 사람의 문장이 따라 올라왔다. 어머니의 말이 끈에 매달린 그 사람의 문장을 데리고 올라온 것 같았다. '이 도시의 하늘은 투명하고 태양빛은 순수하다.' 이게 뭐지? 처음에는 갑자기 떠오른 그 문장이 어디 숨어 있다가 툭 튀어나온 건지 파악하기 어려워 어리둥절했고, 이게 뭐지? 마침내 출처를 깨달은 후에는 하필 이 시점에 그 문장이 떠오른 이유가 무엇인지를 오래 생각했다. 추천인지 경고인지, 어떤 신호인지 헷갈렸다. 왜냐하면 그의 의식의 수면 위로 그 문장이 솟아오른 적이 없었기 때문이다. 그의 의식의 밑바닥에 그 문장이 잠겨 있었다는 사실도 모르고 있었기 때문이다. 그는 그 문장과 그 문장의 주인과 그 문장이 불러일으킬 수 있는 모든 것으로부터 거리를 유지하며 살아왔다. 그런데 왜 갑자기? 그는 어리둥절했고, 난처했고, 그러다 마침내 깨달았다. 그는 자신의 운명을 지시하는 이정표로, 그의 고심에 대한 답으로, 일종의 계시로 그 문장을 받아들이고 말았다. 미지의 장소는 부재자의 거처. 그것이 그가 받은 계시의 내용이었다. 너에게는 갈 곳이 있다. 그러니 가지 않을 수 없다. 그것을 사인이라고 하지 않을 수 없었다. 하늘이 투명하고 태양빛이 순수하다는 도시가 그의 눈앞에 펼쳐졌으므로 그는 보스에게 그 도시를 제시하지 않을 수 없었다.

그 도시는 그 문장을 쓴 사람의 도시였다.

'이 도시의 하늘은 투명하고 태양빛은 순수하다. 눈이 부셔서 쳐다볼 수 없는 것, 함부로 쳐다보았다가는 시력을 잃을 수도 있는 것이 순수다. 순수를 오염시키는 것이 시선이기 때문이다. 순수에 깃든 이 무서움은 순수가 보호되어야 하는 것임을 상기하게 한다. 왜 보호해야 하는가. 보호해야 할 만큼 흠이 없거나(쳐다보는 것만으로 훼손될 정도로) 보호해야 할 만큼 고귀하기(쳐다보는 것조차 허용되지 않을 정도로) 때문일 것이다. 상대적으로 흠이 없거나 더 고귀한 것이 아니라 말할 수 없이 흠이 없거나 말하기 어려울 정도로 고귀하다.'

그 문장은 보보라는 도시를 소개하는 글의 한 부분이었다. 투명하고 순수한 햇빛에 대한 묘사가 워낙 강렬해서 황선호는 그 문장을 읽을 때 보보의 햇빛 아래 있는 것 같은 느낌을 받았었다.

그 문장은 꽤 오랫동안 그의 시골집 서랍 깊은 곳에 보관되어 있었다. 그곳에 넣어둔 후 한 번도 확인하지 않았으므로 방치한 것이나 마찬가지였다. 기린팀의 송과 마지막 인사를 하고 회사를 나온 황선호는 계시와 같은 그 문장을 만나러 시골 집으로 향했다. 보보에 가기 전 그 글을 읽는 것은 실용적이기도 할 것이다. 왜냐하면 그 글은 여행기의 한 부분으로 쓰였으니까. 차를 몰고 가면서 그는 자기가 그 문장이 들어 있는 글과 그 글을 쓴 사람에게 현혹당하지 않으려고 그곳에 그 문장을 방치했을지 모른다는 생각을 했다. 그가 경계한 현혹의 성격에 대해서는 말하기 어렵다. 그는 다만 거기 적힌 문장들이 어떻게든 그를 흔들 것을 예감했으므로, 그리고 절대로 흔들리고 싶지 않았으므로 더 읽는 것을 중단하고 서랍 속에 처넣었었다. 무언가를 새로 알게 되고 새로운 행동을 하게 되는 상황이 생길까봐 두려워했던 것 같기도 하다. 터무니없이 유순해지고 흐물흐물해질까봐, 분별력을 잃고 혼란에 빠질까봐, 혹시라도 그렇게 되면 어쩌나 하고, 그때는 절대로 그러고 싶지 않았으므로 그 문장들을 더 읽지 않고 묻어두고자 했던 것 같다. 읽지 않은 문장들은 종이뭉치에 불과하고, 종이뭉치에 불과한 것의 간섭을 받는 일은 없을 거라고 판단했던 것 같다. 읽을 때 읽는 사람에게만 말하는 게 글이니까. 그것이 글의 운명이고 한계이고 권한이니까. 글이 지시하는 것을 자진해서 받아들이겠다는 준비 없이 글을 읽을 수는 없으니까. 글을 읽는 자는 자발적인 복종의 서약을 한 자이니까. 황선호가 그 문장들을 굳이 읽지 않으려 한 것은, 그가 글의 그런 속성, 글의 운명과 한계와 권한을, 무의식적으로일망정 이해하고 있었다는 방증이다.

그러나 읽지 않은 문장 또한 읽지 않은 채로 그의 삶을, 보이지 않는 곳에서 흔들고 있었던 모양이라고 그는 차를 몰고 가면서 생각했다. 방치가 아니라 보관이었는지 모른다고. 방치가 보관의 한 방법이었는지 모른다고. 아는 것은 거부할 수 없는 완고함으로 통제하고, 모르는 것은 무수히 많은 미지의 가능성으로 간섭한다고.

7

바람이 거세게 불던 어느 가을 아침에 황선호는 어머니의 전화를 받았다. 그녀는 앰뷸런스를 타고 도립병원으로 가는 중이라고 알려왔다. 무슨 일이냐고 묻는 아들에게 그녀는, 너무 일찍 전화해 깨운 것이 아니냐고 묻고, 별일 아니니 서두르지 말고 아침밥을 챙겨 먹고 출발해서 자기를 만나러 오라고, 11시쯤에 병원에서 보자고, 마치 데이트 약속이라도 하는 것처럼 말했다. 그날까지 황선호는 어머니 몸속에 암세포가 자라고 있다는 사실을 까맣게 몰랐다. 어머니가 말하지 않았기 때문에 몰랐다. 어머니가 자기 몸속에 암이 들어와 살고 있다는 진단을 받은 다음 누구에게도 밝히지 않은 채 고향 마을인 시골로 내려갔다는 사실을 황선호는 나중에야 알았다. 어머니의 귀향을 노후 설계의 일종으로 받아들였기 때문에, 그리고 어머니가 자신의 몸에 나타난 변화에 대해 어떤 암시도 주지 않았기 때문에 아들은 아무것도 눈치채지 못했다. 그보다 몇 해 전 수술과 화학요법을 병행하며 치료를 받았지만 물을 마시지 못할 정도로 극심한 고통 가운데서 의사에 의해 선고된 잔여수명 6개월도 채 못 채우고 세상을 떠난 친정아버지를 곁에서 지켜본 경험이 그녀로 하여금 자기 몸속에서 자라고 있는 암과의 싸움을 포기하게 했다는 사실도. 아버지가 세상을 떠난 후 그녀는 더 오래 살게 하지도 못하면서 치료한답시고 고통스럽게만 했다고, 차라리 먹고 싶은 것 먹고 하고 싶은 것 다 하면서 차분히 생을 정리하게 해야 했었다고 자책했다. 어느 날 그녀가 동네 아이들을 상대로 해오던 보습학원을 정리하고 고향 마을 근처에 생긴 지 얼마 되지 않은 전원주택을 구입해 내려가겠다고 했을 때 황선호는 홀로 외아들을 키우며 집안을 꾸려온 어머니가 지칠 때도 되었다고 생각했으므로 어머니의 자발적인 은퇴를 환영하고 반겼다. 살고 죽고 병드는 일이 순서대로 이루어지는 건 아니지만 아직 환갑도 안 된 어머니가 이 세상을 떠날 수 있다거나 낫기 힘든 병에 걸릴 수 있다는 생각을 하지 못했었다. 실제로 그녀는, 시골에 내려가 그림이나 그리며 한갓지게 살겠다고 해서 아들을 안심시켰다. "내가 중고등학교 때는 그림으로 상도 제법 받았다. 내 열심히 할 테니 한 10년쯤 지나서 개인전이나 한 번 열어주려무나."

어머니는 농담을 했고, 아들인 황선호는 어머니의 그런 농담을 장거리 레이스를 마치고 결승전에 들어와 숨을 고르는 달리기 선수의 안도감 같은 것으로 이해했다. 그때까지 살아 있다면 말이다,라고 덧붙이는 말에서 무언가를 포착하지 못한 것을 황선호의 잘못이라고 할 수는 없다. 자립심이 강하고 강인한 성정의 그녀는 암세포를 몸속에 있는 장기 가운데 하나인 것처럼 대하려고 했다. 싸우지 않고 품고 다스리려고 했다. 그녀의 선택이 옳았는지 고향 마을의 전원주택에 내려간 후 그녀는 채소를 키우고 그림을 그리며 5년을 살았다. 그림의 수준이 어느 정도인지 모르지만 개인전은 열지 못했다. 그녀가 그린 그림들은 그녀가 마지막까지 살았던 집에 보관되어 있다. 황선호는 그 집을 팔지 않았다. 시간이 꽤 지난 후 어머니처럼 그 집에서 그림을 그리며 사는 자신의 모습을 상상하면 이상하게 마음이 환해졌다.

어머니가 시골로 내려간 후 황선호는 두세 달에 한 번 꼴로 어머니를 뵈러 갔지만 그 이른 아침 전화를 받고 내려가는 순간까지 어머니가 암세포를 몸에 지닌 채 살아왔다는 걸 몰랐다. 그가 둔감했기 때문이 아니라 그의 어머니의 연기가 그만큼 훌륭했기 때문이다. 그녀는 어떤 내색도 비치지 않았다. 며칠 전부터 심한 구토에 시달려 음식 섭취를 하지 못한 상태로 병원에 입원한 그녀는 입원 후에도 의사가 권하는 튜브를 통한 인위적 영양 섭취를 단호하게 거부했다. 그녀는 자기에게 허락된 지상에서의 시간이 다 되었다는 걸 받아들였다. "그래도 하나님이 나를 참 많이 봐주셨다. 5년이나 덤으로 살았잖냐." 그사이 독실한 기독교인이 된 그녀는 당신의 투병을 눈치채지 못한 우둔함과 무신경을 자책하는 아들을 위로하듯 어색하게 웃었다. 어머니가 그렇게 긴 세월 동안 남몰래 암과 싸운 것이 아니라 암을 거느리고 살아왔다는 사실을 까맣게 몰랐던 아들은 갑자기 닥친 상황에 어떻게 대처해야 할지 몰라 허둥지둥했다. 그와는 달리 그의 어머니는 죽음을 맞이하는 사람의 태도라고 볼 수 없을 정도로 침착하고 의연했다. 황선호의 기억 속 어머니는 언제나 의연했지만 마지막 순간에는 더욱 그랬다. 사는 동안 누구에게도 의지하지 않았던 것처럼 마지막 순간에도 그랬다. 아들인 그에게도 의지하지 않았다. 그녀에게 세상은 스스로 방향을 정하고 걸어야 하는 여행길과 같았다. 그녀는 사람들 속에서 홀로 걷는 사람이었다. "다른 데 책임을 돌리지 마라. 다른 사람이 네 인생을 책임져줄 거라고 생각하지 마라." 황선호는 어렸을 때부터 그 말을 자주 들었다. 그런 어머니를 존경해왔지만, 마지막 순간까지 그런 모습을 견지하는 어머니는 좀 섭섭하고 무서웠다. 아들인 자신이 아무것도 아니라는 사실을 어머니의 마지막 순간에 확인하는 일이 아무렇지 않을 수는 없었다. 그는, 어머니에게 나는 뭐예요? 하고 원망하다가 찔끔찔끔 눈물을 보이기도 했다. 자책과 슬픔과 혼란 가운데서 어쩔 줄 몰라 하는 그를 그의 어머니는 부드러운 눈길로 쓰다듬었다.

어머니가 돌아가신 후 유품을 정리하는 과정에서 황선호는 그 편지들을 발견했다. 편지들은 오래된 물건을 보관하는 트렁크 안에 세 권의 두툼한 앨범과 황선호가 어릴 때 받은 상장들과 함께 들어 있었다. 앨범 속의 젊은 어머니 사진들은 황선호에게 지난 시간의 추억들을 불러일으켰다. 젊은 어머니는 머리가 짧고 편한 바지를 입고 화장을 하지 않았다. 빠른 걸음, 활기찬 목소리, 그리고 환한 웃음. 어머니는 언제나 씩씩했다. 누구 앞에서나 당당하고 의연했기 때문에, 그리고 누구보다 부족한 것 없이 해주었기 때문에 자라는 동안 그는 아버지의 부재로 인한 결핍감을 전혀 느끼지 못했다. 그만큼 철저했지만 그래서 그만큼 외로웠을 어머니의 삶을 어른이 된 후에야 겨우 어림할 수 있었다. 잘 분류된 공문서처럼 날짜별로 정리된 편지들은 끈으로 묶여 있었다. 색 바랜 종이와 번져 엷어진 잉크의 흔적이 거기 갇힌 시간을 알려주었다. 편지를 보낸 사람은 한 명이었고, 편지를 받는 사람도 한 명이었다. 모두 국제우편으로 온 것이었는데 편지를 보낸 기간은 어림잡아 10년 가까이 되었다. 마지막 편지는 27년 전에 보낸 것이었다. 그는 그 편지들을 모두 읽지는 않았다. 여유가 없기도 했지만 그에게 온 편지가 아니었다. 그리고 무엇보다 그 편지가 자전거를 타고 세계를 떠도는 한 남자의 여행기라는 걸 그는 알고 있었다. 그 편지들이 두 권의 책이 되어 나왔다는 것도. 그는 무작위로 몇 장의 편지를 읽어보았다. 어떤 편지는 보고서 같았고, 어떤 편지는 심정을 토로하는 일기 같았다. 자전거를 탄 한 남자가 언덕을 오르는 장면이 눈앞에 그려졌다. 두 권의 여행기 속 어딘가에 실린 사진 속 남자의 얼굴을 보며 낯설지 않다고 느꼈던 일이 생각났고, 그러자 문득 눈앞이 흐릿해지면서 기이한 느낌이 들었다. 황선호는 심호흡을 하고 읽기를 멈췄다. 그만! 그만 읽어! 그런 목소리를 들은 것 같았다. 어디서 들려오는지 누구 목소리인지 알 수 없었다. 어머니의 목소리는 아니었다. 어쩌면 자기 목소리인지 몰랐다. 그는 경보음을 들은 사람처럼 읽기를 중단했다. 편지들을 다시 끈으로 묶어 트렁크 안쪽에 넣어두었다. 다시 꺼내지 않으리라고 결심하지는 않았지만 다시 꺼낼 일이 없을 거라는 예감은 있었다.

예감대로 되었다고 할까. 그는 여태 그 가방을 열지 않았다. 그 가방을 다시 여는 날이 올 거라고 생각하지도 않았다. 이곳을 떠나 어딘가로 가야 하는 순간에 갑자기 그 문장이 무슨 계시처럼 떠오르기 전까지는. "하늘은 투명하고 태양빛은 순수하다." 그 문장을 그 편지 묶음 속에서 읽었다는 사실이 어떻게 갑자기 떠올랐을까. 그 순간 그는 자기가 그 편지를 읽지 않으려고 애쓰며 살아온 것을 깨달았다. 그 도시에 대해 알고 싶어져서 한밤중에 차를 몰고 시골로 달려가면서 황선호는 그로서는 파악할 수 없는 신비한 어떤 힘이 결국 그 편지 앞으로, 그가 달아나려고 했던 그 문장들 속으로 데리고 가는구나, 생각하며 전율을 느꼈다. 9년 만에 상자를 다시 열고, 이번에는 매우 꼼꼼하게 그 편지들을 읽었다. 알 수 없는 열정에 사로잡힌 그는 조사관과 같은 치밀함으로 문장들을 살피고 그 문장들을 통해 선명하거나 희미하게 나타난 사실들을 정리했다. 그의 기억 속에 들어 있던 불분명한 파편들이 그 편지 속 문장들에 의해 나타난 사실들과 합해져서 조금 구체적인 그림들이 만들어졌다. 그 밤에 그는 어머니가 밝히지 않았고 그가 질문하지 않았기 때문에 흐릿하게 남아 있던 어머니의 한 시절이 조금 선명해지는 경험을 했다. 보보라는 도시에 대한 감상을 기록한 편지가 그 사람의 마지막 편지라는 것도 그날 확인했다.

"원고가 더 이상 오지 않는구나. 이상하게 편지가 끊겼구나." 어느 날 무엇 때문인지 황선호는 그 사람의 여행기를 이제 만들지 않느냐고 물은 적이 있는데, 그때 어머니가 근심스러운 표정으로 그 말을 하던 게 생각났다. 그는 그 사람이 편지를 끊은 사실에 대해 깊이 생각하지 않았다. 막연히 잘되었다고 생각하며 근심스러운 어머니의 표정을 외면했던 것 같기도 했다. 그 사람과 그 도시를 피하려는 마음이 있었던 거라고 그 문장들을 다시 읽으며 그는 생각했다. 그러나 결국 피할 수 없는 일이었던 모양이라고. 피할 수 없는 일은 피해지지 않는 법이라고. 그는 결국 보보에 갈 운명이었던 거라고. 미지의 장소는 부재자의 거처라고. 그 순간에 그는 신비주의자처럼 사고했다.

8

이 도시는 어디를 가도 더럽고 악취가 심하게 난다. 도시를 내려다보고 있는 파랗고 말끔한 하늘과 대조적이어서 아이러니하다. 휴지, 플라스틱 조각, 찢어진 비닐봉지, 깨진 술병과 피우고 버린 담배꽁초, 새와 개의 배설물 들이 아무데나 뒹군다. 버리는 사람만 있고 치우는 사람은 없다. 적어도 외지에서 온 황선호의 눈에는 그렇게 보인다. 가끔씩, 예고도 없이, 어디서인지 모르게 불어오는 기운찬 바람이 청소부 역할을 하는 것 같다고 황선호는 생각한다. 그렇지만 바람이 꼼꼼하고 성실한 청소부일 리 없다. 황선호는 카페에 앉아 어지럽고 지저분한 보보의 거리를 바라보며 노트에 적었다.

바람이 그런 재능을 타고났을 리 없고, 설령 그런 재능을 타고났다고 해도 어디선가 그 기술을 잘 연마했을 거라고 기대하기 어렵다. 재능을 타고났다고 해도 연마하지 않으면 실력을 갖출 수 없는 일. 어딘가에 착실하게 눌러앉아 청소 기술을 익혔을 거라는 상상은 난봉꾼처럼 마구잡이로 불어대는 바람의 성정과 도무지 어울리지 않는 것 같다. 재능이라면 혹시 몰라도 그런 성품을 타고났을 것 같지는 않다. 그런데 이 분야의 재능은, 잘 연마되지 않으면 난봉꾼을 만들 확률이 높기 때문에 위험하다. 연마의 과정이 통제와 절제의 덕을 포함하기 때문이다. 이 도시의 바람이 이 골목의 쓰레기들을 저 골목으로 끌고 가 어지럽게 늘어놓는 걸 보면 그런 미덕을 배우지 않은 것이 분명해 보인다.

보보의 길들은 좁고 꼬불꼬불하고 경사도 심하다. 바람은 그 길들을 묘기 부리듯 훑고 다닌다. 바람이 하는 짓은 여기저기 널린 쓰레기들을 저기여기로 옮겨놓는 것뿐이다. 바람에게 심술이 있어서라기보다 분별력이 없어서라고, 즉 연마의 과정을 거치지 않아서라고 이해하는 편이 이치에 맞다고 황선호는 속으로 생각한다. 대개의 경우 난봉은 심술이 아니라 무절제와 무분별에 기인하기 때문이다. 이 도시에서 황선호는 생각하는 사람이 되었다. 하는 일이 없기 때문이다. 사실 생각은 그가 하는 일이 아니라 그의 머릿속으로 스며드는 무엇이다.

놋그릇에 녹이 슬 듯 그의 머릿속에 생각이 슨 것인데, 그는 그것을 가만히 두고 볼 뿐이다.

개들의 배설물은 쓰레기들을 이리저리 난잡하게 끌고 다니는 이 난봉꾼도 어쩌지 못한다, 라고 그는 이어서 썼다.

진동하는 악취의 중요한 원인 제공자인 이 배설물들은 자동차나 자전거의 바퀴, 그리고 사람의 신발에 붙어서 형체를 바꿔가며 다른 곳으로 옮겨간다. 개들은 거리를 어슬렁거리고, 사람들은 개들과 함께 어슬렁거린다. 개들은 왜 이렇게 많은 걸까. 사람보다 많고 사람보다 의젓하다. 개들은 사람을 힐끗거리며 어슬렁거리고 사람들은 개들을 힐끗거리지 않고 어슬렁거린다. 개들은 배설을 가려서 하지 않고(가려서 한다면 개가 아니지!), 사람은 개들의 배설물을 괘념치 않는다. 도시는 악취로 정복된다. 쏘고 베고 찌르는 것만 무기가 아니다.

저 도시에서 눈물과 돈과 노래와 질투를 무기로 공격해보았거나 그것들에 의해 공격당해본 적이 있는 황선호는 이색적인 정복의 수단과 효과에 대해 숙고할 기회를 제공받은 것이 달갑지 않다. 그러나 관성은 의지의 나태함을 밟고 구른다. 질량이 크면 관성도 커진다. 그는 개들의 노림수를 의심한다. 놋그

룻에 녹이 슬 듯 황선호의 머릿속에 생각이 슨다. 그는 그 생
각들을 노트에 적는다.

개들을 순진하다고 할 수 있는가. 개들이 배설을 통해 영
역 표시를 한다는 것은 잘 알려진 사실이다. 그들이 영역을
넓히려는 목적으로, 그러니까 정복을 위해 여기저기 쏘다니
는지 누가 알겠는가. 자기 영역을 지키려는 소극적이고 방어
적인 의도가 아니라 자기 영역을 더 넓히려는, 넓히기 위해서
빼앗으려는(빼앗지 않고 어떻게 넓히겠는가. 깃발만 꽂으면 자기 것
이 되는 빈 땅은 이 세상 어디에도 없다) 적극적이고 공격적인 의
도. 그렇다면 악취를, 도시의 하늘에 악취를 공급하는 그들
의 배설물을 방어 수단이라고 할 수 있는가? 공격 무기가 아
니라고 할 수 있는가.

황선호는 호텔 직원에게 '친구들의 집'에 대해 물었다. 보보
에 도착한 후 그가 한 첫 번째 질문이었다. 그가 거의 이 주 동
안 호텔 방에 틀어박혀 술과 잠으로 피폐해져 있을 때 매니저
와 함께 들어와 죽은 거 아니냐고 호들갑을 떨던 추리소설 애
독자는 종잡을 수 없는 이상한 사람이라고 간주하고 있던 동
양인 투숙객의 첫 반응에 호기심을 보였다. "친구들의 집이
요? 그게 어떤 곳인데요?"

황선호가 읽은 마지막 편지에는 '친구들의 집'이 등장했다. 그 내용에 따르면 '친구들의 집'은 일종의 공동체였다. 여행작가 김경호는 그곳을 매우 특이한 이상주의자들이 모여 사는 공동체로 묘사했다. 황선호는 자신 없는 목소리로 그 편지에서 읽은 것을 말했다. 그의 설명을 들은 호텔의 젊은 직원은 수도원인가요? 하고 물었다. 황선호는 수도원은 아닌 것 같다고 답했다. 직원은 고개를 갸우뚱했다. 황선호는 그 사람, 김경호에 대해 말하는 게 어려웠다. 입에 올리는 것이 거북했다. 전에도 그랬고, 지금도 그랬다. 황선호가 아는 그 사람은 자전거의 앞과 뒤에 짐받이를 만들어 붙이고 여기저기 떠돌아다니며 글을 쓰는 사람이었다. 글은 황선호의 어머니에게 보내졌고, 원고가 모이면 책이 되었다. 그 사람이 편지를 써 보낸 지역은 한두 군데가 아니었다. 이름을 들어본 도시도 있었지만 금시초문에 발음조차 하기 어려운 지명도 보였다. 그것은 그가 세계를 떠돌아다닌다는 표시였다. 짐을 가득 실은 자전거 옆에 활짝 웃고 서서 찍은 사진이 편지 사이에 끼어 있었다. 주로 여러 날 씻지 않은 듯 지저분했고 수염이 덥수룩했다. 대개 혼자였지만 여러 사람과 어울려 찍은 사진도 있었다. 배경은 매번 바뀌었다. 언제는 숲속이다가 언제는 바닷길이었다. 언제는 사막이기도 했다. 그 사진들은 거의 다 책에 실렸다.

황선호는 그 책을 읽은 적이 있었다. 중학교에 막 들어갔을 때였다. 어머니는 그 책을 건네며 친구가 쓴 책이라고 했다. "어머니한테 이런 친구가 있어?" 그가 묻자 어머니는 어깨를 으쓱해 보였다. 반쯤 읽고 나서 황선호가, 자전거 타고 세계를 일주하다니, 부럽다,라고 했을 때는 의미심장한 표정을 지으며 고개를 두어 차례 저었다. "너는 그러지 마라." 그의 어머니는 그렇게 말했다. 왜? 하고 물은 것은 자기도 중학생이 되었으니 어머니가 자전거를 사주면 좋겠다는 생각이 들어서였다. 자전거를 타고 바닷길을 따라 달리는 상상을 하자 가슴이 시원해지는 느낌이 들었다. "자전거를 타지 않은 사람과는, 이를 테면 엄마와는 헤어져야 하잖니." 그 말을 할 때 어머니의 표정이 허전하고 쓸쓸해 보였다는 것을 황선호는 기억한다. 늘씩씩하고 의연하던 어머니의 얼굴에 여간해서는 나타나지 않던 표정이라 기억에 남았다. 그 이후 어머니와 그 여행작가에 대해 이야기할 기회는 거의 없었다. 어머니가 그 사람이 쓴 책을 읽고 있는 모습을 보기는 했다. 그러나 그때도 그 책이나 그 책을 쓴 사람에 대해 무슨 이야기를 나누지는 않았다.

그랬으므로 어머니가 세상을 떠난 후 발견된 그 많은 편지의 발신인이 그 사람이라는 것을 알았을 때 황선호는 의문과 혼란에 빠졌고, 편지를 읽어가면서는 어머니와 그 사람이 단지 친구 사이이기만 했던 것이 아니라는 걸 알게 되었고, 어떤 예감인가가 스멀거리는 것을 물리치기 위해 읽기를 중단했었다. 감정의 동요를 가라앉히기 위해 그는 이런 생각을 전개했다. 어머니에게는 시간이 충분히 있었다. 수십 년의 시간이 있었다. 그리고 돌아가시기 전 이틀 동안 나는 어머니 곁에 붙어 있었다. 말해야 할 것이 있으면 말했을 것이다. 말해야 한다고 생각했다면 말했을 것이다. 시간이 있는데도 말하지 않은 것은 말할 것이 없거나 말할 필요가 없어서였을 것이다. 말할 것이 없다는 건 알아야 할 것이 없다는 뜻이고, 말할 필요가 없다는 것은 알게 할 이유가 없다는 뜻이다. 알 이유가 없다는 뜻이다. 말하지 않으면 알 수 없으니까.

그런데 다시 생각해보면 어머니가 그 편지들을 치우지 않고 남겨둔 것에 아무 뜻이 없다고 할 수는 없을 것 같기도 했다. 용의주도하고 깔끔한 성격을 감안하면 더욱 그랬다. 어머니는 그에게 아무 말도 하지 않았지만 아무 말도 하고 싶지 않았던 것은 아닐 수 있었다. 아무 말도 하지 않은 것이 아무 말도 하고 싶지 않다는 말과 뜻이 같다고 할 수는 없었다. 아무 말도 하고 싶지 않아서 아무 말도 하지 않기도 하지만 하고 싶은 말이 있는데도 하지 않는 편을 택할 수도 있다. 그런 선택을 해야 하는 사연이 있을 수도 있다. 시골집으로 내려와 그 편지들을 다시 꼼꼼이 읽으면서 황선호는 그런 생각을 했다. 어머니는 언젠가 아들에게 이런 순간이 찾아오리라는 것을 아마 알았을 것이다. 그래서 편지들을 이렇게 남겨두었을 것이다. 신비주의자의 면모를 갖기 시작한 황선호는 마침내 그때 어머니가 그를 그 사람이 마지막 편지를 보낸 도시인 보보로 보냈다는 생각을 하기에 이르렀다.

보보는 그 사람이 머문 마지막 공간으로 추측되는 도시였다. 떠돌던 그의 길은 어느 날 보보에 이르렀고, 어찌어찌하여 '친구들의 집'에 정착했다. 자전거 하나에 의지하여 10년 동안 세계를 떠돌아다니던 사람이 이름도 잘 모르는 외진 곳에 정착하게 된 것은 의외라고 할 수 있었다. 왜냐하면 그에게는 자전거 말고 집이라는 게 없었기 때문이다. 자전거 말고 집이라는 걸 갖기를 원하지 않았기 때문이다. "자전거를 타고 세상을 떠돌아다니다가 이 세상을 떠날 시간이 되면 자전거 페달을 힘차게 밟아 하늘로 날아갈 거야. 그렇게 세상을 떠나는 게 내 소원이야. 영화 속 이티처럼 말이야." 어머니에게 보낸 편지에는 그런 문장이 있었다. 그런 그가 보보에 정착한 것은 무엇 때문이었을까. 그리고 그 무렵 갑자기 연락이 끊어진 데에는 어떤 사연이 있는 걸까. 그에게 어떤 일이 있었던 것일까. 보보를 한시적 거주지로 삼겠다고 결정했을 때 황선호는, 그 도시에 도착하면 '친구들의 집'을 찾게 될 거라는 생각을 막연하게 했다. 찾은 다음에 어떻게 할 거라는 계획은 하지 않았다. 그럴 여유가 없기도 했지만 거기까지 생각하지 않으려는 마음이 더 컸다. 그는 자신 앞에 무엇이 놓여 있는지 모르는 상태였고, 모르고 싶었다. 예측할 수 있는 것이 아무것도 없었고 또 예측한다는 것이 무의미하기도 했으므로 예측하지 않으려고 했다. 그것은 이제까지의 그의 삶과는 다른 삶이었다.

호텔 직원은 '친구들의 집'에 대해 아는 게 없었다. 가슴께에 '류'라고 적힌 이름표를 단 그는, 혹시 주소 없어요? 하고 물었다. 황선호는 고개를 저었다. 편지 어디에도 '친구들의 집' 주소는 적혀 있지 않았다. 편지 봉투가 몇 장 보관되어 있었지만 주소는 제대로 적혀 있지 않았다. 도시 이름이 적혀 있거나 호수, 산, 바다 이름이 적혀 있는 경우가 대부분이었다. "주소 대신 호수, 산, 바다요?" 추리소설의 애독자이고 작가 지망생이기도 한 호텔 직원 류는 갑자기 흥미를 보이며 그를 프런트 데스크 안쪽으로 들어오게 했다. "거기가 술집인지 숙박업소인지 무슨 회사인지 말해보세요." 황선호는 그런 게 아니고 사람들이 서로를 친구라고 부르며 모여 사는 공동체로 알고 있다고 다시 말했다. 류가 잘못 알아들었다는 듯 턱을 치켜들었기 때문에 황선호는 코뮌이라는 단어를 커뮤니티라고 바꿨다. 류는 아무래도 수도원 같은데, 하며 황선호의 얼굴을 쳐다보았다. 황선호는 이번에도 고개를 저었다. "하긴 수도사들이 서로를 친구라고 부르진 않지. 형제라면 몰라도." 혼잣말을 하며 류는 컴퓨터 검색창에 무언가를 쳤다. 그 모습은 심심하던 차에 흥미 있는 일이 생겨 즐거워하는 어린아이를 연상하게 했다. 황선호는 그 앞에 가만히 서서 기다렸다. "숲속 친구들, 코끼리 친구, 이건 애들 장난감이고, 친구들과 사이좋게 노는 법, 내 친구의 집은 어디인가? 이건 영화 제목 같은데, 그리고 친구 찾기, 이런 사이트도 있군요. 친구 집에 놀러갔다? 이거 참, 친구들의 집이라는 장소는 안 나타나는데요." 류가 모니터에서 눈을 떼지 않은 채 다른 정보가 있으면 더 달라고 했다. 황선호는 그 공동체의 근본정신이라고 할 수 있는 자급자족과 평화, 명상 같은 단어들을 발음하고, 처음에 한 철학 교수에 의해 주도되었다는 말을 덧붙였다. 류는 자급자족, 평화, 명상, 하고 따라 발음한 다음, 아무래도 무슨 종교기관 같은데? 사이비종교인가? 하고 중얼거렸다. 황선호는 그건 아닐 거라고 말했다가 잘 모르겠다고 덧붙였다.

그 대신 보보체리나무에 대해 이야기했다. 심은 지 오래된 큰 나무가 상징처럼 집 한복판에 서 있다고 했다. 편지에 동봉해 보낸 사진 속 나무의 풍채가 무엇 때문인지 황선호의 머릿속에 꽤 인상적으로 박혀 있었다. 편지에는 그 나무가 보보체리나무라고 소개되어 있었다. 바베이도스 체리나무라고 많이 알려진 이 나무를 이곳 사람들은 보보체리나무라고 부른다는 설명과 함께. 황선호가 바베이도스 체리나무라고 부르기도 한다고 하자, 바베이도스 체리나무요? 류는 황선호를 바라보며 웃었다. "우리는 보보체리나무라고 불러요. 이 나라에 널린 게 그 나무예요. 우리 집에도 다섯 그루나 있어요. 물론 다 크고 오래 된 나무지요. 할아버지 때부터 있었으니까 뭐. 그건 단서가 될 것 같지 않은데요. 다른 거 없을까요?" 황선호는 갑자기 말문이 막혀서 공동체, 자급자족, 평화, 명상이라는 단어만 중얼거렸다. 류는 막연하네요, 하고 고개를 저었다. "쉽게 찾을 줄 알았는데." 황선호의 그 말을 실망의 표현으로 들었는지 류는 곧 어깨를 으쓱해 보이며, 그렇지만 실망하지 마세요, 내가 어떻게든 찾아볼 테니, 하며 자기 가슴을 주먹으로 툭툭 쳐 보였다. 자기를 믿으라는 그 몸짓은 조금 익살스러웠다. 황선호는 그의 적극성이 반갑기도 하고 낯설기도 했다. 반가운 것은 떠나온 도시에서의 그의 모습을 떠올리게 했기 때문이고 낯선 것은 이 도시에서의 그의 처지를 떠올리게 했기 때문이었다. 그런 기분 때문에 바로 자리를 뜨지 않고 있는 황선호에게 호텔 직원은 속삭이듯 말했다. "술 필요하면 언제든 말씀하시고요." 황선호는 놀림을 받는 것 같은 느낌이 들어 얼굴을 붉혔지만, 말하는 사람의 웃는 표정이 더할 수 없이 천진난만해 보여 아무 말도 하지 못하고 자리에서 벗어났다.

9

황선호는 걷는 사람이 되었다. 보보시 곳곳을 걸으면서 오
래전 자전거 여행자가 느꼈을 투명한 하늘과 순수한 태양빛을
느낄 수 있게 되기를 바랐다. 그는 그 사람처럼 자전거를 타고
세상을 돌아다니는 대신 두 발로 보보를 헤매고 다녔다. 그러
다 보면 그야말로 우연히 '친구들의 집'을 발견하거나 그곳으
로 가는 힌트를 찾게 될지 모른다는 근거 없는 기대도 생겼다.
낯선 곳에서 '없는' 사람으로 살아야 하는 그에게 '친구들의 집'
은 그럴듯한 지표가 되어주었다. 그는 '친구들의 집'을 찾아야
하는 임무를 부여받은 사람으로 자신을 규정하기로 했다.

호텔은 바다가 내려다보이는 언덕에 세워져 있었는데, 그는
호텔 정문을 나설 때까지 어느 방향을 택할지 방향을 정하지
않았다. 정해진 목적지가 따로 없기 때문이었다. 대개는 무작

정 걸었다. 발길 닿는 대로,라는 표현이 가장 적당할 것이다. 하루는 호텔에서 나와 왼쪽 바닷길을 따라 몇 시간씩 걷고, 다른 날은 반대쪽으로 걸었다. 어떤 날은 시장과 노점상들이 늘어선 거리를 쏘다녔고, 어떤 날은 풀이 우거진 공원을 헤매다녔다. 아직 가보지 않은 곳이 많을 텐데도, 이미 간 곳을 다시 가기도 했다. 그래도 상관하지 않았다. 보보의 길은 좁고 지저분하고 사람들은 대체로 우울한 얼굴을 하고 오갔다. 햇살은 뜨겁고 아팠다. 그는 되도록 그늘을 찾아 걸었지만 거리에는 가로수가 많지 않아 햇빛을 피하기는 쉽지 않았다. 외지인인 그에게 관심을 보이는 사람은 거의 없었다. 다른 사람에게 관심을 보일 여유가 없는 것처럼 보이기도 했다. 황선호는 걷다가 지치면 카페에 들어가 음료수를 마시고 마치 그것 말고는 할 일이 없다는 듯 노트에 무언가를 적었다. 가령 이런 글들.

　나는 길을 잃을 수 없는 사람이다. 길을 잃으려면 목적지가 있어야 하는데 나에게는 그런 것이 없기 때문이다. 나는 떠돌아다니지만 행선지가 없고, 행선지가 없지만, 없기 때문에 떠돌아다닌다. 길은 나를 잃어버릴 수 있을지 모르지만 나는 길을 잃어버릴 수 없다. 아니, 길도 나를 잃어버릴 수 없다. 길은 나를 가진 적이 없기 때문이다. 가지지 않은 것을 잃어버릴 능력을 가진 이는 없다. 나는 이 길에 속한 사람이 아니다. 이것은 이 길이 나에게 속하지 않은 것처럼 확실한 명제이다. 이 길을 떠돌지만 길은 나를 붙잡지 않거나 붙잡지 못한다. 붙잡지 않는 것은 내가 머물기를 바라지 않기 때문이고, 붙잡지 못하는 것은 내가 실체 없는 그림자와 같아서 머물게 할 수 없기 때문이다. 길은 나를 잃어버릴 자격이 없고 나는 길을 잃어버릴 능력이 없다.

하늘은 얇고 햇살은 뜨거웠다. 하늘은 너무 얇아서 없는 것 같았고, 햇살은 너무 뜨거워서 직사광선을 받으면 살이 타버릴 것 같았다. 여러 시간 직사광선에 노출된 피부는 따끔거렸고 며칠 지나지 않아 껍질이 벗겨졌다. 그런데도 그는 지칠 때까지 걸었다. 혹사하듯, 그것이 그곳에 온 이유인 것처럼 하루 종일 걷다가 저녁이 되어 호텔에 들어왔다. 하늘이 투명하다는 말과 태양빛이 순수하다는 말을 그는 몸으로 이해했다. 햇살에는 불순물이 하나도 섞여 있지 않았다. 그것은 하늘이 없는 것처럼 보일 정도로 투명하기 때문이었다. 햇빛은 생각까지 증발시켜버려서 그는 걸을 때 거의 백지처럼 되었다.

그러나 투명한 하늘과 순수한 햇빛은 거리의 지독한 더러움과 악취를 가리지 못했다. 오히려 투명한 하늘과 순수한 햇빛에 대비되어 더 부각되었다. 특히 견딜 수 없는 것은 골목에 밴 오줌 냄새였다. 개의 오줌만 아니라 사람의 오줌도 섞여 있었다. 개들은 전봇대와 가로수에 붙어 오줌을 누고 사람들은 술집과 식당이 있는 골목 귀퉁이 벽에 오줌을 누었다. 개와 마찬가지로 사람들도 다른 사람들의 시선을 별로 의식하지 않고 오줌을 누었다. 황선호는 하루에도 몇 번이나 그런 사람들을 보았다. 개와 나란히 서서 오줌을 누는 사람도 보았다. 처음에 황선호는 민망해서 눈길을 돌리거나 다른 길로 돌아갔지만 곧 의식하지 않고 그 옆을 지나가게 되었다. 햇빛이 들지 않은 골목은 늘 음침했고, 그래서 잘 마르지 않았고, 말라도 자국은 남았고, 냄새는 사라지지 않았다. 바람이 쓰레기만 아니라 냄새도 이리저리 데리고 다녔다. 비가 오면 자국이 지워질 거라는 기대를 할 수 있지만 비는 거의 내리지 않았고, 설령 내린다고 해도 자국을 지울 만큼 큰비가 내리는 걸 황선호는 본 적이 없었다. 냄새는 공기 중에 떠돌고, 떠돌면서 도시의 모든 사물들, 건물과 간판과 가로수와 전봇대와 자동차와 식당의 음식과 사람들의 옷과 광장의 회전목마와 성당의 종소리와 새들의 지저귐과 소방차의 사이렌 소리와 심지어 사람들의 영혼 속으로 세균처럼 침투해 들어가고, 들어가서 잠복하고 증식했다.

그리고 개들은 아무 데서나 아무렇게나 똥을 내질렀다. 거리에는 사람들보다 훨씬 많은 개들이 돌아다녔고, 그들은 어떤 제한도 받지 않고 자유롭게 배설했다. 황선호는 자주 신발 밑창에 붙은 똥을 떼어내려고 길가에 앉아 신발을 벗어야 했는데, 그럴 때면 하늘에서 쏟아지는 개의 똥에 의해 폭격당한 도시를 상상하곤 했다. 거의 매일, 어떤 날은 하루에도 여러 번 개의 배설물을 밟기 때문에, 그는 거의 매일, 어떤 날은 하루에도 여러 번 그런 상상을 했다.

개들이 흩뿌린 배설물 냄새는 곳곳에 편재한다. 없는 곳이 없고 가리는 것이 없다. 오줌이 도시 정복을 암시하는 개들의 은밀한 암호 같은 것이라면 똥은 훨씬 분명한 그들의 선언, 일종의 시위나 경고 같은 것이라고 할 수 있지 않을까. 말하자면 그들은 똥을 통해 분주하게 오가는 사람들의 불편을 일상화함으로써 이 도시가 누구의 것인지 분명하게 선언하고 있는 것처럼 보인다. 신발 밑창에 묻은 똥은 닦아도 잘 지워지지 않고, 잘 지워지지 않은 상태에서 다시 묻는다. 냄새는 편재한다. 이 도시에서 산다는 것은 그 냄새와 더불어, 그 냄새에 포위되어, 그 냄새의 통치 아래서 사는 것과 같다. 이 방인인 내 상상 속에서 도시는 여러 번 부서졌다. 한번은 폭탄을 맞은 듯 파편이 튀었고 한번은 거대한 믹서에서 곱게 갈리듯 분말이 되어 스르르 무너졌다. 가장 압권인 것은 마치 땅속 수천 킬로미터 아래의 마그마가 부글부글 끓다가 더 견디지 못하게 되면 엄청난 열과 굉음을 내며 지표면을 뚫고 분출하듯, 도시 곳곳에 붙어 웅크리고 있던 배설물 속 바이러스들이 어느 순간 한꺼번에 증식하여 도시를, 도시의 모든 것을, 모든 물건과 생명과 시스템을 쓰러뜨리는 장면이었다.

태양의 열기와 악취가 견디기 힘들면 밖으로 나가지 않아야 하지만, 호텔 방에 틀어박혀 있는 것이 그를 더 힘들게 했으므로 나가야 했다. 방에 있을 때 사면의 벽들이 조금씩 좁혀지면서 그를 납작하게 만들어버릴 것 같아 무서웠다. 그는 자주 심호흡을 했다. 그는 자기 말고는 아무도 없는 텅 빈 공간, 누구나 무엇으로부터 간섭을 받지도 않고 누구나 무엇에게 간섭도 하지 않는 완전한 무위의 시간을 견디는 것이 무서웠다. 그런 시간은 가져본 적이 없고 바란 적도 없었다. 그는 그 도시를 떠나왔지만 그곳의 잔재를 완전히 벗어버리지는 못했다. 습관은 몸속 미생물과 같아서 눈에 보이지 않지만 그의 내부에서 무슨 일인가를 부지런히 한다. 빈 일정표는 그를 불안하게 한다. 아무 할 일이 없는 정적을 그는 감당해본 적이 없다. 정적은 악력이 센 손을 가졌다. 그 손으로 목을 조르면 꼼짝할 수가 없다. 그래서 그는 뜨거운 햇살과 악취 때문에 숨쉬기 힘든 바깥으로 나간다. 숨을 쉬기 위해 숨 쉬기 힘든 바깥으로 나가야 하는 현실은 그가 처한 막막한 상황에 대한 은유와도 같다.

어느 날 황선호는 호텔 매니저에게 왜 거리 청소를 하지 않느냐고 물었다. 질문의 요점을 파악하지 못한 매니저는 방 청소에 불만이 있느냐고 물었다. 황선호는 서둘러 손을 내저으며 호텔 밖을 가리켰다. 황선호의 시선을 따라 밖으로 눈길을 돌린 매니저는 호텔에는 거리 청소를 해야 할 책임이 없다고 대꾸했다. "시청 업무예요, 그것은." 황선호는 코를 쥐고 악취가 심하다고 말했다. 매니저는 눈을 치켜올리며 무슨 말인지 모르겠다는 의사를 표현했다. 배설물 냄새가 거리 곳곳에 배어 있지 않느냐고 하자 매니저는 이상한 말을 하는 사람 보듯 난처한 표정을 지어 보였다. 개들에게 화장실에 가서 일을 보라고 할 수는 없지 않느냐고 말하는 매니저는 농담하는 것 같지 않았다. 황선호는 개들 말고 사람들도 아무 데서나 일을 본다고 말하려다가 상대방이 어떻게 생각할지 몰라 말을 바꿨다. "그런데 개들은 왜 이렇게 많고, 아무 데나 쏘다니는 건가요? 주인 없는 개들이 왜 이렇게 많나요?" 매니저는 개들이 좀 많긴 하다고 인정했다. 그러면서 최근에 그 숫자가 부쩍 늘어난 것은 세금 때문이라고 말했다. "세금이요?" 황선호가 이해하지 못하겠다고 하자 좀 민망한 이야기라고 하면서 설명을 덧붙였다. 몇 해 전 정권을 잡은 장군이 피폐해진 경제를 살리고 국민들의 생활을 향상시킨다며 여러 가지 파격적인 정책을 펼쳤는데, 사치세라는 세금도 그 중 하나라고 했다. 문제는 사치세의 항목에 반려동물을 포함시킨 것이었다. 이에 대해 많은 반발과 저항이 있었지만 오직 경제를 살리겠다는 목표에만 사로잡힌 권력자의 군사작전식 추진력을 꺾을 수는 없었다. 세금을 내지 않으려면 반려동물을 집 밖으로 내보내라는 장군의 말이 방송을 타고 나가자 항의가 빗발쳤고, 곳곳에서 시위가 벌어졌지만 정부는 강제해산과 투옥 등으로 대응했다. 그 과정에서 많은 사상자가 나왔다. 그러나 정부는 강경한 입장을 바꾸지 않았다. 어떤 사람은 저항의 뜻으로, 어떤 사람은 정말로 세금을 낼 돈이 없어서 개들을 집 밖으로 내보냈다. 처음에는 많은 개들이 집 밖에서 사람들의 돌봄을 받았지만 시간이 지나면서 점차 무관심과 방치의 대상이 되었다. 그 결과 사람에게서 독립하여 살아가는 개들이 파악이 안 될 정도로 많아졌다. 개들이 보보의 거리를 사람과 함께, 사람처럼 활보하고 다니는 이유가 그 때문이라는 것이었다. "장군이 개를 키우지 않아서, 그리고 어릴 때 개에게 물린 나쁜 기억 때문에 그런 조치를 취했다고 말하는 사람도 있지만, 설마 그건 사실이 아니겠지요." 호텔 매니저는 그렇게 말하며 목소리를 낮췄다. 마지막에는, 원래 아무 데나 쏘다니는 게 개의 습성이잖아요, 안 그래요? 하며 웃었다. 믿을 수 없다는 표정을 지으며 듣고 있던 황선호는 저렇게 늘어나는 개들의 개체수와 그 배설물, 그리고 악취에 대해서는 아무 조치도 하지 않느냐고 조금 목소리를 높여 물었다. 매니저는 어깨를 으쓱해 보일 뿐 아무 답도 하지 않았다. 황선호는 이거 보세요, 하며 배설물 찌꺼기가 남은 자기 신발 밑창을 들어 보였다. 호텔 매니저는 하늘을 보고 걸으세요, 하고 충고했다. 그러고는 어이없다는 표정을 지으며 돌아서는 황선호의 등에 대고, 익숙해져야지요, 익숙해질 거예요, 하고 덧붙였다.

그날 황선호는 호텔 식당에 앉아 이 도시의 하늘과 땅, 땅의 똥에 대해 노트에 적었다. 다소 과장기가 느껴지지만, 그가 보보의 거리 곳곳에 딱지처럼 들러붙은 배설물과 악취에 얼마나 시달렸는지를 짐작하게 해주는 문장들이다.

땅의 똥들은 너무 사실적이고 즉물적이어서 숨기려 한다고 숨겨지지 않는다. 누군가는 투명한 하늘을 찬양하고 누군가는 하늘을 보며 걸으라고 충고하지만 그 찬양과 충고의 안쪽에는 하늘의 업적을 우러르라는 뜻 외에, 그런 뜻의 선전 문구로 가리고 있는 땅의 똥의 추함이 있다. 어딘들 그렇겠지만 여기만한 곳은 어디에도 없다.

땅(의 추함)을 보지 않기 위한, 아마도 유일한 방법이 하늘을 보(고 걷)는 것이다. 시선을 땅이 아니라 하늘에 두고 걸으라는 충고는 이 도시의 형편을 잘 반영한 현실적인 처세술로 받아들일 만하다. 문제는 그렇게 하면 곳곳에 부비트랩처럼 놓여 있는 배설물들을 피할 수 없다는 데 있다. 그러니까 배설물을 보지 않으려면 땅에서 눈을 들어올려야 하는데, 또 그 이유 때문에 땅에서 눈을 떼어서는 안 된다. 피함으로써 위험을 벗어날 수 있다면 피하는 것이 해결책이겠지만 피함으로써 오히려 위험을 자초하게 된다면 해결책이라고 할 수 없다. 이럴 때는 피하는 대신 살피고 주시해야 하는 게 아닐까. 눈을 다른 데로 돌리지 말아야 하는 게 아닐까. 똥을 밟으면 안 되기 때문에 눈을 하늘로 향하고 걷는 것은 권장될 수 없다. 이것은 아주 구체적이고 사실적이며, 너무 가까이 있어서 부정도 외면도 할 수 없는 물건이다. 파랗고 맑은 하늘은 더럽고 악취 나는 땅을 구제하지 못한다.

발밑의 현실이 하늘의 추상을 이긴다. 중요한 것보다 시급한 것을 먼저 하지 않을 수 없는 이치이다. 가스레인지에 올려놓은 냄비 속의 음식이 타고 있을 때는 가스불부터 꺼야 하고 화장실이 급할 때는 화장실부터 가야 한다. 시급한 일이 있으면 중요한 일은 미뤄진다. 시급한 일이 끊이지 않으면 중요한 일은 영원히 미뤄지고 끝내 하지 못하게 될 수도 있다.

거기까지 쓰고, 그는 손바닥으로 자기 얼굴을 가렸다. 돌아보면 이제까지의 그의 삶이 그랬다. 떠나온 도시에서는 시급한 일이 없었던 적이 없었다. 컨베이어 벨트를 타고 운반되는 물건들처럼 시급한 일이 끊이지 않고 주어져서 허겁지겁 해치우며 지내온 것이 저 도시에서의 이제까지의 그의 삶이었다.

그것들은 매일 하늘에서 떨어지는 만나와 같았다. 만나는 일용할 양식. 하루 치의 일이 그날그날 주어졌다. 하루도 떨어지지 않는 날이 없었고, 하루라도 나가서 거둬들이지 않는 날이 없었다. 지금 하고 있는 시급한 일과 다음에 닥칠 시급한 일 사이가 틈이 없을 정도로 바투 이어져 딴생각을 할 여유가 없을 정도였으므로 중요한 일은 자연스레 뒤로 미뤄졌고, 물밑으로 가라앉았고, 떠오르지 않았고, 그러다가 사라졌다. 시급한 일 말고는 없었다. 시급한 일들을 매순간 끊임없이 이어받는 것이 중요한 일을 수면 아래로 가라앉히는 방법이었다. 밟으면 안 되니까 눈을 떼지 못하게 한다는 점에서 그것들은 이 도시의 똥과 같았다. 그곳에서도 그는 똥과 똥이 널린 땅에서 눈을 들지 못하고 살았다는 것을 깨달았다. 깨달음이 그의 입 안을 떫게 만들었다.

똥을 의식하지 않아도 되는 순간이 올 때까지 머리 위의 하늘은 쳐다보지 못한다.

10

처음에는 아주 작은 이빨을 가진 벌레가 장난스럽게 깨무는 것같이 시작되었다. 아프다기보다 이물스럽다는 느낌 쪽이었다. 그러던 것이 조금씩 강도를 높여가더니 한나절쯤 지난 후에는 큰 벌레가 물어뜯는 것같이 되었다. 대개 낮부터 시작된 두통은 밤이 되면 잠을 잘 수 없을 만큼 심해졌다. 어찌어찌 깜빡 잠들었다가도 큰 이빨을 가진 벌레가 세게 물어뜯는 바람에 머리를 쥐어뜯으며 깨어나야 했다. 한 번 깨면 머리가 부서질 것 같아서 더 잘 수가 없었다. 머리가 부서질 것 같은 통증은 머리를 부숴버리고 싶은 충동을 일으켰다. 약을 먹어도 소용이 없었다. 진통제를 한 알부터 시작해서, 두 알, 세 알, 다섯 알, 나중에는 세지도 않고 털어넣었지만 듣지 않았다. 나중에는 한밤중에 양손으로 머리를 쥐어짜듯 누르고 벽에 부딪치고 바닥을 뒹굴었다. 이렇게 통증이 계속된다면 의식이 혼미한 상태에서 정말로 머리를 부서뜨리게 되지 않을까, 무서운 생각이 들 무렵 그 지독한 두통이 슬그머니 사라졌다. 머릿속으로 파고들어 자리를 잡은 벌레는 마구 휘젓고 다니며 시달릴 대로 시달리게 한 다음 잠든 것처럼 잠잠해졌다. 벌레가 잠들어 통증이 가셨다고 생각하게 되는 것은 며칠 후 다시, 정말 벌레가 잠에서 깨어난 것처럼 통증이 시작되기 때문이다.

황선호는 이곳에 오기 전까지 두통으로 고생한 기억이 없었다. 한 번도 없었다고 할 수는 없겠지만, 있었다고 하더라도 기억나지 않을 정도이니 두통에 시달리며 살아왔다고 말할 수는 없다. 두통조차 겪을 틈이 없을 정도로 생활이 촘촘했다고 할 수도 있을 것이다. 그러니까 그가 이 낯선 날선 두통을 이 도시와 연관 지어 생각하는 것은 어쩌면 자연스럽다. 그는 자기 머리를 부숴버리고 싶을 정도의 두통에 시달리며 이 도시가 그의 머릿속에 벌레를 집어넣었다는 생각을 했다. 벌레는 그의 머릿속에 들어 있는 무엇인가를 갉아먹으며 크고, 큰 다음에는 커다랗고 날카로운 이빨로 물어뜯는다. 그러다가 포식 후 휴식을 취하는지 잠을 자는지 아니면 수명을 다하고 죽는지 모르지만, 어느 순간 갑자기 잠잠해진다. 일정한 시간이 지난 후 다시 갉아대기 시작하는 걸 보면 죽는 것은 아닌 것 같고 포식 후 잠들었다가 깨어나는 게 맞는 것 같다. 아니, 꼭 그렇게 단정해서 말할 수도 없다. 죽었다가 다시 살아나는 것이 불가능하다고 말할 근거를 그는 가지고 있지 않다. 다른 것들에 대해 그런 것처럼 이 도시의 벌레들에 대해서도 그는 아는 것이 없다. 그 벌레들이 어떻게 생겼고 어떻게 사는지, 얼마나 사는지, 목숨이 몇 개인지, 목숨과 목숨 사이에 몇 날이 있는지 알지 못한다.

처음에 황선호는 이 도시의 음식들에 혐의를 두었다. 두 번째로 두통이 찾아온 날은 시장 부근의 식당에서 기름을 많이 넣고 볶은, 그래서 눅눅하고 거무스름하고 흐물흐물해진 여러 가지 야채들과 향이 강한 소스를 겉에 뿌려 구운, 그러나 속살에는 소스가 배지 않아 퍽퍽하고 비린 맛이 나는 닭고기 요리를 시켜 먹었는데, 이 나라에서 가장 대중적인 음식이라고 했다. 되짚어보니 처음 두통이 찾아온 날도, 그 집은 아니지만, 같은 음식을 시켜 먹었던 것이 기억났다. 자연스럽게 그 음식과 두통 사이에 어떤 관련이 있을지 모른다는 생각을 하게 되었다. 야채를 볶는 데 사용된 느끼한 기름이나 향이 강한, 이름을 알 수 없는 향신료가 들어간 소스 속에 두통을 야기하는 어떤 성분이 들어 있는 게 아닐까. 음식점 주인이 일부러, 그러니까 피부가 다르고 그 나라 사정을 모르는 황선호를 골탕 먹이려고 그런 성분을 넣었을 거라고 추측할 근거는 없었다. 그렇다면? 어떤 음식은 특정한 조건을 가진 사람에게 유난스러운 작용을 하기도 한다. 가령 음식 알레르기. 음식과 몸의 상관관계는 단순하지 않다. 어떤 몸은 특정한 음식을 거부하지만, 특정한 음식의 반복 섭취가 몸을 바꾸기도 한다. 황선호는 어떤 식품에 대한 알레르기를 겪은 적이 없었다. 그렇다면 그가 보보에서 먹은 음식 속에 그동안 먹어본 적 없는 재료가 들어 있고, 그것이 거부 반응을 일으킨 거라고 할 수 있지 않을까? 그때부터 그는 음식을 먹을 때마다 신경이 곤두섰다. 먹지 않을 수 없어 먹었지만 맛을 즐기지 못했다.

  꽤 설득력 있다고 자부했던 그 생각은, 그러나 얼마 후 수정되었다. 그날 그는 호텔에서 20분쯤 걸어서 갈 수 있는 거리에 있는 펍에서 맥주를 마셨다. 도심에서 50킬로미터쯤 떨어진, 원래는 수도원이었던 바위산 속 브루어리에서 만들었다는, 탄산이 세지 않고 상큼한 과일향이 은은하게 밴 맥주는 황선호가 이 도시에서 유일하게 마음에 들어 하는 것이었다. 더위와 갈증을 식히려고 찾아 들어간 펍에서 낯선 이름의 그 맥주를 처음 시켜 먹은 후 그는 그 맥주의 애호가가 되었다. 국경 근처 수도원에서 수도사들에 의해 처음 만들어졌으며, 지금은 없어졌지만 수도원이 있던 자리에서 그때와 같은 재료, 같은 방식으로 생산되고 있다는 설명을 그는 메뉴판에서 읽었다. 맥주 이름이 팍이었는데, 뜻을 묻자 수염이 얼굴 전체를 덮은 펍의 주인은 그 지방 방언으로 폭포라는 뜻이라고 알려줬다.

수도원 옆에 폭포가 있다고, 수도사들이 그 물로 맥주를 만들기 시작했다고 말했다. 그러고는 요즘 이곳의 젊은이들도 팍이 폭포라는 걸 모른다고, 그러니 여기 사람이 아닌 당신이 그걸 모르는 건 당연하다고 덧붙였다. 손님과 말하는 걸 좋아하는 사람이었다. 초저녁이어서 그런지 손님이 거의 없기도 했다. 더구나 동행자 없이 혼자 온 사람은 황선호가 유일했고 그가 앉은 자리가 카운터와 가까웠다.

펍의 주인은 부드럽게 미소 짓고 낮은 목소리로 말했다. 그때문에 황선호는 굳이 알 이유가 없는 내용들을 꽤 많이 알게되었는데, 그의 이름이 필이라는 것, 팍이라는 맥주를 마실 수있는 곳은 그 집을 비롯해 보보에서 세 군데밖에 없다는 것, 자기 집이 보보에서 가장 오래된 술집 가운데 하나라는 것, 그의 할아버지가 수도사였는데 한 젊은 여성과 사랑에 빠져 수도원을 나왔고, 이 자리에 펍을 만들었다는 것, 펍의 이름인 '몰리'가 바로 할아버지가 사랑했던 여성의 이름이라는 것 등이었다. 몰리가 당신의 할머니냐고 황선호가 물었고, 필은 그렇다며 고개를 끄덕였다. "그분이 아니었으면 나는 이 세상에 없었겠지요." 할아버지가 이곳에 펍을 열었을 때 보보는 이웃대륙의 제국에 속해 있었는데, 2차 세계대전 후 이 작은 나라가 독립과 분리, 그리고 내전에 가까운 혼란을 겪는 동안에도 굳건하게 자리를 지키고 있다고, 자기는 이웃 나라에 유학해서 미술을 전공했지만 몸이 불편해 일을 할 수 없게 된 아버지를 이어 젊을 때부터 이 펍을 운영하고 있다고 했다. 맥주를 신선하게 제공하기 위해 들이는 정성에 대해서도 꽤 장황하게 설명했다. "내가 할아버지 피를 물려받았나봅니다. 할아버지가 수도사일 때 맥주 제조 담당이었다고 하는데 나도 그림 그리는 것보다 맥주가 더 좋았거든요. 지금도 물려받은 방법대로 직접 만듭니다. 내가 만든 맥주를 마시고 싶으면 한 번 더 들르십시오. 여기에 얼마나 머무는지 모르겠지만 말입니다." 황선호는 적어도 몇 개월은 더 체류할 거라고 답하고 다음에 꼭 들러 직접 만든 맥주를 마시겠다고 답했다. 그리고 다음날 바로 찾아가 그 펍의 하우스 맥주를 마셨다. 몰리의 주인인 필은 팍과 같은 맥주에 자기 나름의 제조법으로 이 지방 특산물인 보보체리를 섞었기 때문에 조금 가벼운 팍이나 조금 무거운 와인처럼 여겨질 거라고 설명했다. 황선호가 마시는 동안 눈을 크게 뜨고 지켜보는 그는 칭찬을 기다리는 어린아이처럼 보였다. 황선호가 맥주잔을 내려놓자 곧장 맛이 어떠냐고 물었다. 황선호는 솔직히 말해도 되냐고 물었고, 주인은 거짓말하면 우리 할아버지가 벌을 내릴 겁니다,라고 응수했다. "상큼한 향이 참 좋습니다. 처음 맛보는 맥주입니다. 근데 솔직히 말하면 제 입에는 팍이 더 맞습니다." 황선호의 말이 끝나자 노인은 손을 들어 허공에 하이파이브 하는 시늉을 하며 환하게 웃었다. "나도 그렇습니다. 나도 우리 할아버지 맥주가 더 맛있습니다."

'몰리'에 세 번째 방문했을 때 황선호는 펍의 주인인 필에게 자기를 괴롭히는 그 지독한 두통에 대해 이야기했다. 그 전날 밤 그는 지독한 두통에 시달리며 날이 밝으면 무조건 병원에 찾아가겠다고 다짐했다. 그러나 날이 밝았을 때 두통은 말끔히 가셔 있었고, 그는 병원에 가기로 다짐한 걸 잊어버렸다. 그는 자기 머릿속에 벌레가 살고 있는 것 같다고, 그 벌레가 깨어났다 잠들었다 한다고, 그 벌레가 뇌를 물어뜯을 때는 머리를 부숴버리고 싶어진다고, 이 도시에 오기 전에는 겪어보지 못한 것이라 혹시 이곳 음식이 맞지 않는 게 아닌지 의심하고 있다고 말했다. 황선호의 이야기를 듣고 나서 필은, 혹시 우리 집 맥주 때문이라는 생각은 안 해봤어요? 예를 들면 맥아나 효모 속 유충이 몸속으로 들어가서…… 하고 말했다. 황선호가 당황해하며 그럴 수도 있나요? 하자, 필은 특유의 짓궂은 표정을 지으며 농담이라는 듯 손을 내저었다. 맥아나 효모에 붙어 있던 어떤 벌레의 유충이 자기 몸속으로 들어와서 몸속의 영양분을 먹고 자란 뒤 뇌 속으로 이동해가는 모습을 그 짧은 시간에 상상했던 황선호는 가슴을 쓸어내리는 시늉을 했다. 필은 술을 자주 마시냐고 묻고, 황선호가 그렇다고 하자 과음으로 인한 숙취를 과장하는 게 아니냐고 물었다. 황선호는 그런 것과 다르다며 고개를 저었다. 자기의 두통 호소를 대단치 않은 것으로 치부하는 것 같아 좀 섭섭했지만 황선호는 증상이 어떤지 묻는 필에게 두통이 찾아올 때 자기 머릿속에서 벌레가 어떻게 움직이는지 자세히 설명했다. 외국어로 복잡한 설명을 하는 데 집중하느라 그의 말을 듣는 필이 어느 순간 표정이 변하는 걸 황선호는 인식하지 못했다. 황선호가 말을 마쳤는데도 그는 황선호의 얼굴을 물끄러미 쳐다보고 있었다. 이어서 몇 차례 고개를 저었다. 그 모습은 자기 머릿속으로 방금 떠오른 생각에 화들짝 놀라 당황해하는 것 같기도 하고 그 생각이 터무니없다며 스스로를 나무라는 것 같기도 했다. 그러고도 생각에 잠긴 듯 한동안 말을 하지 않았는데, 수다스럽다는 인상과는 거리가 있지만 대체로 말하는 걸 즐기는 편인 필의 그런 모습은 황선호에게는 좀 의아스럽게 보였다.

"이름을 물어도 될까요?" 얼마간의 침묵이 흐른 후 필이 물었다. 황선호는 황선호라고 대답하려다가 강진이라고 바꿔 말했다. 그것은 그의 여권에 적힌 새 이름이었다. 그 이름은 여러 번 연습을 했지만 그의 입에 잘 붙지 않았고, 발음할 때마다 다른 사람의 몸속에 잘못 들어와 있는 것 같은 이질감을 주었고, 그래서 웬만하면 발음하지 않았다. 사실 거의 말할 기회도 없었다. 필은 강진, 하고 그의 이름을 가만히 불렀다. 음미하는 것 같기도 하고 되새김하는 것 같기도 한 목소리였다. 그 목소리에 어떤 진심이 담겨 있는 것 같아서, 그리고 자기에게도 낯선 가짜 이름을 너무 진지하게 부르는 것 같아서 황선호는 좀 머쓱했고, 그래서 어색하게 웃었다. 필은 황선호의 그 어색한 웃음의 뜻을 알아차리지 못했고, 또 알아차릴 마음도 없는 눈치였다. "그런 증상을 호소하는 외부인을 더러 보았습니다. 당신처럼. 일종의 알레르기 반응일 겁니다." 그는 황선호를 외부인이라고 불렀다. 그 단어가 익숙하지 않아서 황선호는 외부인이요? 하고 물었다. "네. 외부인. 당신 같은 사람을 부르는 이름이에요. 밖에서 들어온 사람이라는 뜻으로. 외부인은 아무래도 다른 환경에서 살던 사람이니 새로운 환경에 적응하는 과정에서 어려움을 경험하게 될 겁니다. 많은 이들이 우리 도시에서 가장 적응하기 힘든 것이 햇빛이라고 합니다. 당신은 어떤가요?"

아, 햇빛! 투명하고 순수한 햇빛! 황선호는 펍의 주인이 중요한 힌트를 주고 있는 것 같은 느낌을 받았다. 그에게 보보는 처음부터 햇빛으로 각인된 도시였다. 투명하고 순수하다는 형용은 비구상이어서 막연했지만, 정작 등에 쏟아지는 그 햇빛을 경험하고 나서는 다른 형용이 불필요하거나 불가능하다는 것을 깨닫고 동의했다. 바짝 마른 햇빛은 지상을 향해 수직으로 내리꽂혔다. 물기가 하나도 없고 어떤 불순물도 섞이지 않은 오염되지 않은 햇빛 아래 서 있으면 햇빛 때문에 사람을 쏘왔다는 어떤 사람의 심정을 이해할 수 있을 것 같아졌다. 무슨 일인가 하지 않는 것이 이상할 것 같고, 그 일이 설령 사람을 향해 총을 쏘는 일이라고 해도 고개를 끄덕이게 될 것 같았다. 햇빛이 살인을 사주한다는 뜻이 아니었다. 왜 살인만 사주하겠는가? 무슨 일이든 하게 하고, 무슨 일을 하든 이상할 것 같지 않다는 점에서 이 도시의 햇빛은 치명적이라고 황선호는 생각했었다.

바짝 마른 보보의 햇빛에는 다른 지역의 햇빛에는 없거나 미미하게 함유되어 있는 어떤 성분이 과도하게 포함되어 있는 것이 아닐까. 그 특별한 성분이 신경계를 교란시켜서 신체의 일부 조직을 와해시키거나 조절 장애 같은 것을 일으키는 것이 아닐까. 그 성분이 무엇인지, 어떤 연유로 이 도시의 햇빛에 유난히 풍부하게 함유되어 있는지는 모르지만. 두통이 찾아올 때 황선호가 느꼈던 불안정한 감정 상태나 가학적인 충동("머리를 부숴버리고 싶다")을 감안하면 전혀 터무니없는 상상은 아니라고 황선호는 생각했다. 살인조차 저지르게 할 수 있는 이 햇빛이 무슨 일인들 일으키지 못하겠는가. 두통이 대수겠는가. 순간 죽을 것만 같은 두통이 보보의 햇빛을 본 데 따른 벌인가 하는 생각이 황선호의 머릿속으로 찾아들었다. 그러나 그는 곧 그 생각이 자기의 것이 아니라 누군가에 의해 주입된 것임을 깨닫고 화들짝 놀랐다. 놀랐으면 달아나야 하는

데, 반대로 그 생각에 더 붙들리게 되는 게 이상했다. '신을 본 자는 죽는다.' 태양빛의 순수를 넘보는 대가로서의 형벌에 대해 말하면서 그 사람은, 죽지 않으려면 얼굴을 가려야 한다고 썼다. 그 사람 김경호의 문장들이 좌르륵 펼쳐질 때 그는 자기 안에 그 문장들이 그렇게나 확실하게 들어와 있었다는 사실에 놀랐다. 눈으로 보보의 햇빛을 쳐다보는 것이 얼마나 위험한 일인지 말하면서 그는 그것을 신성과 순수에 대한 '두려움과 떨림'에 비유한다.

눈을 가리는 것은 자기를 감추기 위해서가 아니라(신의 광채 앞에서 누가 자기를 감출 수 있단 말인가) 자기에게서 신을 감추기 위해서다. 자기 눈을 가리는 것이 자기에게서 신을 감추는 인간의 방법이다. 자기 눈을 가리는 것 말고 신의 얼굴을 피할 방법은 없으니까. 이는 시선이 소유의 한 방식이라는 사실을 일깨워준다. 욕망은 기술이 아니지만, 욕망하는 것을 소유하기 위해 인간은 기술을 개발한다. 그러나 순수에 대해서는 그렇게 할 수 없다. 순수는 어떤 기술로도 사로잡을 수 없다. 순수를 소유할 수 있는 기술은 개발된 적이 없다. 사로잡히지 않는 것을 사로잡으려 할 때 구사하는 모든 기술은 사술(詐術)이 된다. 사로잡히지 않는, 사로잡을 수 없는 순수를 사로잡기 위해 우리는 시선을 사용한다. 사로잡을 수 없는 것을 사로잡는 유일한 방법이 오염시키는 것이기 때문이다. 순수는 보임으로써 더러워진다. 눈에 보임으로써 순수는 더러워지지만, 순수를 봄으로써, 즉 순수를 오염시킴으로써 눈은 화를 입는다. 그런데 순수를 보는 순간 눈은 화를 입어 보는 기능을 상실하므로 순수는 결코 더러워지는 법이 없다. 순수를 오염시킬 수 있는 것은 시선이지만, 시선이 가닿기 전에 눈이 먼저 상하기 때문에 순수는 오염되지 않는다. 순수는 오염되지 않지만 눈은 순수를 본(보려고 한) 대가로 오염된다. 순수를 보는 시선은 덫과 같다. 이 덫에 걸리는 자는 덫을 놓은 자이다. 말하자면 눈멂은 소유할 수 없는 것을 소유하려 탐욕의 시선을 구사한 데 대한 화, 일종의 형벌이다⋯⋯.

"당신은 어떤가요?" 황선호가 생각에 잠겨 대답을 하지 않자 필이 다시 물었다. 뭐가요? 하고 황선호가 잠에서 깨어난 사람처럼 되물었고, 필은 보보의 햇빛 말입니다, 하고 대답했다. "이 도시의 햇빛이 살인적인 건 맞아요. 벌을 받은 걸까요?" 필은 듣기에 따라 엉뚱할 수 있는 황선호의 대답을 다 이해한다는 듯 고개를 끄덕이고는, 머릿속의 벌레가 커다랗고 날카로운 이빨로 물어뜯는 것 같다고 했잖아요,라고 확인하듯 되물었다. 황선호는 맞아요, 아주 날카로운 이빨을 가진 벌레,라고 대답했다. "그런 표현을 한 사람이 있었어요, 당신처럼.

당신의 그 표현이 오래전의 기억을 불러냈습니다. 외부인이었지요, 당신처럼. 처음에 외부인이었지만 나중에는 내부인이 되었어요. 그 친구, 어느 순간부터 두통을 호소하지 않았으니까요. 그게 내부인이 된 증거가 아니고 뭐겠어요." 필은 말을 하는 내내 황선호에게서 눈을 떼지 않았다. "그러니까 나도 그 사람처럼 보보의 이 유난스러운 햇빛에 적응하는 것 말고 다른 방법이 없다, 그런 말씀이로군요. 얼마나 걸릴까요? 그 사람은 얼마나 걸렸나요?" 무엇인가를 확인하고 싶어 하는 필의 눈빛이 황선호는 거북했다. 무엇인가를 확인하고 싶은 마음은 황선호에게도 있었다. 동시에 확인하게 될까봐 머뭇거리는 마음도 그에게는 있었다. 막다른 골목에 다다르지 않기 위해 부러 꼬불꼬불한 골목들을 헤매는 마음 같은 것이었다. 그의 목소리가 반음 정도 높아진 것은 그 때문이었다. 분위기를 가볍게 하려는 그의 시도는 그러나 성공하지 못했다. 펍의 주인인 필이 가벼워지지 않았기 때문이었다. 그는 황선호 앞에 있었지만 그곳에 있는 것 같지 않았다. 무엇인가가 그를 데리고 다른 시간, 다른 공간으로 간 것 같았다. 그 시간 속의 어떤 기억이 그의 마음을 휘저어 어지럽게 만들고 있다는 것이 황선호의 눈에는 보였다.

한 무리의 사람들이 펍의 문을 열고 들어와 술을 주문하며 왁자지껄 떠들어대지 않았다면 필이 현실로 돌아오는 데 시간이 더 걸렸을 것이다. 그랬다면 황선호는 조금 일찍 그 사람, 김경호에게 접근할 수 있었을 것이다.

그날 밤 보보민주공화국의 국민안전국은 외부인들에 대한 관리를 이제까지보다 더 철저하게 하겠다는 포고문을 발표했다. 그것은 밖에서 기습해 들어왔고, 황선호는 물론 필도, 필의 과거도 어떻게 할 수 없는 일이었다. 황선호가 그 펍에서 나올 때 들어온 한 무리의 술꾼들이 그를 힐끗거리며 무슨 말인가를 주고받는 게 느껴졌는데, 그것이 불길한 어떤 점괘를 받은 것처럼 기분을 찜찜하게 했다. 떠드는 사람들을 제지하는 필의 목소리가 들려왔고, 바깥으로 나올 때까지 뒤통수가 따가웠지만 황선호는 모른 체했다.

11

황선호로 하여금 자신이 외부인임을 자각하게 하는 일이 이
틀 후 일어났다. 호텔 식당에서 아침 식사를 마친 후 황선호는
선글라스와 챙이 넓은 모자를 쓰고 방에서 나왔다. 햇빛 알레
르기에 대한 경고의 말을 들었지만 그렇다고 하루 종일 호텔
방에 틀어박혀 지낼 수는 없었다. 그는 떠나온 도시에서 벌어
지고 있을 일들에 대한 호기심을 누르기 위해서라도 자기 몸
을 혹사해야 했다. 그러지 않으면 밤에 잠들지 못할 것이고 잠
들지 못하고 뒤척이는 그의 머릿속으로 가지가지 생각들이 침
입해 들어올 것이고, 그러다가 어떤 유혹에 붙들리게 될지 장
담할 수 없었다. '없는 사람'의 신분을 유지하기 위해 필사적이
어야 하는 현실이 아이러니했다. 그는 챙이 넓은 모자를 호텔
내에 있는 상점에서 구입해 쓰고 되도록 그늘로만 다니기로

했다.

황선호가 엘리베이터에서 내렸을 때 1층 로비가 소란스러웠다. "나 몰라요? 이 호텔 장기 투숙자예요. 보보에 올 때마다 항상 여기 묵잖아요." 프런트 데스크 앞에서 소리를 지르는 사람은 운동복 차림의 중년 여성이었다. 청색 반바지에 흰 티셔츠 차림이었는데 모자와 운동화도 흰색이었다. 운동을 하고 온 듯 이마에 땀이 송글송글 맺혀 있었다. 지하에는 체력 센터가 있었다. 황선호는 한 번도 이용하지 않았지만 지나가며 런닝머신 위에서 걷거나 뛰는 사람들을 몇 번 본 적이 있었다. 그 운동복 차림의 여자가 운동하는 걸 본 것 같기도 했다.

프런트 데스크 앞에는 대형 여행용 가방 두 개와 백팩 하나, 그리고 쇼핑백이 놓여 있었다. 그 앞을 지나치는 황선호의 귀에 호텔 매니저가 하는 말이 들렸다. "알지요, 알아요. 우리 단골이시지요. 하지만 외부인이잖아요. 지시가 내려온 걸 어떻게 합니까? 우리도 어쩔 수 없다니까요. 체크아웃하셔야 합니다." 운동복 차림의 중년 여성은 내가 이 호텔에 한두 번 묵느냐고 항의하고, 직원은 난감한 표정으로 체크아웃해야 한다는 말을 되풀이했다. 갑자기 나더러 어디로 가라고? 갈 데가 없잖아, 갈 데가, 라고 말하는 여자에게 매니저는 도움을 드리지 못해 죄송합니다, 라고 허리를 굽혔다.

항의하던 그녀가 황선호를 알아보고 눈빛을 보냈다. 황선호의 외모에서 '외부인'의 표시를 본 것이리라. 황선호는 누구의 눈에도 그 나라 사람처럼 보이지 않았을 테니까. 외부인으로 불리고 있는 여자는 오히려, 황선호의 눈에는 그 나라 사람과 구별되어 보이지 않았다. "이게 말이 되는지, 제 말 좀 들어보세요." 여자는 자기가 왜 흥분하는지 황선호를 붙잡고 이야기하기 시작했다. 황선호는 어정쩡한 상태로 그녀의 이야기를 들었다.

그녀는 언제나처럼 지하 1층의 체력 센터에서 아침 운동을 하고 언제나처럼 계단을 걸어 자기 방으로 올라갔다. 호텔에 묵은 후 그녀는 아침 운동을 한 번도 거르지 않았고 급한 일이 없는 한 항상 계단을 통해 자기 방이 있는 3층까지 올라갔다. 아침에 일어나면 바닷가를 산책하고 아침 운동을 하고 샤워를 하고 1층 식당에서 식사를 한다. 그것이 그녀의 루틴이었다. 그런데 오늘 그녀가 운동을 하고 올라갔을 때 객실 문이 열려 있었고, 짐이 보이지 않았다. 옷은 물론 핸드백과 화장품과 신발도 보이지 않았다. 그녀는 곧바로 프런트 데스크에 인터폰을 했다. 아침 운동을 하고 올라와 보니 내 방이 텅 비어 있다. 이게 무슨 일인가? 당신들이 내 방에 들어온 것인가? 내 짐을 누가 어떻게 했는가? 물론 그녀는 무슨 일인지 짐작은 했다. 체크아웃하라는 통보를 이틀 전에 받은 터였다. 그래도 이런 얼토당토않은 일이 실제로 벌어질 거라고는 상상하지 못했다.

호텔에 묵고 있는 모든 사람에게 그런 대접을 한다고 해도 자기에게는 그럴 수 없다고 생각했었다. 그도 그럴 것이 그녀보다 이 H호텔을 많이 이용하는 사람은 없었다. 그녀는 자신을 향한 푸대접을 용납할 수 없었다. 짐이 1층에 있다는 말을 그녀는 들었다. 오늘 아침 9시 전에 체크아웃하고 방을 비워야 한다는 말을 어젯밤에도 했다고 전화를 받은 직원이 말했다. 그녀는 동의하지 않았다고 대꾸했다. 직원은 이건 동의하고 안 하고 할 사항이 아니라고, 그 점도 말씀드렸다고 정중하게 말했다. 선택의 문제가 아닙니다. 그 말에 화가 치솟은 여자는 꽥 소리를 지르고 곧장 뛰어내려갔다. 그리고 여태 항의하고 호소했지만 도무지 말이 통하지 않는다는 것이 그녀의 설명이었다.

당신이 원하지 않는데 강제로 나가라고 하는 건 당신에게 무슨 문제가 있어서인가? 예컨대 호텔 투숙객으로서 지켜야 할 사항을 위반했는가? 혹은 숙박비 지불에 문제가 있는가? 황선호의 너무나 상식적인 질문에 여자는 답답하다는 듯 고개를 절레절레 저었다. "이유는 하나, 외부인이기 때문이라는 거예요. 그게 이유예요." 그 말을 하면서 그녀는 황선호의 몸을 위에서 아래로 훑었다. 그 시선이 뜻하는 바가 무엇인지는 너무나 분명했다. 황선호는 그 시선을 무시했다. 그녀가 외부인이라면 그 역시 외부인이었다. 누가 봐도 더 외부인이었다. 그래서? 그것이 어떻단 말인가? "그건 제가 설명드리겠습니다. 그렇지 않아도 강진 님께도 말씀드리려던 참인데, 어제 만나지 못했습니다." 둘 사이에 끼어든 사람은 호텔 매니저였다. 프런트 데스크 쪽에 손짓을 하자 직원이 그에게 파일을 가져와 건넸다. 매니저는, 저기 잠깐 앉으시겠습니까? 하고는 근처 소파로 걸어갔다. 황선호는 따라 걸었고, 운동복 차림의 중년 여성도 불만이 가득한 걸음걸이로 느릿느릿 따라왔다. 매니저 옆에 황선호가 앉았다. 매니저는 여자에게 앞자리를 권했지만 그녀가 팔짱을 낀 채 옆에 서 있었기 때문에 매니저는 서류를 두 사람이 볼 수 있게 비스듬하게 펼쳐놓았다. "다시 말씀드리지만, 저희로서도 매우 유감입니다. 그렇지만 어쩔 수 없다는 걸 양해해주시기 바랍니다." 설명을 하기 전에 매니저는 고개부터 숙였다. 정중하다는 것이 어떤 것인지 예시해 보여주는 듯 깍듯한 태도였다. 그 태도는 일체의 사적인 감정을 수용하지 않겠다는 의지를 천명하는 것으로도 보였다.

군데군데 붉은 줄이 쳐진 문서의 제목은 '외부인의 투숙 관련 조항(지시)'이었다. 수신인란에는 '영토 내 모든 숙박 시설'이라고 쓰여 있고, 문서를 보낸 기관은 '국민안전국'으로 되어 있었다. 매니저는 붉은 줄이 그어진 부분을 손으로 짚어가며 설명했다. "아시겠지만, 두 달 전에 새로 들어선 행정부가 대대적인 개혁정책을 단행하고 있습니다. 이 지시는 15일 전에 공포되었고 그 즉시 시행하도록 되어 있습니다. 우리는 이 문서를 15일 전에 받았습니다. 이 내용은 객실 게시판에 붙여놓았고, 또 해당 고객의 룸에도 보내드렸습니다. 그리고 어제 저희는 즉각적인 실행을 독촉하는 추가 공문을 다시 받았습니다." 황선호는 자기가 보보에 들어온 지 두 달이 넘었다는 걸 계산하고, 두 달 전에 선거가 있었느냐고 물었다. 그는 그런 사실을 모르고 있었고, 그것은 그가 다른 데 신경 쓸 겨를이 없었기 때문이었다. 호텔 방에 틀어박혀 술과 잠으로 지낸 몇 주간이 떠올랐다. 매니저는 조금 난감한 표정을 지었고, 운동복 차림의 여성이, 선거는 무슨, 쿠데타지, 하며 작은 소리로 내뱉었다. 황선호는 여자의 다음 말을 기다리며 눈길을 주었지만 매니저는 듣지 못한 척 아무 반응도 보이지 않고 하던 설명을 계속했다.

"지시사항에 의하면, 별도의 지시가 있을 때까지 모든 외부인의 입국을 차단합니다. 물론 한시적입니다. 정당한 사유가 인정되는 경우에 한해 제한적으로 입국을 허용할 수는 있습니다. 당분간이라고 하지만, 아무튼 입국 심사가 몹시 까다롭게 진행될 것으로 판단됩니다. 그리고 현재 국내에 거주 중인 외부인들에 대해서는 속히 나라를 떠날 것을 명령했습니다. 이번 포고령의 타깃은 입국 목적이 불확실하거나 체재하는 동안의 활동과 출국 일정이 모호한 외부인들입니다. 그런 사람들의 국내 체류를 막기 위해 숙박업소에 협조를 구해온 것입니다. 협조라는 단어를 쓰고 있지만, 알다시피, 매우 엄격한 강제규정입니다. 물론 당국이 주시하고 있는 외부인들이 우리 호텔 같은 곳에 숙박하고 있을 가능성은 높지 않습니다. 당국도 그 점은 인지하고 있을 텐데 이렇게 획일적으로 시행하는 건 우리로서도 좀 납득하기 어렵습니다. 하지만 우리로서는 이의제기를 할 수가 없습니다. 이 포고령의 시행과 함께 외부인의 숙박 증명이 의무화되었습니다. 국민안전국의 허가를 받지 않은 사람은 누구도 어떤 숙박시설에도 투숙할 수 없습니다. 이 사실은 체크인할 때 안내해드리고 있습니다. 물론 두 분은 그 전에 체크인을 했으니 듣지 못하셨겠지만."

매니저는 약관 내용을 설명하는 보험설계사처럼 또박또박 말했다. 말하는 동안 그는 주로 황선호를 바라보았다. 아마 운동복 차림 여성에게는 이미 이런 설명 절차를 거쳤을 거라고 팔짱을 낀 채 매니저가 하는 말에 귀를 기울이지 않는 여자를 보면서 황선호는 짐작했다. 황선호가 자기는 이런 내용을 통보받은 적이 없다고 말하자 매니저가 프런트 데스크 앞에 붙은 공고문을 가리키며 덧붙였다. "저렇게 큼지막하게 써붙여놓았어요. 방마다 넣어드렸고요." 황선호는 저런 데 붙여놓은 걸 누가 주의 깊게 살피느냐고 물으려다가 상대방이 동의해주지 않을 거라고 판단되어 그만두었다. 그 대신, 나는 1년짜리 비자가 있어요,라고 말했다. 매니저는 딱하다는 듯 그를 쳐다보았다. "말뜻을 잘못 알아들으시네요. 이 포고령 전에 받은 모든 비자는 무효화되었습니다. 외부인이 장기간의 거주를 원하면 필요한 자료를 준비해서 국민안전국의 심사를 다시 받아야 합니다. 그러나 아까 말한 것처럼, 물론 한시적이지만, 외부인의 국내 체류는 원칙적으로 금지되었습니다. 호텔을 비롯해서 모든 숙박 시설에 투숙하려면 국민안전국에 가서 체류허가증을 받아야 합니다. 그것 없이는 불가능합니다." 파일을 접으며 다른 질문이 없느냐고 매니저가 물었다. 중년 여성이 뾰로통한 얼굴로, 그렇다면 이상하네요, 왜 나만? 하며 황선호의 눈치를 보았다. 매니저는, 그것도 이미 설명하지 않았느냐며 다시 파일을 펴 다른 서류를 꺼냈다. "여기 고객의 이름이 있어요. 어떤 이유인지 모르지만 엘라핀은 국민안전국에서 직접 만들어 내려보낸 리스트에 올라 있어요. 여길 보세요. 체크아웃 시간 아침 9시. 국민안전국 직원들이 조사를 나온다고 되어 있어요. 만일 이 규정을 지키지 않은 게 드러나면 우리 호텔은 문을 닫게 될 거란 말입니다. 우리의 오랜 고객인 엘라핀 님께는 정말 유감입니다. 뭐라고 말해야 할지 모르겠어요. 하지만 우리가 어떻게 하겠어요? 뭔가 오해나 착오가 있을지 모르니까 직접 국민안전국에 가서 소명을 하기 바랍니다. 지금으로서는 이렇게밖에 말씀드릴 수가 없네요. 투숙객 전원에 대해 정보 제공을 요청해왔기 때문에 우리는 강진 고객에 대한 자료도 제공했습니다. 곧, 어쩌면 오늘 내일 중에 지시가 내려올 것이고, 유감스럽지만 아마 호의적인 조치가 아닐 가능성이 매우 높습니다. 보보에 더 체류하길 원하면 서둘러 국민안전국에 가서 허가증을 받으라고 말씀드리고 싶습니다. 우리도 내일 당장 무슨 일이 일어날지 예측할 수가 없네요. 확실한 건 포고령 이전에 받은 비자나 허가증은 효력이 없다는 겁니다." 여자는 맞은편 소파에 털썩 주저앉으며 아, 짜증나, 이 나라, 하고 중얼거렸다. 그 모습을 지켜보던 매니저가 문서들을 챙기며 더 질문이 없으면 일어나겠다고 했다.

12

    엘라핀은 이게 다 그 장군 출신 정치가 때문에 생긴 일이라
고 했다가, 자기 나라에서 못 살겠다고 남의 나라로 넘어온 불
법이주자들 때문이라며 투덜거렸다. "사정이 있겠지요. 그리
고 뭐 그런 사람이 얼마나 된다고……." 엘라핀은 황선호의
무지와 무신경을 의아해했다. "그런 사람이 얼마나 많은지 정
말 몰라요? 이 정부가 왜 이런 말도 안 되는 짓을 하는지 정말
몰라요?" 그는 이 나라에 오기 전에, 내란 상태의 혼란, 치안
불안, 여행 자제 국가 지정 등의 정보를 들었던 걸 떠올렸다.
그런 정보들에 크게 주의를 기울이지 않았다는 것도. 사람들
이 기피하는 지역이니 오히려 잘되었다고 생각했을 것이다.
그것은 신중히 살펴야 할 중요한 정보였으나 그의 사정이 워
낙 급했으므로 이 중요한 일을 소홀히했다. 엘라핀은 뚱한 표

정을 짓는 황선호를 답답하다는 듯 쳐다보고 로비 한쪽에 천덕꾸러기처럼 놓여 있는 자기 물건과 프런트 데스크 안쪽에 걸린 시계를 연달아 살피더니, 제가 30분쯤 시간이 있어요, 커피 한 잔 사세요, 하고 말했다.

카페는 1층에 있었다. 그녀가 먼저 카페 안으로 들어가 자리를 잡았고 황선호는 쭈뼛거리다가 따라 들어갔다. 자리에 앉자마자 그녀는 2차 세계대전 후 오랫동안 식민 제국과 싸워온 공을 인정받은 장군에 의해 장기간 통치되었으며, 그 장군 출신 수상이 병으로 죽은 다음에는 집권 야욕에 사로잡힌 정치가들에 의해 나라가 혼란해졌고, 종교와 인종이 얽혀 자주 내란 수준의 분쟁을 겪어야 했던 보보민주공화국의 역사를 요령 있게 요약해 들려줬다. 최근에 군인 출신의 정치가가 쿠데타나 다름없는 방식으로 정권을 잡았는데, 역대 최악의 정권이 될 거라는 추측도 내비쳤다. 20세 연하 비서와의 불륜과 아들 명의로 빼돌린 비자금 등 흉흉한 소문에 시달리던 전임 수상이 어느 날 군복을 벗은 지 한 달도 안 된 장군에게 아무 조건 없이 수상 자리를 물려주겠다고 선언했는데, 그런 일이 그냥 일어날 수 없다는 건 어린아이도 아는 일. 군부의 거부할 수 없는 강제와 협박이 있었을 거라는 게 공공연한 비밀이라고 했다. 그 장군이 권력을 잡자 맨 먼저 한 일이 국경을 봉쇄하고 외국인들의 거주를 제한한 것이었다.

지리적 특성상 주변국과의 교류가 중요한 이 조그만 나라에서 한번도 시도된 적이 없고, 시도할 수도 없는 그런 정책을 쓰는 건 정권의 정당성에 대한 시민들의 의심을 차단하고 단기간에 국민들을 장악하기 위한 술책이라며 엘라핀은 목소리를 높였다. 자기 나라로 몰려 들어오는 많은 수의 불법입국자들을 그 명분으로 내세우고 있는데, 그럴 만한 사정이 없지 않다고 그녀는 설명을 이어갔다. 보보민주공화국은 내륙의 꼬리로 바다와 붙어 있다. 이런저런 이유로 자기 나라를 버리고 떠날 수밖에 없었던 이웃 대륙 사람들이 바다를 통해 이 나라에 상륙한다. 물론 그들은 보보를 목적지로 삼고 들어오는 것이 아니다. 그들이 체류하기를 원하는 나라는 이 작고 불안정하고 경제적으로 취약한 보보가 아니다. 그들은 보보민주공화국을 거쳐 더 크고 더 잘살고 더 안전한 나라로 이동하기를 원한다. 이 나라가 통로일 뿐이라는 건 세상이 다 아는 사실이다. 여기 사는 사람도 알고 여기로 들어오는 사람도 안다. 보보민주공화국 정부가 그동안 바다를 통해 들어오는 난민들을 막지 않았던 것은 그 때문이다. 유엔난민기구와 그 기구의 활동을 지원하는 나라들로부터 통로를 막지 말라는 요구를 받기도 했고, 이들을 일시적으로 보호하는 수용시설을 운영하는 대가로 국제단체로부터 상당한 경제적 지원을 받기도 했다. 부자 나라들은 자기 나라에 수용시설을 짓기를 원치 않았고, 보보 같은 작은 나라는 자체적으로 수용시설을 운영할 능력이 없었다. 부자 나라들은 빈민국인 보보에 경제적 지원을 제공하는 대가로 난민수용소를 운영하게 했다. 경제 규모가 작고 소득 수준이 낮은 보보 같은 나라로서는 난민들을 받아들임으로써 얻는 이익을 무시할 수 없었다.

그런데 최근 들어 상황이 많이 달라졌다. 다른 나라에서 살기 위해 자기 나라를 떠나는 사람들이 지나치게 많아졌다. 전쟁과 테러와 강압 통치와 차별과 가난과 여러 종류의 자연 재해가 늘어나면서 생존을 위협받는 사람들이 많아진 것이 이유였다. 세계의 인심에도 변화가 생기기 시작했다. 시간이 갈수록 늘어나기만 하는 난민들은 은연중에 부담스러운 대상, 골칫거리가 되어갔다. 세계는 호의의 한계를 경험했다. 호의적 정책에 대한 부정적 여론이 호의적 정책을 시행하던 나라의 국민들 사이에서 빠르게 퍼져갔다. 수용소는 난민들로 넘쳐났고, 수용소에 들어가는 대신 불법체류자가 되기를 택하는 사람들이 많아지면서 여론이 악화되고 사회의 갈등 요인이 되어갔다. 포용적이던 나라들은 서서히, 어떤 나라는 노골적으로, 인도적 정책을 접거나 유보했다. 인원을 제한하거나 아예 국경을 봉쇄한 나라도 생겨났다. 보보민주공화국은 이런 흐름의 영향을 직접 받았다. 통로로 이용하기 위해 보보에 입국한 많은 이들이 출구가 막히면서 어쩔 수 없이 머물게 되자 문제가 심각해졌다. 그들은 지나가기 위해 보보에 들어왔으나 나갈 문이 막혀 머무는 자가 되었다. 바닷가에 지어진 난민수용소는 여유 공간이 없었고, 수용소 내부의 형편이 점점 나빠지면서 그곳에 수용된 이들도 기회만 있으면 탈출하려 했다. 보보로서는 어떻게든 크고 잘사는 이웃 나라로 그들을 보내야 했으나 길이 막히니 도리가 없었다. 자기들이 원래 맡고 있던 통로로서의 역할만 하기 원하는 보보민주공화국의 뜻은 인접 국가들이 호응하지 않았기 때문에 이루어질 수 없었다. 그들을 내쫓아야 한다는 여론이 들끓었다.

마침내 쿠데타나 다름없는 방식으로 정권을 잡은 군인 출신의 수상은 보보가 더 이상 통로 역할을 하지 않을 것임을 선언했다. '보보민주공화국은 외부인들이 우리 국토를 통과해 지나가는 것을 허락하지 않을 것이다.' 선언문의 문장은 그러했지만 지나가지 않고 머무는 것을 허락하지 않겠다는 것이 진짜 뜻이었다. 조치는 바로 이어졌다. 당장 경비정과 군인들이 해안에 증강 배치되었다. 난민들의 유일한 유입경로가 바다였기 때문이다. 해안경비대 소속 대원들은 수상한 배가 발견되면 해안으로 접근하지 못하도록 막았다. 입항을 거절당한 배들은 망망대해를 떠돈다. 생존의 위협은 바다 위에도 상존한다. 풍랑에 배가 뒤집히거나 병이 들거나 굶어서 육지를 밟아보지 못하고 죽는 사람도 많다. 경비대원들은 상륙을 막을 뿐 그렇게 함으로써 상륙하지 못하는 이들이 맞게 될 비극에 대해 무감각하고 무책임하다. 맡겨진 일을 하는 것이 그들이 알고 있는 유일한 책임이다. 다른 책임을 그들은 알지 못한다. 캄캄한 밤중에 조각배를 타고 소리 없이 들어오거나 심지어 아주 먼 곳에서부터 헤엄쳐오는 이들은 그들이 가진 책임의 장벽을 타고 넘는다. 생존에 대한 의지는 대체로 책임보다 강하다. 그렇지만 운이 좋아 육지에 도달했다고 해서 보장되는 것은 없다. 해안을 따라 촘촘하게 세워진 초소의 병사들이 그들을 붙잡고 해안가에 만들어진 수용소에 집어넣는다. 수용소는 이미 정원을 초과한 지 오래다. 정원의 개념이 없어졌다. 수용소가 아니라 사육장과 같다. 지급되는 물품도 형편없어서 수용소에는 다툼과 도난과 폭력이 빈번하게 일어난다. 심지어 살인 사건도 발생한다. 믿을 수 없지만 폭력 조직까지 생겨난다. 치안은 기대할 수 없다. 모래 바람 날리는 허허벌판에 세워진 군용텐트 안에서 사람들은 더위와 배고픔과 질병과 범죄와 무료를 견딘다. 아픈 사람을 치료할 의사는 고사하고 응급약도 비치되어 있지 않다. 그들에게 제공되는 묽은 죽과 딱딱한 빵은 허기를 달래기에는 턱없이 모자란다. 난민 지위 획득을 위한 어떤 조치도 시행되지 않는다. 이웃 나라의 지원이 끊기거나 현저하게 줄어 엄청나게 늘어난 수용자들을 돌볼 수 없게 되었기 때문에 생긴 현상이다. 사람이 살 만한 공간이 아니다. 그래서 사람들은 어떻게든 그곳에서 도망치려 한다. 이런 배경에서 내부인들의 생명과 안전을 보호한다는 명분을 앞세워 자국민이 아닌 사람들의 장기체류를 금지하는 포고령을 내린 거라고 그녀는 설명했다.

이 도시가 겪은 십수 년의 내전과 강압적인 통치와 불안정한 정국에 대한 사전 지식에도 불구하고 황선호는 엘라핀으로부터 들은 이 나라의 그런 조치들을 납득하기 어려웠다. 그는 규정이 만들어지고 시행되는 현장의 중심에서 살았다. 규정은 그렇게 마구잡이로 만들어질 수 있는 것이 아니었다. 상황이 달라지면 없던 필요가 생기고 있던 필요가 없어지기는 했다. 그렇긴 해도 상황의 어떤 특수함도 원칙의 보편성을 허물 수는 없었다. 속이야 어떻든 겉으로는 그랬다. 최소한의 명분과 공공성은 모든 규정과 조치가 쓰고 있는 일종의 가면이었다. 그가 떠나온, 사람과 문서와 돈이 간섭하는 세계는 그런 세계였다.

황선호는 고개를 절레절레 흔들었다. 여기서는 말이 안 되는 게 없어요, 하고 그녀가 말했다. 황선호는 그녀가 그런 걸 어떻게 그렇게 잘 아는지 궁금했다. "나는 뭐 이 나라 사람이나 다름없어요." 엘라핀은 황선호를 향해, 보기에 따라서는 자부심이 느껴지는 표정을 지어 보였다. 자기를 내쫓는 호텔을 향해 항의하고 호소하던 얼마 전의 모습과는 달라 의아했다.

누가 봐도 외부인이 분명한 자기에 대해 상대적으로 우월감을 느끼는 것 같아 황선호는 좀 언짢았다. 30분밖에 시간이 없다고 한 것도 잊은 듯 말을 멈추지 않았다. 초조하게 시계를 본 쪽은 오히려 황선호였다. 황선호는 30분이 지난 것 같다고 알려줬지만 그녀는 듣지 못한 듯 큰 손짓을 섞어가며 자기 이야기를 계속했다.

그녀의 조상들은 대대로 보보에서 살았다. 그녀의 아버지는 젊을 때부터 크고 잘사는 이웃 나라를 오가며 사업을 했고, 그 나라에서 한 여성을 만나 결혼을 했다. 보보가 독립할 때 그녀의 아버지는 보보민주공화국의 국민이 되는 대신 아내의 나라 국적을 취득했다. 그녀의 아버지는 결혼 후에도 두 나라를 오가며 사업을 했다. 보보의 농장에서 재배한 농산물을 이웃 나라에 팔아 돈을 벌었다. 그리고 휴가철에 가족들을 데리고 고향으로 가서 휴가를 보냈다. 보보의 바닷가에서 보낸 유년 시절을 잊을 수 없다고 엘라핀은 말했다. 뜨거운 모래밭을 맨발로 걸으며 폴짝폴짝 뛰던 일을 기억해내며 그녀는 잠시 향수에 젖었다. "아이들이 모래밭에서 왜 폴짝폴짝 뛰는지 알아요? 모래가 너무 뜨겁기 때문이에요." 그녀는 웃지 않고 그 말을 했다. 황선호는 웃어야 할지 말아야 할지 생각하다가 어색하게 고개만 끄덕였다.

아버지가 오랫동안 하던 일을 지금은 자기가 하고 있다고 그녀는 말했다. 처음에는 아버지와 함께 국경을 넘나들었다. 아버지를 도우면서 일을 익혔다. 아버지는 3년 전에 돌아가셨다. 지금은 그녀가 그 일을 물려받아 하고 있다. 일의 성격상 장기 출장이 잦다. 1년 중 3분의 1 정도 보보에 머문다. 그리고 보보에 오면 항상 이 호텔에 묵는다고 그녀는 말했다. 이 호텔은 10년 전부터, 그러니까 아버지에게 사업을 배울 때부터 그녀의 숙소였다. 그녀의 아버지는 훨씬 전부터 이 호텔 단골이었다. 이 호텔은 보보에서 가장 오래된 호텔 가운데 하나라고 했다. 이 나라가 이웃 나라의 식민지일 때 건축되었고, 한때는 국제회의 장소로 이용되기도 했다. 그녀의 아버지가 그랬던 것처럼 그녀는 여기서 묵고 쉬고 사업 파트너들을 만나왔다.

"듣다 보니 더욱 이해가 안 되는군요. 그 정도로 신분이 확실한 사업가를 내쫓으려고 하다니요?" 떠나온 도시에서의 오랜 경험이 황선호로 하여금 그렇게 말하게 했다. 황선호는 보보의 상황을 현실로 받아들이는 데 시차를 겪고 있었다. 하기야 보보에서 그는 없는 사람이어야 했다. 그러기 위해서는 보보가 그에게 없는 곳이 되어야 했다. 그러나 그는 완전히 없어지지 않았고, 보보는 더욱 없어지지 않았다. 있으면서, 있는 채로 없어진다는 건 그가 아직 터득하지 못한 기술이었다. 엘라핀은 얼굴을 찡그리며, 그렇지요? 근데 이 사람들, 말이 안

통하네요, 했다. "국민안전국에 직접 찾아가서 말했어요. 사업체와의 거래 내역, 체류 기록이 찍힌 여권, 심지어 최근 3년간의 호텔 투숙 자료까지 제시했는데, 거들떠도 안 보네요. 우리는 규정대로 합니다. 그 말만 다섯 번 들었어요. 무슨 로봇 같았어요. 이해가 돼요? 비즈니스 활동을 증명하는 출입국 기록이 왜 신분보장의 근거가 될 수 없는지……. 공무원 가운데아는 사람이 있어서 부탁을 해놓긴 했어요. 사업을 해야 하는데 불법체류자가 될 수는 없는 일이잖아요. 잘 해결될 거라고하긴 하는데, 워낙 예측할 수 없는 사람들이라 안심할 수가 없네요. 두고 봐야죠."

엘라핀은 핸드폰을 터치해서 화면을 살피고 시계를 보았다. 그다지 초조한 빛은 아니었다. 모르긴 해도 꽤 영향력 있는 사람에게 부탁을 해둔 모양이라고 황선호는 생각했다. "그러니까 당신도, 여기 있는 목적이나 사연은 모르겠지만, 미리 대비하는 게 좋을 거예요. 아는 사람이 있으면 미리 손을 쓰세요." 황선호는 어떤 대비를 해야 할지 떠오르지 않아 머리만 긁적였다. 그런 모습이 여유로 보였는지, 그녀는 걱정하지 않는 걸보니 무슨 방법이 있는 모양이라며 언제까지 있을 예정이냐고물었다. 황선호는 적어도 3개월, 어쩌면 더 길어질지도 모르겠다고 답했다. 말을 해놓고 그는 조금 놀랐는데, 3개월보다길어질지 모른다는 말이 왜 나왔는지 알 수 없었기 때문이다.

그 말은 그야말로 엉겁결에 툭 튀어나왔다. 보스와 약속한 시간보다 더 오래 보보에 머물게 될 거라는 생각을 진지하게 한 적은 없었다. 그렇게 될 가능성에 대해 누군가와 의견을 나눈 적도 없었다. 그런데 그런 말이 왜 튀어나왔을까. 그 말은 그가 다른 사람에게 자기에 대해 한 말이 아니라 다른 사람이 그에게 그에 대해 한 말처럼 들렸다. 하지만 누가 그에 대해 그에게 말한단 말인가. 그의 무의식 속에 보스의 약속에 대한 불신이 잠겨 있었을까. 아니면 그런 예감을 하고 있었을까. 그 예감을 각오라고 바꿔 불러야 하는 걸까? 부지불식간에 튀어나온 말을 예언으로 수용하고 싶지 않아서 그는 어쨌든 몇 개월은 더 보보에 머물러야 한다고 수정했다.

엘라핀은, 몇 개월이나? 하고 걱정스러운 표정을 지었다. "이 호텔에 당신과 나 빼면 외부인이 서너 명 되려나? 그런데 그들은 당신과 달리 이웃 나라 사람들이에요, 나처럼. 그들도 곧 떠나겠지요. 떠났다가 다시 오기가 상대적으로 쉬워요. 가까우니까. 그런데 당신은……. 어떻게 할 건데요?" 황선호는 글쎄, 어떻게 할까요? 하고 되물었다. 그의 나태한 태도를 믿을 수 없다는 듯 엘라핀은, 아무 대안이 없는 거예요? 하고 묻고, 그렇게 대수롭지 않게 여길 일이 아닌데, 진짜 태평한 분이네, 하고 혼잣말처럼 중얼거렸다. "확실한 인맥이 있지 않으면 부릴 수 없는 여윤데……." 그렇게 말하고는 뒤늦게 약속

시간이 떠올랐는지 화들짝 놀라며 자리에서 일어났다. 그때까지 자기 짐을 보관해줄 수 있겠느냐는 제안을 황선호는 거절할 수 없었다. 두 사람은 황선호의 방으로 그녀의 짐을 옮겼다. 호텔 직원들이 그런 그들을 말없이 지켜보았다.

13

    황선호는 보보에 온 후 처음으로 목적지를 정하고 호텔을 나섰다. 국민안전국으로 가는 길은 엘라핀이 알려줬다. 그의 방에 가방을 옮겨놓으면서 그녀는 그에게 확실하게 일 처리를 해줄 사람이 있는 게 아니라면 일단 국민안전국에 가보라고 진지하게 조언했다. 자기는 문제를 해결하지 못했지만 사정이 다 다르니 혹시 모르는 일 아니냐며 호텔방에 비치된 메모지에 약도를 그려줬다. "이 기관이 생긴 지 얼마 안 되어서 그런지 호텔에서 제공한 지도에는 안 나와요. 이유는 모르겠지만 핸드폰 지도에도 표기가 안 되어 있어요. 이것저것 엉망이에요. 찾기가 좀 어려운데, 이 육교를 건너야 해요. 육교 밑은 철길이라 아래로 가는 길은 없어요. 이미 늦었는지 모르지만, 암튼 꼭 가보세요." 황선호는 엘라핀이 건넨 메모지를 받아 호주머니에 넣었다. 엘라핀은 자신의 운동복을 손가락으로 가리키며 욕실을 바라보았다. "염치없지만, 기왕 호의를 베풀어주셨으니……." 황선호는 얼마든지 욕실을 사용하라고 말하고 방을 나왔다.

약도는 호텔에서 왼쪽으로 꺾어 내려가라고 가리키고 있었다. 햇살이 어김없이 그의 정수리에 쏟아졌기 때문에 그는 얼굴을 찡그리고 손으로 머리를 가렸다. 그의 머릿속 벌레에게 양분을 제공하지 않으려면 햇빛을 피해야 했다. 준비해뒀던 선글라스를 챙기지 않은 것이 후회되었지만 그녀가 샤워를 하고 있을 방으로 돌아가는 게 뻘쭘해서 황선호는 되도록 그늘을 골라 그냥 걷기로 했다.

약도를 볼 때는 쉽게 찾아갈 수 있을 것 같았는데 정작 길을 나서자 그렇지가 않았다. 간단한 약도는 생략과 무시를 통해 길(이 아니라 길 찾기의 과정)을 왜곡한다고 그는 생각했다. 간단한 약도는 어려운 길을 쉽게 만듦으로써 쉬울 수도 있는 길 찾기를 어려워지게 만드는 것 같다고. 간단한 약도는 길을 가깝게 느끼게 함으로써 실제보다 멀어지게 만든다고. 심지어 사라지게 만든다고. 그 불친절한 약도에 의하면 국민안전국은 구루공원 옆에 있었다. 엘라핀은 보보사람 중에 구루공원을 모르는 사람은 없다고 말했다. 문제는 모르는 사람이 없을 정도로 그 공원이 넓다는 데 있었다. 그는 공원 주변을 빙빙 돌고 언덕을 따라 올라갔다 내려오고 지하도를 건너고 다른 입구로 들어갔다가 다른 출구로 나왔다 하며 시간을 허비했다.

행인들은 불친절했다. 길을 묻기 위해 그가 말을 붙였을 때 발걸음을 멈춘 사람은 세 명에 한 명 꼴이었고, 국민안전국으로 가는 길을 안다는 이는 한 명도 없었다. 그런 기관이 있느냐고 반문하는 이들이 더 많았다. 약도를 보여주어도 고개를 갸우뚱하고는 그냥 돌려주었다. 사실은 주의 깊게 약도를 들여다보는 이가 별로 없었다. 국민안전국이 이번 집권 세력에 의해 새로 생겨난 기관이라는 사실을 확인하게 된 게 소득이라면 소득이었다. 사람들은 다른 사람에게 관심을 내줄 여유가 없어 보였다. 그들은 잔뜩 웅크린 채 자기 발만 보고 다녔다. 사람들이 자기를 경계하고 있을지 모른다는 생각이 들었다. 자기를 피하는 것 같은 느낌도 없지 않았다. 자기가 '외부인'으로 규정된다는 사실을 알기 전까지 해보지 않은 생각이었다. 사실은 전에 사람들이 그를 어떻게 대했는지 잘 생각나지 않았다. 사람들이 그를 어떻게 대하는지 의식하지 않았기 때문이었다. 그런데 이제 의식이 되었고, 사실과 상관없이, 그들이 자기를 다르게 대한다고 느껴졌다. 그러자 갑자기 사람들에게 말을 걸기가 어려워졌다. 그는 혼자서 약도만 보고 걸었다.

구루공원은 말이 공원이지 버려진 야산 같은 곳이었다. 공원 안에는 높이가 상당한 산도 있었다. 잔디밭과 벤치와 산책로가 조성되어 있긴 하지만 사람의 손길에 의해 관리되고 있는 곳은 극히 일부였다. 황선호는 그 사실을 펍의 주인 필에게서 들었다.

국민안전국을 찾다가 더위에 지친 그는 곧 될 대로 되라는 마음이 되었고, 시원한 맥주를 한 잔 마시고 싶다는 생각에 매달리게 되었는데, 문득 고개를 들어 살펴보니 눈앞에 그가 알 만한 길이 나타나 있었다. 사거리가 눈에 익었다. 조금만 더 앞으로 걷다가 오른쪽으로 꺾으면 그 펍 '몰리'가 나올 것 같았다. 그는 사막에서 오아시스를 발견한 대상(隊商)의 심정이 되어 걸음을 재촉했다. 예감대로 '몰리'의 간판이 보였다.

그가 다가갔을 때 필은 막 가게 문을 열고 있었다. 그는 땀범벅에 축 늘어진 어깨를 보고 황선호가 맥주를 필요로 한다는 걸 알아보았다. 황선호는 맥주 한 모금을 급히 마셨다. 필은 손가락으로 머리를 가리키며 괜찮냐고 물었다. 황선호는 반 이상 빈 맥주잔을 탁자 위에 내려놓으며 이제 좀 살 것 같다고 말했다. 두통은 괜찮은 거냐고 필이 다시 물었고, 황선호는 머릿속 벌레가 아직 자고 있는 것 같다고 답했다. 필은 벌레가 언제 깰지 모르니까 조심하라고 말하며 왜 그렇게 지쳐 있는지 물었다. 황선호는 주머니에서 땀에 절어 너덜너덜해진 메모지를 꺼내 보여주었다. "국민안전국에 갔었어요?" 약도를 눈여겨보던 필이 물었다. 황선호는 가려고 했는데 가지 못했다고 대답했다. "찾을 수가 없어요. 아는 사람도 없고. 약도는 간단한데 길이 안 보여요." 필은 이해한다는 듯 고개를 끄덕였다. "약도가 좀 부실하군요. 구루공원을 무슨 놀이터처럼 그려놓았네요." 그는 구루공원이 얼마나 넓은지 설명했다. "공원이라고 하지만 극히 일부만 공원으로 조성되어 있고, 그냥 버려진 땅이라고 하는 게 나을 겁니다. 대부분의 땅은 그냥 방치되어 있어요. 그런데도 들어가는 문이 아홉 개나 되는 거 알아요? 워낙 넓어서 그렇습니다. 이 도시가 구루공원을 가운데 두고 만들어졌다고 보면 될 겁니다. 그러니까 구루공원 근처에 있는 어디를 찾아갈 때는 무턱대고 가면 안 되고 어느 쪽에 있는지 알아야 해요. 여기는 국민안전국과는 꽤 떨어져 있어요. 서2문을 찾아야 하는데 여기는 서3문 쪽에서 가까워요. 그것도 그거지만 사람들이 이 관청을 잘 몰라요. 그러니까……." 그러니까 누구도 도움을 줄 수 없었을 거라고 그는 말했다. 황선호는 사람들이 자기를 외부인이라고 피하는 것 같았다고 말하려다가 말았다. 그것은 사실이 아닐 수도 있었고, 무엇보다 펍의 주인에게 그 말을 하고 싶지는 않았다.

필은 황선호의 잔에 새 맥주를 따라주며, 그렇지 않아도 그를 기다리고 있었다고 말했다. 그 말을 할 때 그의 목소리는 무엇 때문인지 좀 은밀해졌다. 이른 시간이라 펍 안에는 두 사람 말고는 없었다. 그런데도 그는 황선호에게로 몸을 숙였다. 그것은 말이 밖으로 빠져나가는 것을 막으려는 몸짓으로 보였다. 황선호는 약간 긴장했는데, 펍의 주인 남자가 무슨 말을 할지 궁금하기도 하고 우려스럽기도 했기 때문이었다. 필은 뭔가를 많이 알고 있는 것 같은 느낌을 주었는데, 황선호는 자기가 그것을 알고 싶어 하는지 알고 싶어 하지 않는지 가늠할 수 없었다. 그보다 가늠을 미루고 있다는 쪽에 가까웠다. 처음에는 노인이 단지 말하는 걸 좋아한다고만 생각했었다. 말하는 걸 좋아하는 사람은 할 말이 많은 사람이고, 할 말이 많다는 건 아는 게 많다는 뜻이라고. 그러나 단순히 많은 걸 알고 있다는 것과는 달랐다. 황선호가 긴장한 것은 그가 자기에 대해 아는 게 많다고 느꼈기 때문이다. 그리고 그것은 아마도 그가 알지 못하는 자기일 것이었다.

황선호는 맥주잔의 차가운 표면에 맺힌 물방울들을 손가락으로 문지르는 동작을 하며 귀를 기울였다. "걱정했어요." 필의 말이 좀 의외여서 황선호는 손가락의 움직임을 멈추고 그를 바라보았다. "그 사람들, 기억나요? 지난번 여기 들어오자마자 시끄럽게 떠들던, 그 사람들이 거기 사람들이거든요. 국민안전국." 황선호는 자기를 힐끗거리며 외부인 어쩌고 하던 이들을 떠올렸다. 그들이 들어온 후 무엇 때문인지 허둥대는 것 같던 삘의 모습도 같이 떠올랐다. 황선호의 용모야 누가 보아도 눈에 띄긴 하겠지만, 그들의 눈빛은 낯선 사람에 대한 단순한 호기심과는 어딘가 달랐다. 펍을 나올 때 그의 뒤통수가 화끈거렸던 것이 생각났다. "그 사람들이 당신에 대해 물었는데, 거의 매일 우리 집에 온다고 했더니, 이젠 못 오게 될 거라고 합디다. 그게 무슨 뜻인지 모를 만큼 어리석지 않아요. 내부인 안전을 구실로 외부인 관리를 강화하고 있는데, 신분이 확실한 사람들까지 마구잡이로 단속하는 까닭을 도무지 모르겠습니다. 이 정부 하는 일이 죄다 예측불허에 막무가내예요. 지시하면 끝. 질문을 못하게 해요. 그래서 혹시 무슨 일 없나, 걱정했는데, 연락할 길이 없어서 답답했습니다. 괜찮은 거지요?" 삘은 진심이 담긴 눈빛으로 물었다. 황선호는 괜찮은 것 같지 않다고 말하고 아침에 호텔에서 일어난 일을 요약해서 들려줬다. 엘라핀이라는 사업가가 추방될 위기에 있다는 말을 하자, 그것 봐요, 기준이란 게 없다니까요, 그런 사람을 호텔에 묵지 못하게 하면 어떻게 하라는 건지, 노숙을 하라는 건가, 하며 고개를 저었다. 노숙이라니. 개의 배설물들과 악취가 진동하는 길거리에서 잠을 자는 모습을 황선호는 상상하고 싶지 않았다.

1년짜리 비자가 있는데 이것도 소용이 없다고 하네요, 하는 말이 황선호의 입에서 나왔다. 그의 목소리는 너무나 약해서 필의 귀에 전달되지 않았다. 그것이 하나 마나 한 말이라는 걸 황선호 자신도 알고 있었다. 필은 황선호의 말을 듣지는 못했지만 그의 곤궁한 처지를 이해한 것이 분명했다. 난처해하는 표정이 숨김없이 드러났다. 두 사람 사이에 어색한 침묵이 흘렀다. 말하는 걸 좋아하는 필을 생각하면 예외적으로 긴 침묵이었다.

잠시 후 필은 카운터 한쪽에서 메모지를 꺼내와 국민안전국으로 가는 약도를 그렸다. 엘라핀이 아침에 그려준 것보다 자세했다. "이쪽 문 근처예요. 서2문. 이 문은 구루공원으로 들어갈 수 있는 아홉 개의 문 가운데 하나인데, 폐쇄된 지 오래되어서 지금은 이용하지 않습니다. 그래서 여기를 지나다니는 사람이 거의 없을 겁니다. 그리고……" 필은 메모지를 뒤집어 무언가를 그리고 무언가를 썼다. "이게 철길 위에 놓인 육교입니다. 이 육교를 건너면 그 폐쇄된 문, 서2문이 나옵니다. 표지판이 있을 겁니다. 공원문을 폐쇄한다는 공고문이 붙어 있는 표지판인데 그 위에 입구라고 큼지막하게 쓰인 글씨를 볼 수 있을 거예요. 거기서 기다리면 누군가를 만날 수 있을 겁니다. 내 나이 또래의 남자인데, 개와 같이 다녀요. 당신과 똑같은 두통을 호소한 외부인이 있었다고 한 말 기억나요? 그 친구를 아주 잘 아는 사람이에요. 믿을 만한 사람이고요. 나는 당신의 사정을 잘 모르지만, 혹시 상황이 난처해지거나 도움이 필요해지면 그 사람을 만나러 가세요. 내 이야기를 하세요.
이 친구 이름은 쟝이에요."

14

　호텔로 돌아온 황선호는 오전에 자기 방에 옮겨둔 엘라핀의 짐이 없어진 것을 발견했다. 황선호는 어떻게 된 사정인지 알아보려고 프런트 데스크에 전화를 걸었다. 지난번에 맥주가 필요하지 않은지 물었던 파트타임 직원 류가 전화를 받았다. 그는 엘라핀이 체크아웃을 했다고 알려줬다. 황선호는 그녀가 자기에게 메시지를 남기지 않았느냐고 물었다. 그녀는 영향력 있는 사람을 만나러 간다고 했고, 그 결과를 알려주겠다고 했었다. 황선호의 상황을 자기 일처럼 걱정하기도 했었다. 겉으로 드러내지는 않았지만 황선호는 그녀가 가져올 소식을 은근히 기다리고 있었다. 그녀를 통해 더 정확한 정보를 얻어내고 어떤 방법인가를 찾아내게 될 거라는 기대가 마음속에 있었다.

　류는 자기 근무 시간이 아니어서 다른 직원에게 확인해봤는데 그에게 남겨진 메시지가 없다고 했다. 황선호는 그럴 리 없는데, 하며 자기 방에 있던 그녀의 가방들을 그녀가 직접 가지고 갔는지 물었다. 류는 이번에도 확인 작업을 거치는지 약간 뜸을 들였다가, 그녀의 요구에 따라 직원들이 옮겼다고 대답했다. 황선호는, 그럴 리 없다고 다시 중얼거린 다음, 그녀가 어디로 갔는지 아느냐고 물었다. "우리는 그런 걸 묻지 않습니다." 황선호는 서둘러 전화를 끊고, 그럴 리 없다는 말을 반복했다. 그러나 곧 자기가 하는 말이 올바른 상황 판단에 의한 것이 아니라 그저 자신의 조급함이 만들어낸 주문에 지나지 않다는 것을 깨닫고 입을 다물었다. 그럴 리 없다는 건 근거가 없는 생각이었다. 그럴 리 없는 게 있을 리 있나,라고 그는 중얼거렸다.

황선호는 창가에 서서 밖을 내다보았다. 천지가 깜깜해서 하늘과 땅과 바다가 구분되지 않았다. 바다는 깊이 잠든 듯 철썩이는 소리도 내지 않았다. 그 어둠과 고요는 평온하기도 하고 막막하기도 했다. 그럴 리 없는 건 없지,라는 새로운 주문이 계속해서 나왔다. 문득 노숙을 하라는 건가, 하던 필의 말이 떠올랐다. 엘라핀이 호텔에서 체크아웃을 강요당했다는 말을 듣고 그가 한 말이었다. 그 말은 엘라핀에 대한 말로만 들리지 않았다. 황선호는 무력감을 느꼈다. 어떤 대처든지 생각해야 하는데, 자신은 능동적으로 어떤 일을 할 수 있는 사람이 아니었다. 공식적으로 그는 없는 사람이었다. 존재가 드러나면 안 되는 사람이었다. 그런 사람이 할 수 있는 일은 없었다. 황선호는 어쩔 수 없이 보스를 떠올리고 송을 떠올렸다가 고개를 저었다. 고개를 저어도 다시 그들이 떠올랐다. 그는 떠나온 도시와 그곳의 사람들로부터 자기를 분리하기 위해 죽을 것 같은 시간을 견뎠다. 마침내 그렇게 되었다고 믿었었다. 이제 없는 사람이 되는 데 성공한 거라고, 이제 기린팀으로부터 부여받은 임무를 수행할 수 있게 되었다고 자부했었다. 외부인으로 규정되고 이 도시에서 쫓겨날지 모르는 곤란한 상황이 생기지 않았다면 그 자부심을 그대로 유지할 수 있었을까. 아마 그랬을 것이다. 그는 스스로 묻고 대답했다. 그러면 이제 나는 무엇을 해야 하는가. 무엇을 할 수 있는가. 그동안은 아무것도 하지 않아도 되었다. 아무것도 하지 않는 것이 그가 해야 하는 일이었다. 그는 아무것도 하지 않음으로써 자기 일을 할 수 있었다. 그것은 여전히 유효한가. 그는 묻고, 다시 물었다. 아무것도 하지 않는 것이, 이제까지와는 달리, 없는 사람의 삶을 보장해주지 않는다면, 아무것도 하지 않는 것이 더 이상 자기 일을 하는 것이 되지 않는다면, 누구도 예상하지 않았고 원하지 않은 일이 일어날 것이 불을 보듯 뻔하다면, 그렇다면 없는 사람으로 계속 있기 위해 이제까지와는 달라져야 하는 것이 아닐까. 예컨대 무엇인가 해야 하는 것이 아닐까. 그는 어쩔 수 없이 다시 보스와 송, 기린팀의 동료들을 떠올렸다. 그가 생각할 수 있는 무슨 일은 그들이 무슨 일인가를 하도록 그들을 부르는 것이었다. 그들에게 사정을 알리고 어떤 조치를 요구하는 것이었다. 애초에 그것은 금지되어 있었지만 상황이 달라졌으니까, 달라진 상황은 다른 행동을 요구하니까. 그렇지만……. 생각은 회오리쳤지만 앞으로 나가지 못하고 제자리를 맴돌았다. 그는 확신할 수 없었다. 지구 반대편의 그들이 자신이 처한 상황을 이해하고 있을지 궁금했다. 물리적 거리 못지않게 먼 심리적 거리가 느껴졌다. 바다는 여전히 캄캄하고 조용했다.

전화벨 소리가 그의 몸을 돌려세웠다. 추리소설 애호가인 호텔 직원 류는 대뜸, 그 집 있잖아요, 라고 말했다. 황선호가 무슨 집이요? 하고 묻자 그는 친구들이요, 친구들의 집, 하고 덧붙였다. 아, 친구들의 집. 황선호는 류가 '친구들의 집'을 꼭 찾아주겠다고 했던 말을 떠올렸다. 그 일이 아주 오래전에 일어난 일처럼 여겨진 것은 그 일에 관심을 기울이기 어려울 만큼 상황이 갑자기 복잡해지고 그의 처지가 위태로워졌기 때문이었다. 류는 자기가 줄곧 그 집을 미행했다고 말했다. 황선호는 그의 문장이 이상하게 들려서 미행이요? 하고 물었다. 류는 미행이죠, 미행, 하며 가볍게 웃었다. 황선호는 그 사람이 자기 일을 추리소설의 일부로 취급하는 것 같아 언짢았지만 내색하지는 않고 다음 말을 기다렸다. 류는 자기가 얼마나 애써서 미행을 하고 있는지, 그리고 자기가 이 일에 얼마나 유능한지 다소 장황하게 늘어놓았다. 황선호는 지금은 불요불급한 잡담을 들을 여유가 없다고 말하고 싶었다. 그러나 황선호의 그런 기분을 눈치채지 못한 류는 자기 근무시간이 30분 남았는데, 지금 좀 한가하기 때문에 중간보고를 할 수 있게 되었다면서 미행을 통해 찾아낸 내용을 늘어놓았다.

'친구들의 집'이라는 공동체가 있었다. 지금은 없다. 없어졌다. 없어진 지 오래되었다. 한때 꽤 규모가 컸는데 어떤 사건에 연루되었고, 그 때문에 사라졌다. 그 일에 대한 사람들의 기억도 사라졌다. 간단히 말할 수 없다. 좀 복잡하다. 실은 아직 파악이 안 됐다. 지금 알아보고 있는 중이다. 시간이 더 필요하다. 이번 주말에 그때 일에 대해 증언해줄 사람을 만나기로 했다. 그러니까 다음주면 좀 더 자세한 걸 알 수 있을 것이다. 그러면서 류는 친구들의 집을 찾는 게 어려웠다고 말했다. 그 이름을 기억하는 사람이 거의 없기 때문인데, 그것은 그 이름, '친구들의 집'은 그 공동체 내부 사람들이 사용하던 이름이었고, 외부에서는 그렇게 부르지 않았기 때문이라는 걸 알게되었다고 했다. 외부에서는 그들을 그냥 '누데르'라고 불렀다. 여기 방언으로 '이상한 사람들'이라는 뜻이다. 그들은 이상한 사람들이라고 불리었다. 또 다른, 더 중요한 이유는 이 공동체에 대한 기억이 집단적으로 지워져버렸기 때문이다.

의아하게 들릴지 모르겠는데, 옛날에 이 지역에 그런 형벌이 있었다. 기억하지 말 것. 어떤 죄인, 이를테면 사회에 불안을 조성할 위험한 생각을 가졌거나 그런 행동을 한 것으로 규정된 사람에게는 이런 벌이 내려졌다. 그 사람, 혹은 그 사건에 대한 모든 기록과 기억을 없앨 것. 생각해보면 이 형벌은 좀 이상하다,라고 류는 말했다. 죄를 지은 사람에 대한 벌의 집행을 그를 알고(기억하고) 있는 모든 사람에게 요구하기 때문이다. 그를 알고(기억하고) 있는 모든 사람은 그를 기억에서 지움으로써 그에게 벌을 내린다. 그를 알고(기억하고) 있던 모든 사람이 집행관이다. 그런 점에서 어떤 벌보다 가혹하다고 할 수 있다. 더 이상한 것은, 이 형벌이 죄지은 사람을 벌하는 것이 아니라 그 사람을 알고(기억하고) 있는 모든 사람을 벌하기 때문이다. 그를 알고(기억하고) 있는, 죄 없는 사람들이 죄지은 사람을 기억하지 말라는 명령을 받는다. 죄지은 사람을 알고(기억하고) 있는 모든 사람은 죄지은 사람을 기억에서 지우는 벌을 집행하지만, 동시에 그 사람를 기억에서 지워야 하는 벌을 받는다. 죄지은 사람을 알고(기억하고) 있는 모든 사람은 집행자이기만 한 것이 아니라 수형자이기도 하다. 그 사람을 기억하지 말라는 벌을 받은 사람이 그 사람을 기억한다면 그것은 처벌(하는 것과 받는 것)을 거부하는 일이 되고, 처벌을 거부하는 자의 벌은 가중될 것이다. 그러니 어떻게 할 것인가. 사람들은 기억하지 않으려고 필사적일 수밖에 없다. 필사적으로 처벌하고 필사적으로 처벌받을 수밖에 없다. 이 형벌은 세상의 모든 사람을 형벌의 집행자로 만들면서 동시에 수형자로 만든다는 점에서 가장 가혹하고 엄격하다. 무엇보다 모순이다. 지금은 사라졌다. 그러나 사람들의 무의식 속에, 일종의 관습으로 여전히 위력을 떨치고 있다. 전체주의적 권력이 이런 관습을 효율적으로 이용하고 있는 예를 얼마든지 찾아볼 수 있다. 이 벌은 감시와 통제의 심리학 속에 여전히 살아 있다. 아무튼 '친구들의 집'이 이런 형벌의 대상이 된 것으로 추측된다. 글을 쓰고 싶어졌다고 류는 말했다. 그 점에 대해 당신에게 고마움을 표하지 않을 수 없다. 이번 주말 그 증언자를 만나면 좀 더 구체적인 내용을 파악할 수 있을 거라고 기대하고 있다. 그러면 '친구들의 집'이 있던 장소도, 물론 지금은 흔적도 없다고 하지만, 확인할 수 있을 것이고, 그러면 당신을 그곳으로 데리고 갈 수 있을 것이다. 그런데 당신은……. 숨가쁘게 이야기를 늘어놓던 류는 거기서 멈췄다. 그런데 당신은. 황선호는 그가 하지 않은 말을 짐작했다. 그런데 당신은 나와 함께 그곳에 갈 수 있겠는가?

류는 그렇게 묻지 않았지만, 그러니까 정말로 그 말을 하려고 했는지는 분명하지 않지만, 통화를 마친 후에도 황선호의 귀에는 계속해서 그 말이 들렸다. "그런데 당신은 나와 함께 그곳에 갈 수 있겠는가?" 황선호는 호텔 방을 서성거렸다. 그의 내부에서는 위기를 타개하기 위해 당장 송에게 연락을 취해야 한다는 목소리와 그러면 안 된다는 목소리가 시끄럽게 싸웠다. 생각의 회오리는 제자리를 맴돌면서 아주 느린 속도로 현실을 향해 나아갔다. 아무 일도 하지 않을 수 없는 상황인 것은 분명했다. 그는 창밖의 캄캄하고 고요한 바다를 노려보며 다음날 할 일을 계획했다.

아침 일찍 국민안전국을 찾아간다. 되도록 고위 인사와 면담한다. 유력 정치인의 참모라는 사실을 공개하는 것이 유리한지 상황에 따라 판단한다. '몰리'의 주인과 그가 만나보라고 한 쟝이라는 사람을 만난다. 더 정확한 정보가 필요하다. 정보들이 어디로 갈지 지시해줄 것이다…….

15

그러나 그의 계획은 실천으로 옮겨지지 못했다. 아침 일찍 호텔 매니저가 그의 방에 찾아오면서 그의 시간은 그가 통제할 수 없는 것이 되어버렸다. 매니저는 인터폰을 했는데 받지 않아 직접 찾아왔다고 했다. 그의 뒤에는 머리를 짧게 자른 낯선 남자가 서 있었다. 황선호는 자려고 누웠다가 눕자마자 찾아온 두통과 싸우느라 새벽까지 잠들지 못했고 뒤늦게 잠들었다가 깨긴 했지만 아직 침대에서 일어나지 않은 상태였다. 간만의 두통을 조심스럽게 달래는 데 신경이 곤두서 있어 지난밤에 세운 계획을 챙길 여유가 없었다. 매니저는 문 앞에 선 채 체크아웃을 해야 한다고 말했다. 목소리는 건조했고 태도는 어딘가 어색했다. 뒤에 있는 낯선 사람을 의식하는 것 같기도 했다. 잠에서 완전히 벗어나지 않아 정신이 맑지 않았지만 그래도 그 말의 뜻을 알아듣지 못할 정도는 아니었다. 체크아 웃은 심오한 사고 과정이 필요한 복잡하거나 아리송한 단어가 아니었다.

황선호는 밤사이에 무슨 일이 일어났느냐고 물었다. 직원은 대답하지 않았다. 자기는 체크아웃을 요청하지 않았다고 황선 호가 말했다. "체크아웃을 지금 우리가 명령하고 있는 겁니 다." 매니저 뒤에 서 있던 남자가 '요청'을 '명령'이라는 단어로 바꿔서 말했다. 남자의 목소리는 느릿하고 단어 끝을 길게 끄 는 투여서 권태로웠다. 그런데도 묘하게 위압적이었다. 황선 호는 아직 남은 잠의 찌꺼기를 몰아내기 위해 머리를 흔들었 다. 호텔에서 이미 고지한 바 있다고 매니저가 서둘러 덧붙였 다. "내가, 난민 신청이라도 할 사람으로 보이나요?" 그렇게 말하며 황선호는 자기 신분이 확실하다는 것을 증명하려는 듯 서랍에서 비자를 꺼냈지만 그것이 소용없는 짓이라는 걸 모르 지 않았다. 매니저는 물론 머리가 짧은 남자도 그가 내미는 비 자를 거들떠보지 않았다. "체크아웃 시간은 정오입니다." 매 니저가 국민안전국의 통지라고 하면서 서류를 내밀었다. '당 호텔에 투숙하고 있는 외부인의 체크아웃을 명함.' 서류에 적 힌 내용은 지나치게 간단해서 진짜 공문서인지 의심스러웠지 만 그걸 확인하자고 할 분위기는 아니었다. 세상에, 호텔 체크 아웃을 명하는 공문이 있다니. 그 서류에 자기 이름이 씌어 있지 않은 걸 확인한 그는 이 문서가 자기에게 온 것이 맞느냐고 물었다. 풀이 죽은 목소리여서 거의 사정하는 것처럼 들렸다. 키가 작고 머리가 곱슬곱슬한 매니저는 마치 그것이 그의 이름이라도 되는 것처럼, 네 이름이 여기 이렇게 적혀 있는데 무슨 소리를 하느냐고 따지는 것처럼 '외부인'이라는 글자를 손가락으로 가리켰다. 황선호는 그것이 내 이름이라도 되냐고 항의하지 못했다. 직원 뒤에 서 있는 남자의 눈빛이 심상치 않게 느껴졌기 때문이기도 했다. 매니저의 태도가 이유 없이 부자연스러워졌을 리 없었다.

잠이 완전히 달아나자 자기가 얼마나 곤란한 처지에 놓여 있는지 깨달아졌다. 애써 마음을 진정시키며 황선호는 오늘 국민안전국을 찾아가서 체류 허가를 받을 생각이라고, 그러니 시간을 달라고 변명처럼 말했다. "기회는 충분히 주어졌습니다. 당신이 대비하지 않은 건 국민안전국의 너그러움을 믿은 것이 아니라 우리의 권위를 무시한 것입니다." 국민안전국의 직원으로 추정되는 남자는 특유의 권태로운 말투로 느릿느릿 말했다. 그 말투 때문에 그의 말은 위협적으로 들리지 않았다. 그러나 그 앞에 서서 어쩔 줄 몰라 하는 매니저의 모습이 상황을 잘 파악하라고 충고하고 있었다. 황선호는 무시해서가 아니라 사정이 있어서 그랬다고 말했다. 누구에게나 사정이 있지요, 우리에게도 사정이 있어요, 하고 남자가 비웃듯이 말했다. "정오가 체크아웃 시간입니다." 매니저의 목소리는 난처함을 숨기지 못했다. "보보 내의 어떤 호텔에서도 투숙이 불가능합니다. 모든 외부인들은 국민안전국의 허락을 받은 후에만 체크인할 수 있습니다." 돌아서기 전에 남자는 인심을 쓰듯 그렇게 말했다.

황선호는 시계를 보았다. 9시 30분. 그에게 주어진 시간이 별로 없었다. 국민안전국에 가서 허가증을 받는 것 말고 다른 방법은 생각나지 않았다. 그는 지름길을 생각했다. 떠나온 도시에서 보스를 위해 일하는 동안 그의 모토는 가장 빠른 길을 찾는 것이었다. 시간과 돈과 노력을 가능한 한 허비하지 않고 해결할 수 있는 최적의 방법을 찾는 것. 돌아가지 않고 질러가는 길을 만드는 것. 돌아가는 길은 시간과 돈과 노력의 낭비이기만 한 것이 아니었다. 시간이 연장되고 과정이 산만해지면 일의 내용이 노출되고 변수가 끼어들고 많은 불필요한 시선의 간섭을 야기할 수밖에 없었다. 효율이 떨어지는 것은 말할 필요도 없었다. '가장 빠른 것이 가장 효율적이다.' 언젠가 기린팀의 게시판에는 그 문장이 한동안 붙어 있었다. 어디에나 지름길은 있기 마련이었다. 없다면 내야 했다. 지름길을 내는 일에는 시도된 적 없는 방법이나 금지된 영역을 침범하는 행동이 포함되었다. 그는 굳이 지름길을 내지 않아도 될 상황에서도 지름길을 내며 살았다. 관성이 그렇게 하게 했다.

지금이야말로 그 관성이 필요한 시점이 아닌가. 황선호는 본능적으로 그렇게 느꼈다. 사라진 듯했던 관성이 다시 살아나는 게 느껴졌다. 지름길을 내기 위해 그는 금지된 영역을 침범하는 행동을 하기로 했다. 오랫동안 방치되어 있던 노트북을 열고 기린팀 계정에 접속을 시도했다. 그것이 가장 빠른 길이라고 판단했다. 그가 상황을 보고하고 방향을 가리키면 기린팀의 동료들이 그에게 지름길을 만들어줄 것이다. 그는 익숙한 열기가 이마에 퍼지는 걸 느끼며 약간 흥분했다. 그러나 그의 기대는 이루어지지 않았다. 올바른 비밀번호가 아니라는 안내문이 나왔고, 두 차례 더 시도하자 접속 권한이 없다는 메시지가 떴다. 공유 클라우드에도 접속할 수 없었다. 예상된 일이었다. 그의 접속이 문제를 일으킬 것이 분명하기 때문에 그렇게 하는 것이 당연했다. 그 사실을 그가 몰랐다고 할 수 없다. 절박한 위기의식과 막연한 기대가 그의 인식에 균열을 만들었다. 그는 그래도 혹시, 하고 그가 가장 경계하고 혐오하는 우연의 도움을 기대했다. 그로서는 부끄러운 일이었다. 의아해할 수 없었다. 의아해할 수 없었지만 접속 불가 상황을 실제로 경험하자 기분이 이상해졌다. 이해하는 것과 받아들이는 것 사이에는 항상 얼마간의 간격이 존재하기 마련이었다. 그는 팀에서 제외되었을 것이다. 그것은 마땅한 수순이었다. 그는 없는 사람, 유령과 같은 존재가 되기로 한 터였다. 자기가 그들 입장이라고 해도 다르게 행동하지 않았을 것이다. 그런데도 버려진 것 같은 기분은 쉬 다스려지지 않았다.

그렇지만 그런 기분에 빠져 있을 수만은 없었다. 그는 마음을 가다듬고 송이 유일한 연락 방법이라며 만들어준 강진 명의의 이메일에 접속했다. 거기에는 어떤 메시지도 없었다. 그가 아무 작업도 하지 않았고 송 역시 아무 작업도 하지 않았다는 뜻이었다. 그는 '내게 쓰기'를 클릭해서 자기가 지금 처한 상황을 글로 옮겼다. 보보민주공화국이 외부인들에 대해 내린 조치의 심각함, 새로운 체류 허가증의 필요, 강요된 체크아웃, 긴급 상황 등을 열거하고, 지금 국민안전국에 인터뷰를 하러 가는데, 긍정적인 결과가 나올 거라고 예측할 수 없는 상황이라고 썼다. 체류 허가를 받아내려면 설득시킬 수 있는 자료를 제시해야 하는데 자기 신분을 노출하는 일의 딜레마가 있다는 문장을 쓰고, 그쪽에서 되도록 신속하게 어떤 조치인가를 해주기를 바란다고 맺었다. 그리고 서둘러 호텔을 빠져나왔다. 1층 로비에서 매니저가 그를 불렀지만 멈추지 않고 지나쳤다.

16

그 사람은 철길을 내려다볼 수 있는 육교 위에 한 마리 검은 개와 함께 앉아 있었다. 만들어진 지 오래된 듯 군데군데 녹이 슬고 걸을 때 삐걱거리는 소리를 내는 철교는 철길을 가로질러 걸쳐 있었다. 추락을 방지하기 위한 철 그물이 육교 둘레에 성인 가슴 높이 정도로 설치되어 있었는데, 찌그러지거나 구멍이 뚫린 부분이 많아 보기 흉할 뿐 아니라 추락 방지의 기능을 해낼 수 있을지도 의심스러웠다. 곳곳에 알아보기 힘든 낙서도 보였다. 육교의 한쪽은 시내로 가는 길과 닿아 있지만 다른 한쪽은 폐쇄된 공원 문과 연결되어 있어서 그곳을 지나다니는 사람은 거의 없었다. 길을 잘못 들지 않는 한 사람들이 그곳을 지나가는 일은 극히 드물다고 할 수 있었다.

황선호가 거기에 간 것은 국민안전국을 찾아가기 위해서였다. 필의 친절한 약도를 들고 주의를 기울여 걸었는데도 길을 놓쳤다. 길이 삐뚤삐뚤하고 꼬불꼬불해서 찾기 어렵기도 했지만 마음이 급한 탓이 컸다. 그는 호텔에서 택시를 탔는데 택시기사는 역시나 국민안전국을 알지 못했고, 어쩔 수 없이 필이 그려준 약도를 보여주자 구루공원 근처요? 하고 물었다. 그렇다고 대답했다가 공원이 너무 넓기 때문에 그렇게만 말하면 안 된다는 필의 말이 생각나 서쪽 문이에요, 서2문, 지금은 사용하지 않는 문이래요, 하고 덧붙였다. 택시기사는 그걸 누가 모르냐고 되묻고 서2문은 폐쇄된 지 오래되었다고, 들어갈 수 없다고 부연했다. 황선호는 말귀를 잘 알아듣지 못하는 택시기사에게 짜증이 솟구치려는 걸 누르고 공원 안으로 들어가는 것이 아니라 그 근처에 있는 국민안전국을 찾아가는 거라고 다시 말했다. 국민안전국이 거기 있나? 하고 택시기사는 혼잣말처럼 중얼거렸다. 황선호는 구루공원의 서2문 앞에 내려주면 된다고 다시 말했다. "거기는 뭐가 하나도 없는데……." 택시기사는 답답한 소리를 했고, 황선호는 대꾸하지 않았다.

내리고 보니 정말로 주변에 건물이 하나도 없었다. 문만 폐쇄된 것이 아니라 그 부근이 버려진 것처럼 휑했다. 공원이 언제 어떤 이유로 문을 닫았는지는 알 수 없지만, 자물쇠에 슨 녹과 쌓인 먼지들이 꽤 오래되었음을 시사하고 있었다. 그뿐 관공서라고 생각되는 건물은 보이지 않았다. 육교를 건너야 한다고 했던 필의 말이 생각났다. 황선호는 다시 약도를 주의 깊게 살핀 후 육교로 올라갔다. 육교는 철길을 가로질러 건너편으로 이어지고, 약도에 의하면 국민안전국은 그 너머에 있었다. 육교 밑으로 화물을 실은 기차가 요란한 소리를 내며 지나갔다.

그리고 그는 그곳에서 평범하지 않은 자세를 하고 앉아 있는 어떤 사람을 보았다. 검고 날렵한 개와 함께 바닥에 앉아 있는 그 사람은, 황선호의 눈에 언뜻 거지로 보였다. 이 도시의 거지들은 거의 대부분 개를 끌어안고 앉아 구걸을 했다. 거지들은 이 도시의 상징이라고 할 수 있는 개들의 배설물만큼 흔하고 그만큼 아무 데서나 발견되었다. 개들의 배설물이 어떤 규칙이나 기준에 따라 놓여 있지 않은 것처럼 거지들도 어떤 규칙이나 기준에 따라 놓여 있지 않고, 개들의 배설물이 아무 데나 뒹구는 것처럼 거지들도 아무 데나 뒹군다고 황선호는 생각했다. 실제로 황선호는 개들을 끌어안고 바닥을 뒹구는 게으른 거지들을 많이 봤다. 그렇지만 개들이 아무 데나 배설하는 것처럼 그들이 아무 데나 앉아 구걸한다고 하면 거지들은 아마 항의할지 모른다. 그들의 배설에 규칙이나 기준이 없다는 말을 들으면 개들조차 심한 모욕감을 느낄지 모른다. 우리는 뭐 생각도 없이 사는 줄 알아? 하고 대들지 모른다. 하지만, 개들은 어떤지 모르지만, 거지들의 선택은 생각의 결과가 아니라 본능과 무의식의 작용일 가능성이 높다고 황선호는 생각했다. 광장 귀퉁이나 대로변이나 성당 문 앞을 선호하는 것은 그들의 본능이 그렇게 하라고 시킨 것이지 사유의 작용일 리 없다고.

그런데 이 철교를 가로지르는 육교는 사람들의 왕래가 빈번한 곳이 아니었다. 그곳은 거지들의 본능이 절대 선택할 것 같지 않은 곳이었다. 거지들은 보통 번화한 데 자리를 잡고 앉아, 나를 찾아주세요, 하고 말하는데 그 사람은 한적한 데 자리를 잡고 앉아, 나를 찾지 말아주세요, 하고 말하고 있는 것처럼 보였다. 세상의 모든 거지들은 혹시 체면 때문에 사람들의 눈을 피해 숨고 싶더라도 그럴 수가 없고 그러지 않는데, 그것은 사람들을 피해서는 적선을 해줄 고객을 만날 수 없기 때문이다. 그러면 이 사람은? 거지가 아닌 걸까? 그런 생각들이 그곳을 빠르게 지나가는 황선호의 머릿속을 스쳐지나갔다. 한가하게 거리를 배회하던 며칠 전의 그라면 아마 멈춰 서서 한참 동안 지켜보았을 것이다. 그러나 이제 그는 더 이상 그럴 여유가 없었다. 그러므로 그곳에 멈춰 설 수 없었다. 그 사람이 만들고 있는 분위기가 어쩐지 낯설지 않다는 생각은 했다. 물론 그는 그곳에 처음 왔고, 낯설지 않을 리가 없고, 그러므로 터무니없는 그 생각을 일축하고 빠르게 지나갔다.

국민안전국은 좁고 가파른 길 끝 공터에 있었다. 누가 봐도 관공서가 있을 것 같지 않은 곳이었다. 게다가 건물이라고 할 수도 없었다. 공터에 설치된 몇 동의 천막 앞에 '국민안전국'이라는 간판이 보였다. 지도에도 나오지 않고 아는 사람이 없는 이유를 짐작할 만했다. 이건 뭐, 흡사 난민수용소 같군, 하고 황선호는 중얼거렸다. 그런 생각이 더 강하게 든 것은 공터를 가득 메우고 서 있는 사람들 때문이었다. 언뜻 시장이나 광장에 무질서하게 모여 있는 군중처럼 보였는데, 그렇게 보인 것은 공간에 비해 사람들이 너무 많고 여러 겹으로 겹쳐 있기 때문이었다. 주의 깊게 살피니 사람들은 쏟아지는 햇빛을 받으며 줄을 서 있는 것이었다. 공터 끝자락을 따라 한 바퀴, 그리고 그 안쪽으로 두 바퀴나 더 이어진 꼬불꼬불한 줄의 모양이 똬리를 튼 뱀 같았다. 줄 끝에 선다면 언제 천막 안으로 불리어 들어갈지 가늠이 되지 않았다. 황선호는 마스크를 쓰고 교통 안내를 할 때 사용하는 것 같은 붉은 지시봉을 든 남자에게 다가가 자신의 급한 사정을 이야기하려고 했다. 어떻게 말을 시작해야 할지 몰라 뜸을 들이자 남자가 들고 있던 지시봉으로 한쪽을 가리키며 줄을 서라고 말했다. 황선호는 그가 가리키는 곳을 보았다. 햇빛 아래 땀을 흘리며 서 있는 사람들이 있었다. 무표정하고 남루하고 지치고 허탈해 보였다. 그들의 그 딱한 모습이 그에게 용기를 불어넣었다. 자기에게는 대한 민국 정부가 발행한 여권이 있고 보보민주공화국이 발행한 비자가 있다는 말을 할 때 황선호는 부끄러움을 느꼈다. 저기 뙤약볕에 서 있는 자들과 나는 달라요, 그러니까 저 긴 줄 끝에 설 필요가 없다고요, 하는 뜻을 지시봉을 든 남자가 못 알아들었을 리 없었다. 부끄러움 때문에 그가 그 뜻을 못 알아듣기를 바라는 마음이 일었지만 그러면 그가 어떤 조치를 취하리라는 희망을 가질 수 없기 때문에 황선호는 부끄러움을 받아들이는 쪽을 택했다. 그러나 그가 바라는 효과는 나타나지 않았다. 아니, 그가 정말로 어떤 것을 바라기는 했을까? 남자는 지시봉으로 한 번 더 그가 서야 하는 자리를 지시해 보일 뿐이었다. 그러나 송이나 보스가 혹시 어떤 조치를 취했을지 모른다는 희망을 포기할 수 없어서 그는 천막 안으로 들여보내달라고 요청했다. 수문장을 연상시키는 남자는 끄떡도 하지 않았고, 줄 서서 기다리고 있는 사람들의 눈빛만 의식되었다. 사람들의 눈에는 나무라는 빛이 없었다. 사납기는커녕 공허하고 지치고 쓸쓸해 보이기만 했다. 그런데도, 아니 그래서 더욱 그 눈빛들이 부담스러웠다. 황선호는 쭈뼛거리며 물러났다. 그는 서 있는 사람들을 한 번 더 훑어보고 옆에 서 있는 여자에게 다가가 물었다. 얼마나 기다려야 하나요? 언제부터 줄을 선 건가요? 여자는 영어를 알아듣지 못하는지 멀뚱멀뚱 쳐다보기만 했다. 그대신 그 뒤에 있던 남자가 대답했다. "언제까지? 몰라요. 언제부터? 동이 틀 때부터요. 해 뜰 때 왔는데 벌써 줄이 길게 서 있었어요. 내 뒤로 저만큼 줄이 길어졌지만, 여태 여기까지밖에 못 왔어요." 황선호는 모두들 보보에 체류할 허가증을 받으려고 줄을 서 있는 거냐고 물었다. "그러면 좋지요. 그렇지만 그런 희망을 가진 사람은 거의 없을걸요." 남자가 한숨을 쉬며 말하자 그 뒤에 서 있던 여자가 끼어들었다. "둘 중 하나를 결정해야 해요. 수용소를 선택하든지 5일 안에 이 나라를 떠난다는 서약서에 서명을 하든지. 서명하고 5일 후에 발각되면 무조건 체포한다는군요. 배에 싣고 나가 바다에 빠뜨린다는 소문이 있어요. 소문만은 아닌지도 모르지요." 황선호는 고개를 절레절레 저으며, 둘 중 어떤 선택을 할 거냐고 물었다. 남자가 발끝으로 땅을 툭툭 차며 심드렁하게 대꾸했다. "저 앞에 이를 때까지 생각해야지요. 그러라고 이렇게 오래 세워두는 모양이네요. 생각할 시간을 너무 많이 주네요." 옆에서 그 말을 듣고 있던 한 노인이 퉁명스럽게 말했다. "5일 안에 떠날 수 있으면 여기 왜 와. 그냥 말없이 떠나면 되지. 수가 있는 사람은 다 수를 쓰겠지. 여기 온 사람들, 수용소로 가는 것 말고 다른 수가 있어? 근데 거기 끔찍해. 짐승 우리 같은 데야. 먹을 것도 모자라고 병 나면 그냥 죽어야 돼. 게다가 진짜 짐승 같은 놈들이 우리같이 힘없는 사람을 괴롭혀 오죽하면 거기서 도망 나왔겠어? 도망쳐 나왔지. 근데 도망

나온 데를 제 발로 들어가야 하다니, 이거 참." 노인의 자조 섞인 말 끝에 누군가 한숨을 섞어 말했다. "난 거기서 3년 반이나 있었어. 있다가 도망쳤지. 내가 그런 데 짐승처럼 갇혀 있으려고 정든 고향을 버리고 떠난 건 아니지." 노인이 투덜거렸다. "고작 3년 반? 난 7년 있었어요. 어쩌면 더 있었는지도 몰라요. 나를 봐요. 그사이에 폭삭 늙어버렸잖아요. 거기로 다시 돌아가는 건 정말 죽기보다 싫어. 차라리 바다 한가운데 던져달라고 할까 생각 중이야." 황선호는 주변 사람들의 표정을 살폈다. 입을 열지는 않았지만 고개를 끄덕이는 사람이 여럿이었다. 황선호는 어지러움을 느꼈다. 비로소 그들의 처지가 남일로 보이지 않았다. 혼란과 당혹감 속에서 정리된 생각을 한다는 건 불가능했다. 다만 줄 끝에 설 여유가 없다는 생각만 들었다. 동틀 무렵에 온 사람이 아직 중간에 있지 않은가. 황선호는 무시무시한 햇빛을 맨몸으로 받고 서 있을 자신이 없었다. 체크아웃 시간으로 제시된 정오가 얼마 남지 않았다는 사실도 그의 마음을 급하게 했다. 그는 우선 호텔로 돌아가야 한다는 생각을 하며 그곳에서 돌아섰다.

임시 천막이 있는 공터를 빠져나올 때 마침 기차가 경적을 울리며 지나갔다. 철길 위 육교를 바라보던 그는 묘한 느낌에 사로잡혀 한참 서 있었다. 기차가 한 번 더 길게 경적을 울렸고, 그러자 아까 그곳을 지나올 때 육교 위 남자에게서 전해지던 기시감이 다시 살아났다. 구걸하는 자라고 할 수 없는 기이한 자세. 등을 꼿꼿이 세우고 가부좌를 한 사람의 사진을 본 적이 있었다. 김경호가 보낸 마지막 편지 안에 동봉된 사진 속 남자가 그런 자세를 하고 있었다.

17

　그 사람은 등을 꼿꼿이 세운 채 가부좌를 하고 앉아 있었다. 모아 쥔 두 주먹을 양 무릎 위에 올려놓고 눈을 감고 있었다. 아니, 눈을 감고 있다고 단정할 수 없었다. 그는 색안경을 쓰고 있었기 때문에 눈을 뜨고 있는지 감고 있는지 알 수 없었다. 그런데도 눈을 감고 있다고 생각한 것은 그에게 각인된 어떤 이미지의 관성 때문이었다. 황선호는 그런 자세를 하는 사람의 이미지에 꽤 익숙해 있었는데, 그에 의하면 그런 자세를 취하는 사람은 대개 눈을 감고 있기 마련이었다. 그 사람이 왜 거지와 달라 보였는지 알 것 같아졌다. 수행 중인 수도자라면 몰라도 구걸하는 거지의 외양은 아니었다. 그러나 수행 중인 수도자라고 하기에는 어딘가 어색했다. 오히려 수행 중인 수도자를 흉내내는 곡마단의 희극배우를 연상시켰다. 그 옆의 개가 그 사람과 거의 유사한 포즈를 취하고 있는 것도 신기했다. 개는 까맣고 윤기 나는 털을 가지고 있었는데 그 자세 역시 당당하고 의젓했다. 개가 사람을 모방하고 있는지 사람이 개를 모방하고 있는지 단정해서 말하기 어려울 정도였다.

그가 이 도시에서 보아온 개와 거지는 서로 닮아서 누가 누구를 데리고 있는지 잘 구별되지 않았다. 그들이 데리고 있거나 그들을 데리고 있는 개들과 마찬가지로 거지들은 더럽고 비굴했지만 지금 황선호의 눈앞에 있는 사람은 그를 데리고 있거나 그가 데리고 있는 개처럼 말끔하고, 품위가 있다고까지 할 수는 없지만, 점잖고 의젓해 보였다. 개가 윤기 나는 털을 가졌다는 것부터 말이 되지 않았다. 거리를 떠도는 개들은 물론 거지들이 데리고 있는 개들도 워낙 지저분해서 가까이하기 꺼려질 정도였으니까. 자기 몸단장도 하지 못하는 이들이 개를 씻기고 보살피고 할 거라고 기대할 수 없는 일이었다. 거리를 떠도는 개들이나 거지들이 데리고 있는 개들이나 보살핌을 받지 못한다는 점에서는 별 차이가 없었다. 굳이 말한다면 거지들이 개들에게 보살핌을 받는다고 할 수도 있었다. 개들은 주인 없이 돌아다니며 끼니를 해결할 수 있지만 거지들은 개들 없이는 구걸도 하지 못하는 것처럼 보였다.

육교 위의 남자는 줄무늬 티셔츠에 밤색 바지를 입고 스니커즈 운동화를 신고 있었다. 차림새만 보면 평범한 직장인이라고 할 만했다. 그 평범한 차림새 때문에 가부좌한 수행자 포즈가 더 이상했다. 그는 길을 가다 피곤해 쉬고 있는 시민으로도 보이고 행인들에게 구걸하는 거지로도 보이고 수행자로도 보였다. 아니, 그 어느 쪽으로도 보이지 않았다. 거지라면 적선을 할 것으로 기대되는 사람과 눈을 맞추어야 하고 최대한 동정심을 갖도록 불쌍한 표정을 지어야 하고 애처롭게 호소하는 말을 해야 할 것이다. 그러나 그는 그러지 않았다. 수행자라면 표정이나 자세가 엄숙해야 하고 무엇보다 선글라스를 쓰지 않아야 할 것 같았다. 그러나 그는 그러지 않았다. 길을 가다 피곤해 쉬고 있는 시민이라면 다리를 쭉 뻗고 편한 자세를 취할 것이다. 그러나 그는 그러지 않았다. 황선호는 어떤 충고인가를 해주고 싶은 충동을 느꼈는데, 그것은 그 상황에서, 무엇보다 곤궁에 처한 그의 처지를 생각하면 너무나 생뚱맞고 어쭙잖은 충동이었다.

그러니까 그는 그곳을 그냥 지나쳐야 했다. 그러나 그럴 수 없었다. 그는 우뚝 서서 개와 그 사람을 바라보았다. 그런 그를 개가 빤히 쳐다보았다. 그 사람도 그를 보고 있는지는 알 수 없었다. 그 순간 개가 혀를 내밀어 그 사람의 얼굴을 핥았고, 그러자 그 사람이 기지개를 켜며 일어났다. "아우, 잘 잤다." 그 사람은 개의 등을 쓰다듬으며 색안경을 벗고 황선호를 보았다. 눈가의 자잘한 주름들이 보였다. 사람을 편하게 만드는 미소가 입가에 어렸다. 믿기 어려웠지만 그 사람은 여태 잠을 자고 있었다고 말하고 있었다. 그런 자세로 잠을 잤다고요? 라는 질문이 튀어나오려고 했다. 그 말을 하지는 않았지만 그의 얼굴에 그런 의문이 떠오르는 것까지 막지는 못했다. 그 사람은 그걸 읽은 듯했다. "이렇게 하고 자면 잠을 잘 자요. 숙면을 위한 가장 좋은 자세랍니다. 오래전에 스승에게서 배운 거예요. 아, 엄밀히 말하면 스승이 가르쳐준 건 아니에요. 스승이 가르쳐준 건 이 자세지요. 이 자세를 하고 잠을 자라고 한 건 아닌데, 이런 자세를 하고 오래 있다 보면 너무 졸려서 저절로 잠에 빠져들게 되더라고요. 가르쳐주지 않은 것까지 배운 셈이니 유능한 제자라고 해야 하지 않겠어요? 근데 나중에 알고 보니 스승도 이 자세를 하고 몇 시간씩 잠을 자더라고요." 그렇게 말하며 그 사람은 허허 소리 내어 웃었다. 황선호로서는 오랜만에 들어보는 유쾌한 웃음소리였다. 믿어지지 않는다는 표정인데, 잠 안 올 때 직접 한번 해보세요, 하며 그 사람은 검은 개를 쓰다듬었다. 개는 그가 말하는 동안 계속 그를 쳐다보고 있었다. 필이 한 말이 생생하게 살아났다. "항상 개와 함께 다녀요." "당신과 똑같은 두통을 호소한 사람이 있었다고 했지요. 그 친구를 아주 잘 아는 사람이에요." 갑자기 속에서 무언가가 울컥 올라오는 느낌을 받았다. 그것은 서러움같기도 하고 반가움 같기도 했다. 그의 내부에 맺힌, 딱딱하게 굳은 불만의 덩어리들이 흐물흐물해지는 것 같았다. 그것은 그가 원하는 바가 아니었다. 황선호는 감상적으로 되지 않으려고 이를 악물었다.

"필이 당신을 찾아가라고 했습니다. 당신이 쟝이 맞다면 말입니다." 황선호가 조심스럽게 말을 꺼내자 그 사람은 '몰리'의 필을 말하느냐고 물었다. 황선호는 그렇다고 대답했다. 그 사람은 자세를 풀고 몸을 일으키더니 손을 내밀었다. "쟝입니다." 쟝의 손바닥은 두툼하고 단단했다. 장작개비의 한 부분을 쥔 것 같은 느낌이 들 정도였다. 손의 촉감이 얼굴의 미소와 사뭇 달라서 의아했다. "그렇다면 당신은 강진이로군요?" 쟝은 필이 구루공원의 서2문에 가면 당신을 만날 수 있을 거라고 했다고 말했다. 그 말엔 왜 여기에 있느냐는 질문이 포함되어 있었다. 쟝은 뒤이어 보세요, 여기서 보면 서2문이 훤히 보입니다, 하고 고개를 빼서 아래쪽을 바라보았다. 황선호는 서 있었기 때문에 폐쇄된 문이 잘 보였다. 앉은 자세로도 잘 보이는지는 알 수 없다는 생각이 들었다. "무엇보다 이 녀석이 워낙 영민해서 맘 놓고 자도 됩니다." 쟝이 웃으며 말했다. "이 나라가 국민안전국이라는 기구를 내세워 하는 짓은 명분도 이유도 없습니다. 한마디로 난동입니다. 난동질하는 자들의 관용을 기대하기는 아마 쉽지 않을 겁니다. 그렇지요?" 그는 황선호의 처지를 꿰고 있는 것처럼 말했다. 황선호는 고개를 끄덕였다.

장이 몸을 일으키더니 바닥에 놓여 있던 배낭을 지고 걸었
다. 개가 그 뒤를 따랐다. 황선호가 어떻게 해야 할지 몰라 머
뭇거리는데 개가 돌아보았다. 개는 장을 따라가지 않고 멈춰
서서 황선호를 계속 쳐다보았다. 그 눈빛이 무슨 말인가를 하
는 것 같아서 황선호는 눈길을 피하지 못했다. "마리티무스.
바다에서 나왔다는 뜻입니다." 앞서가던 장이 뒤돌아서서 개
를 가리키며 말했다. "이 아이 이름이에요." 황선호는 개의 이
름 따위는 하나도 궁금하지 않았지만 알게 해줘서 고맙다는
뜻으로 받아들여질 수 있는 몸짓을 했다. "고대 철학자 이름을
연상시키지 않아요? 뭐, 그만큼은 아닐지 몰라도 암튼 영민한
친굽니다. 그런데 이 애 이름이 왜 마리티무스인지 궁금하지
않아요?" 황선호는 개의 이름에 붙은 사연 같은 것은 하나도
궁금하지 않으므로 고개를 저었다. 황선호가 궁금하지 않다
는 표시를 했음에도 불구하고 장은, 이 아이가 바다에서 나왔
거든요, 그래서 그런 이름이 붙은 거예요, 라고 덧붙인 다음
꽤나 재치 있는 농담이라도 했다는 듯 생글거렸다. 황선호는
재치 있는 농담은커녕 그저 한가한 잡담으로 여겨졌으므로 좀
당황스러웠다. 종잡을 수 없는 사람이라는 생각과 함께 공연
히 시간 낭비를 하고 있는지 모르겠다는 의구심도 솟았다. 그
러나 황선호의 심정을 헤아리는 데는 관심이 없다는 듯, 아니

면 황선호가 자기 말을 믿지 않는다고 생각해서인지 그는, 진짜로, 진짜로 바다에서 올라왔어요, 하고 강조했다. "그게 뭐가 중요해요?" 황선호는 당신 개의 사연 따위는 듣고 싶지 않다는 뜻으로 오른손을 앞으로 내밀었지만 쟝의 입을 막을 수 없었다. 그는 말했다. "여기서 10킬로미터만 가면 바다거든요. 여기 바다에 유난히 거품이 많이 섞여 있는 거 알아요? 유기물과 미생물이 풍부하기 때문이라고 하더군요. 바람도 적당히 불고요. 이 아이가 그 바다 거품을 뚫고 육지로 올라왔답니다. 믿어져요? 그 장면을 보았어야 하는데, 정말 신기하고 장엄하고 특히 비극적이었어요. 그래서 처음에는 이름을 아프로디테라고 지을까도 생각했었다니까요. 근데 이 애가 수컷이지 뭐예요. 고심 끝에 마리티무스로 했지요. 바다에서 나왔다는 뜻으로요." 그는 시간에 쫓기는 사람의 심정 따위는 아랑곳하지 않고 껄껄 웃었다. 마리티무스로 불린 개는 그의 말을 알아들은 듯 꼬리를 흔들었다. 쟝이 말했다. "가자. 마리티무스." 그러나 마리티무스의 시선은 황선호의 얼굴을 붙잡고 놓아주지 않았다. "마리티무스가 같이 가자고 조르고 있는 겁니다. 당신이 같이 가지 않으면 한 걸음도 떼지 않을 작정인 것 같네요." 황선호는 무엇에 붙들린 것처럼 마리티무스를 향해 걸음을 떼었다. 차차 알게 되겠지만 보통 개가 아닙니다, 마리티무스가 사람을 정말 잘 알아봐요, 라고 말하며 쟝은 황선호와 어깨를 나란히 하고 걷기 시작했다.

호텔에 가서 체크아웃을 해야 한다는 생각이 든 것은 육교에서 내려와 꼬불꼬불한 길을 걸어 공원으로 들어가는, 지금은 폐쇄된 문에 이르렀을 때였다. 지나다니는 사람은 거의 없는 길이었다. 녹슨 철문에는 큼지막한 자물쇠가 채워져 있었고 낡은 자전거가 한 대 매달려 있었다. 아마도 매표소였을 것으로 짐작되는 낡은 건물 앞에는 큼지막한 표지판이 서 있었는데, 거기에는 안전상의 이유로 이 문을 폐쇄한다는 내용의 공고문이 붉은 글씨로 쓰어 있었다. 원래의 글씨들은 그 위에 덧쓰인 여러 가지 모양의 도형과 낙서들로 인해 잘 보이지 않았다. 대체로 해독이 어려웠는데, 필이 말한 대로 그 글자들 위에 덧씌워진 '입구'라는 글씨와 화살표 표시만은 선명했다. 폐쇄를 알리는 공고문과 입구를 뜻하는 화살표의 공존이 의아하고 기이한 느낌을 주었다. 무엇이 먼저 생기고 무엇이 나중에 생겼는지는 분명했다.

입구는 폐쇄될 수 있다. 그러나 폐쇄된 문이 입구로 기능할 수는 없다. 폐쇄된 문이 입구가 되려면 먼저 폐쇄의 상태를 바꾸어야 한다. 폐쇄의 상태를 유지한 채 입구가 될 수는 없는 일이다. 그것은 시체인 채로 살아 있다는 말만큼 불합리하다. 살아 있으려면 먼저 시체의 상태에서 벗어나야 하니까. 그 부자연스러움이 황선호를 그 앞에 멈춰 서게 했다. 쟝은 폐쇄 공고문이 적힌 표지판 위의 화살표를 손가락으로 짚으며 말했다. "여기가 입구예요. 우리는 여기로 들어가요." 황선호는 고개를 끄덕이며, 펍의 주인으로부터 이 문 앞으로 가면 당신을 만날 수 있다는 말을 들었다고 말했다. "네, 여기로 오면 돼요. 여기로 오면 마리티무스가 안내할 겁니다." 황선호는 12시까지 호텔에 가야 한다고 말했다. "12시가 다 되었는데요? 그럼……." 쟝은 녹슨 철문에 묶여 있던 자전거를 풀며 자기가 데려다주겠다고 말했다. "제 자가용입니다. 타세요." 황선호의 미심쩍은 눈빛을 알아챈 쟝이 바퀴에 묻은 흙을 툭툭 털어내며 말했다. "이래 봬도 평균 시속 30킬로입니다. 물론 내리막길에서는 훨씬 더 빠르지요. 이놈도 그렇고 나도 그렇고 태어난 지는 오래됐지만 아직 쌩쌩합니다. 나와 이 자전거를 믿으세요." 쟝이 자전거에 올라타자 마리티무스가 황선호를 보고 컹컹 짖었다. "얼른 타라고 저러는 겁니다." 황선호가 택시를 타겠다고 하자 쟝은 택시 잡기가 어려울 테고, 택시보다 자기가 더 빠르다고 웃으며 말했다. 사심이 느껴지지 않았다. 사람을 무장해제시키는 웃음이라고 황선호는 생각했다. 자전거 뒷자리 짐받이에는 큼지막한 바구니가 올려져 있었다. 황선호가 저 안에 들어가라는 말이냐고 묻자, 저건 짐 싣는 건데 그럴 순 없지요, 하며 바구니를 분리했다. 황선호가 뒷자리에 올라타자 쟝은 그에게 꼭 잡으라고 말하고, 마리티무스에게는 공원을 향해 가라고 손짓했다. 마리티무스가 몸을 돌린 채 고개를 돌려 그들을 보았다. 황선호는 쟝의 옷을 붙잡았다. 마리티무스는 자전거가 떠날 때까지 그 자리를 지키고 있었다. "다시 오지 않아도 된다면 그보다 더 좋을 수는 없겠지만, 그렇지 않다면, 우리에게 오세요. 여기가 입구예요. 영민한 마리티무스가 안내할 겁니다." 그렇게 말하고 쟝이 페달을 밟았다. 자전거는 내리막길을 빠르게 달렸다. 황선호는 눈을 감았다. 바람이 머리카락을 날렸다.

18

　황선호의 두 개의 가방은 1층 로비 한쪽에, 이틀 전 엘라핀의 짐들처럼 방치되어 있었다. 엘라핀의 짐들이 그랬던 것처럼 바닥에 놓인 그의 가방들도 천덕꾸러기처럼 보였다. 매니저는 국민안전국에 간 일이 잘 되었는지 물었다. 황선호는 거기 가봤느냐고 되물었다. 매니저는 이해할 수 없는 질문이라는 듯 어색하게 미소를 지으며, 자기는 거기 갈 일이 없다고 답했다. 황선호는 하마터면 소리를 지를 뻔했다. 맞는 말이지만 자기에게 할 말은 아니라는 생각이 들었다. 당연한 말도 상황과 사람에 따라 다르게 들린다는 사실을 가르쳐주고 싶었다. 그의 가슴속은 정리되지 않은, 정리할 수 없는 감정들이 어지럽게 뒤섞여 혼란스러웠다. 짧은 시간에 엄청나게 많은 일들이 한꺼번에 그를 덮쳐 정신을 차리지 못하게 했다. 여러 시대를 동시에 경험한 것 같았고 상이한 층위의 공간을 수차례 오간 것 같기도 했다. 표면이 울퉁불퉁한 땅을 걷는 것처럼 몸이 뒤뚱거리고 심장이 요동쳤다. 평형감각을 유지하기가 어려웠다. 매니저가 상대의 마음을 불편하게 할 만한 말을 했다는 걸 깨닫고 바로 사과하지 않았다면 그의 입에서 무슨 말인가가 튀어나왔을 것이다. 매니저는 이런 사태가 생겨 유감이라고, 자기들로서도 어쩔 수 없었다고 말했다. 국민안전국 담당자에게 보고를 해야 해서 가방 두 개를 먼저 가지고 내려와 이대로 사진을 찍어 전송했다고, 자기들 입장을 이해해달라고, 방에 올라가서 나머지 짐을 챙기라고 말하면서 황선호의 눈치를 살폈다.

황선호는 누가 자기 머리 위에 얼음처럼 차가운 물을 끼얹어주면 좋겠다고 생각하며 1층 카페로 들어가 물을 마셨다. "얼음처럼 차가운 걸로요." 얼음처럼 차가운 물을 두 잔이나 마셨는데도 마음이 진정되지 않았다. 이렇게 마음이 흔들리는 일은 이 도시로 건너오기 전에도 흔하게 있었다. 사람과 돈과 문서와 사건들의 틈바구니에서 그의 감정은 자주 충격을 받았고 그러나 충격을 받아 흔들리면 안 되었고, 그래서 마음을 잘 다스려야 했다. 그럴 때 그는 자주 차가운 물이 쏟아지는 샤워기 아래 섰다. 얼음처럼 차가운 물을 한참 맞고 있으면 정신이 투명해지면서 세상이 훨씬 더 잘 보이는 것 같았다. 샤워기 아래 설 수 없는 경우에는 차선책으로 얼음처럼 차가운 물을 벌컥벌컥 들이켜고 눈을 감는 쪽을 택했다. 눈을 감는 것은 외부를 차단하는, 그가 알고 있는 유일한 방법이었다. 눈을 감고 가만히 있으면 점차 심장의 요동이 잦아들고 그러다가 가끔은 잠 속으로 끌려들어가기도 했다. 그럴 수만 있다면 잠 속으로 끌려들어가는 것이 가장 좋았다. 한숨의 잠은 차가운 물이 정수리에 쏟아지는 것과는 다른 경로로 그의 정신을 투명하게 만들었다. 그는 냉정해졌다. 그것이 그가 원하는 상태였다.

붕괴된 건물 안에 그가 있었다. 그의 머리 위로 철근과 시멘트와 각목과 벽돌과 흙이 우수수 쏟아졌다. 그는 쏟아지는 철근과 시멘트와 각목과 벽돌과 흙을 피하기 위해 몸을 웅크리고 양손을 머리 위로 올렸다. 몸은 눌리고 찌그러지고 할퀴었다. 찢기고 갈라지고 터졌다. 눈물과 피와 외침이 그의 몸 안에서 그의 몸 밖으로 터져나왔다. 외치는 소리는 요란하지만 뜻은 새겨지지 않았다. 뜻도 없는 그의 비명을 듣는 이는 없었다. 아무도 듣지 않는다는 걸 그는 알았다. 마침내 그의 입이 저절로 닫혔다. 어둠과 적막과 공포 속에서 그는 자신이 흐릿해져가는 걸 느꼈다. 점점 희미해지다가 나중에는 완전히 사라질 것이다,라고 그는 생각했다. 마침내 두터운 잠이 그의 몸을 외투처럼 감쌌다. 잠의 속은 말랑말랑하고 캄캄하고 축축했다. 잠의 표면에 박힌, 수없이 많은 아주 작은 섬모들이 그에게 달라붙어 그의 껍데기를 녹이고 벗겼다. 그의 몸은 액체처럼 되었다. 누군가 물처럼 된 그의 몸을 만졌다. 물이 출렁였다. 누군가의 손이 그를 계속 만졌다. 물이 계속 흔들렸다. "여보세요." 희미하던 목소리가 조금씩 커졌다. "일어나봐요." 다시 물이 출렁하고, 그는 겨우 눈을 떴다.

그 앞에 누군가 앉아 있었다. "몹시 피곤하신가봐요. 아까부터 깨웠는데 모르시더라고요." 출렁이던 물의 움직임이 서서히 줄어들자 황선호는 자기 앞에 앉은 사람이 누구인지 알아보았다. "이러고 있을 때가 아닌 거 알지요?" 추리소설 애독자인 호텔 직원 류의 표정이 다른 때와 달리 진지해 보여서 황선호를 의아하게 했다. "내가 찾아낸 걸 들려주면 많이 놀랄 겁니다. 나도 놀랐거든요. 당신을 데리고 갈 곳이 있어요. 하지만 그 전에 당신은 체류 허가를 받아야 해요." 황선호는 그가 '친구들의 집'에 대해 중요한 정보를 알아냈다는 사실을 눈치챘다. 그것에 대해 말하고 싶어 한다는 것도. 그러나 지금 황선호에게 급한 것은 그것이 아니었다. 급한 일이 생기면 중요한 일은 우선순위에서 밀린다. 대개의 경우 급한 일을 하지 않으면 중요한 일을 할 기회도 없어지기 때문이다. 류도 그 사실을 이해하고 있는 것이 분명했다. "그런데 그 일에 대해서는 유감스럽게도 제가 도와줄 수 있는 일이 없어요." 황선호는 그의 말을 이해했다. 당신이 할 수 있는 모든 방법을 동원해서 이곳에 머물러라. 그 자격을 스스로 얻어내라. 그 일부터 하라.

　황선호는 냉정해진 상태로 자기가 해야 하고 할 수 있는 유일한 일이 무엇인지 깨달았다. 그는 류에게 시간을 달라고 하고 강진 명의의 이메일에 접속했다. 몇 시간 전에 쓴 자기 글에 대한 답이 와 있는지 살폈으나 아무것도 없었다. 예상은 했지만 마음이 쓰라렸다. 송은 아직 잠자리에 있을 것이다. 어떤 답을 보내기에도 마땅치 않은 시간이었다. 고민 끝에 그는 보스에게 직접 연락할까 생각했다. 단 며칠 만에 그렇게 쉽게 비자를 만들어준 걸 보면 그에게는 방법이 있을 것이다. 모르는 사람에게는 어렵지만 아는 사람에게는 쉬운 것이 방법이니까. 모르는 사람은 알려진 것만 방법으로 생각하기 때문에 어렵지만 아는 사람은 알려지지 않은 것도 방법으로 생각하기 때문에 쉽다. 만 킬로미터 떨어진 저 도시에서는 그 또한 그런 사람이었다. 그러나 이 도시에서 그는 자기의 수완이나 능력을 보여주는 것은 고사하고 신분조차 증명할 수 없는 무력한 사람이 되어 있었다. 공간은 그의 신분을 바꾸고 그의 능력도 바꾸었다. 스스로 말한 것처럼 그는 없는 사람, 유령 같은 존재였다. 존재하지 않은 채로 존재하는(존재해야 하는) 자였다. 존재한다는 사실이 알려지지 않는 방식으로 존재하는(존재해야 하는) 자였다. 그에게 요구되고 그가 수용한 그런 존재 방식에 의하면 그가 누군가에게 연락을 취하는 것은 허용될 수 없었다. 그것은 존재한다는 사실을 드러내는 방식이므로 거부해야 했다. 무엇보다 보스에게 연락하는 건 금지된 일이었다. 그는 누구보다 그 점을 정확하게 인지하고 있었다. 그렇지만 그것 외에 다른 방법이 떠오르지 않았고, 아무 방법도 사용하지 않는다면 정말로 존재하지 않는 자가 되어버릴 처지에 처해 있었다. 거의 생존본능 같은 것이 작동했다고 할 수 있었다.

그러나 결국 보스에게 직접 연락을 하지는 못했다. 생존본능에도 불구하고 그 정도 분별력은 작동하고 있었다. 아니, 그 정도의 분별력이 작동한 것 역시 생존본능이라고 할 수 있었다. 보스가 동지라고 부르는 측근들 가운데서도 그가 이 도시에 와 있다는 사실을 알고 있는 이는 극히 소수였다. 송 말고 또 누가 알고 있는지 황선호는 알지 못했다. 그는 이 도시에 온 후 한 번도 사용하지 않았던 핸드폰의 전원을 켜고 송에게 전화를 걸었다. 이 도시로 오기 전 개통한 그 전화번호를 알고 있는 사람도 송 말고는 없었다. 물론 전화를 하는 것 역시 금지된 일이었다. 그에게 허락된 유일한 통로가 강진 명의로 만든 이메일이었다. 송과 공유하는 그 이메일의 '내게 쓰기'를 이용해서만 연락하기로 했었다. 그것도 아주 급한 일이 있는 경우에만. 새 전화기를 만들긴 했지만 직접 전화를 걸어 통화하는 것은 옵션에 없었다. 아주 급한 경우를 가정한 옵션에도 직접 통화는 언급되지 않았다. 그러나 그 순간 황선호는 아주 급한 경우보다 더 급한 경우라고 판단했고, 그러므로 비상의 방법을 동원하는 것이 허용되어야 한다고 스스로를 정당화했다. 비상시에는 비상의 방법을 쓴다. 비상의 방법을 비상시가 아닐 때 사용하는 것은 부당하지만 비상시에 사용하는 것은 부당하다고 할 수 없다. 그 결정은 냉수를 마시고 눈을 감고 옅은 잠 속에 들어갔다가 나오면서 내려진 것이었다. 잠든 그를 깨운 류가 도와줄 수 있는 방법이 없다고 했을 때, 그 말을 네가 할 수 있는 모든 방법을 다 동원해서 스스로 길을 찾으라는 뜻으로 의역해 받아들임으로써 그는 비상의 방법을 사용하도록 허용했다.

문제는 비상의 방법이 항상 효과를 거두는 것은 아니라는 데 있다. 비상의 방법은 비상시에만 사용하지만, 비상시라고 해서 항상 효과가 보장되는 것은 아니다. 전화기의 신호음이 한 번 울리자마자 바로 전화를 받을 수 없다는 메시지가 나왔다. 몇 번이나 다시 걸었지만 마찬가지였다. "지금 고객님께서 전화를 받을 수 없습니다. 다음에 다시 걸어주십시오." 다섯 번째 시도 후 황선호는 음성 메시지를 남겼다. "전화 주세요. 사정이 급해요." 스멀거리는 불길한 예감에 사로잡히지 않으려고 황선호는 여러 차례 단호하게 고개를 저었다. 그럴 리가 없어. 나를 차단할 리 없지. 그럴 이유가 없잖아. 그러나 불안한 마음은 좀처럼 사라지지 않았다.

그곳에서는 무슨 일이 벌어지고 있는 것일까? 그동안 잘 눌러왔던 궁금증이 튕겨올라왔다. 자신의 처지가 급박해지지 않았다면 계속 누를 수 있는 궁금증이었다. 황선호는 의혹과 불안에 흔들리며 노트북 검색창에 자기가 일했던 도시의 이름을 써넣었다. 뉴스들이 와르르 쏟아졌다. 인구 300만의 광역시 시장을 향해 제기되었던 최대 규모의 뇌물 수수 의혹은 담당 공무원의 잠적으로 대전환을 이룬 상태였다. 시청사를 향한 압수수색, 10여 명에 이르는 참고인 조사, 경찰의 수사 발표, 그리고 관련된 사람들의 인터뷰가 주르륵 달려 나왔다. 가장 압권인 것은 보스의 기자회견이었다. 보스는 시의 산하기관 소속 공무원과 건설업체 간에 불공정한 거래가 있다는 정보를 입수하고 자체적으로 조사를 벌이던 중 이 사건이 언론에 노출되는 바람에 해당 공무원이 잠적해버렸다고 보고했다. 그 비리 공무원의 이름이 비리 내용과 함께 공개되었다. 증거 서류와 거래 내역, 영수증, 녹취록, 이메일, CCTV 영상 등 다양한 자료가 제시되고, 음성이 변조되고 얼굴이 모자이크 처리된 건설업체 직원의 인터뷰가 첨부되었다. 제시된 많은 증거물들은 너무나 확실하게 한 사람의 비리 공무원을 가리키고 있었고, 시장과는 무관하다는 주장을 하고 있었다. 그 공무원의 도피와 잠적은 의심의 여지가 없는 혐의의 정황 증거로 받아들여졌다. 죄가 없으면 왜 갑자기 행방을 감췄겠는가. 경찰은 해당 공무원이 유럽연합의 한 국가로 입국했으며 그곳에서 다른 지역으로 이동한 것으로 파악되나 현재 소재는 불분명하다, 그러나 경찰의 명예를 걸고 반드시 찾아내 소환하겠다고 큰소리쳤다. 보스는 이 비리에 자신이 직접 관련되어 있지 않다고 하더라도 총괄적인 시정의 책임이 시장인 자기에게 있으므로 책임을 통감한다며 머리를 깊이 숙여 사과했고, 지금까지 그래온 것처럼 어떤 불법과 비리도 용납하지 않는다는 자세로 철저하게 대처하겠으며, 누구라도 비리와 연관이 있는 것으로 드러나면 지위고하를 막론하고 엄격하게 처벌하겠다고 단언했다. 보스를 싫어하는 언론과 정치평론가와 경쟁 당의 유력 후보자들은 꼬리 자르기 운운하며 시장을 공격했다. 시장이 관련된 정황들을 상당히 구체적으로 폭로하기도 했고 잠적한 공무원이 시장의 최측근 가운데 한 명이었다는 증거가 있다며 어디에 숨겼는지 밝히라고 압박했다. 기획 실종이라는 설과 함께 이미 이 세상 사람이 아니게 되어버린 것 아니냐는 항간의 소문을 앞세워 의혹을 부풀렸다. 네티즌들은 험악한 욕설과 함께 사라진 공무원과 보스를 비난했다. 그러나 핵심 타깃이 사라진 상황이어서 그런지 이 이슈에 대한 관심이 조금씩 사그라들었고, 시장의 지지도에도 큰 타격을 주지 않았다. 가장 최근의 여론조사는 오히려 지지층의 결집을 불러일으켜 상대 당 후보와의 가상 대결에서 10퍼센트 가까운 차이로 앞선다는 보도가 나와 있었다.

황선호는 아찔한 현기증을 느끼며 뉴스에서 빠져나왔다. 그가 떠나온 광역시에서는 그의 이름이 휴지처럼 여기저기 널려 있었다. 그는 그곳에 없었으므로 그 이름은 몸이 빠져나간 낡은 외투나 유령처럼 보였다. 그곳에서 일어나고 있는 일은 그와 그의 동료들이 구상한 시나리오 그대로였다. 시나리오대로 구현되고 있으므로 만족해야 했다. 아마 기린팀의 동료들은 그럴 것이다. 긴장을 풀지는 않겠지만 예상한 대로 되어가고 있으므로 일단 안도하고 있을 것이다. 그러나 당사자인 황선호는 그들과 입장이 같을 수 없었다. 황선호는 자기가 그런 시나리오를 구상했다는 사실이 믿어지지 않았다. 무서움이 엄습했다.

이럴 때는 회의가 필요한데, 하고 그는 중얼거렸다. 문제를 만나면 테이블 위에 그 문제를 올리고 의견을 모았다. 혼자 궁리하고 계산하고 결정하는 것보다 여럿이 머리를 맞대고 여러 가지 경우의 수를 헤아려봄으로써 문제의 무게와 부담을 나눴다. 그것이 입체적 시각의 확보를 가능하게 한다고 기린팀은 믿었다. 실제로 혼자서 끙끙거릴 때는 꿈쩍도 하지 않던 문제가 여럿이 한자리에 모여 밀자 굴러가는 경험을 많이 했다. 그러나 지금의 황선호에게는 의논할 상대가 없었다. 그는 혼자였다. 기린팀에는 접근할 수 없고, 송과도 연락이 되지 않았

다. 그렇게 믿고 싶지 않지만 그의 전화는 차단된 것이 분명했
다. 황선호는 다시 차가운 물을 거푸 마시고 눈을 감았다. 그
러나 잠은 찾아오지 않았다. 가슴의 요동은 멈추지 않고 마음
도 냉정해지지 않았다.

19

폐쇄된 철문 앞에 선 황선호는 고개를 빼서 담장 너머를 바라보았다. 바람이 푸른 나뭇잎을 흔들었다. 바람 소리가 물결 소리처럼 들렸다. 키 큰 나무들은 외롭고 허전해 보였다. 사람은 보이지 않았다. 출입할 수 없는 문이니 당연할 것이다. 그러나 장은 폐쇄를 알리는 공고문 위에 덧칠한 화살표를 가리키며 이곳이 입구예요, 하고 말했었다. 다시 올 때는 우리에게 오세요,라고도 말했다. 그때는 그 말이 이상하게 들리지 않았다. 주의 깊게 듣지 않았기 때문이었다. 그런데 당장 머물 곳이 없게 되어 그곳을 떠올리자 그 말들의 이상한 점이 인식되었다. 폐쇄된 지 오래인 그 녹슨 문이 어떻게 입구가 된단 말이지? 다시 올 때는 우리에게 오라는 건 무슨 뜻일까? 우리라니? 우리는 누구를 말하는 것일까? 여기가 입구라니? 어디로 들어가는 입구란 말일까? 그는 왜 그 말을 했을까?

호텔에서 나오기 전에 황선호는 프런트 데스크에 가방을 보관해줄 수 있느냐고 물었다. 매니저는 가방을 들고 따라오라고 하면서 앞장서 걸어갔다. 엘리베이터와 화장실 사이에 작은 문이 하나 있었다. 매니저가 열쇠를 넣어 문을 열고 들어가자 좁은 공간이 나왔다. "여기에 두면 됩니다." 넓지 않은 그 공간에 몇 개의 가방이 보관되어 있었다. 황선호는 거기서 낯익은 가방을 발견했다. 체크 무늬의 큰 트렁크 두 개. 그것은 엘라핀의 것이 분명했다. 황선호는 가방을 가리키며 엘라핀의 것이 아니냐고, 어떻게 그 사람의 가방이 여기 있느냐고 물었다. "이분도 맡아달라고 했어요. 곧 다시 오겠다고요. 곧 체류 허가증을 얻을 거라고 했어요. 내 생각에도 이 사람은 곧 돌아올 것 같아요." 황선호는 자기도 그렇게 생각했지만 굳이 그 말을 하지는 않았다. 그 대신 그는, 나는 곧 다시 오겠다는 말을 못하겠네요, 하지만 어쨌든 너무 늦지 않게 찾으러 오겠습니다,라고 말했다. 그렇게 말하고 호텔을 나섰지만 황선호에게 갈 곳이 따로 있을 리 없었다. 갈 곳 없는 그에게 오라고 말한 사람은 한 명밖에 없었다. 다시 올 때는 우리에게 오세요. 여기가 입구예요. 황선호의 걸음은 저절로 '여기'로 향했다.

철문에는 지난번처럼 자전거 한 대가 묶여 있었다. 자전거가 매달려 있는 철문은 닫혀 있고 어디에도 입구라고 할 만한 곳은 보이지 않았다. 입구라니? 어디로 들어가는 입구란 말인가. 담장은 높지 않았지만 뛰어넘을 수 있는 정도는 아니었다. 그것이 그에게 주어진 과제라고는 생각되지 않았다. 철길 위 육교로 그 사람을 찾아가야 하는가 생각하고 있는데, 문득 쟝이 개를 가리키며 영민하다고, 그를 안내해줄 거라고 했던 말이 생각났다. 황선호는 알 수 없는 충동에 이끌려 '마리티무스'하고 발음했다. 그것은 그 검은 개의 이름이었다. 그는 그때까지 그 개의 이름을 기억하고 있다는 사실을 몰랐으므로 조금 놀랐다. 누군가가 그의 입술에 그 낯선 단어를 얹어주어 발음하게 한 것 같다는 생각이 들었다. 이상한 유인력이 그를 이끌고 있다는 생각은 터무니없지 않았다. 그 공간의 묘한 분위기가 현실감각을 엷어지게 한 것 같기도 했다. 예컨대 일어날 법하지 않은 일들을 기대하게 되는 것이 그다지 부자연스럽지 않은 상황이었다. 이를테면 자기가 발음한 마리티무스가 쟝과 함께 있던 검은 개의 이름이라는 사실을 깨달은 순간 그는 그 개가 자기를 부르는 소리를 듣고 나타날지 모른다고 생각했다. 그것은 물론 일어날 법하지 않은 일이었지만 기대할 수 없는 일은 아니었다. 마리티무스가 그를 안내할 거라고 하지 않았는가. 그는 신심 좋은 종교인처럼 낙관적으로 생각했다. 그러나 어디서 나타났는지 정말로 자기 앞에 불쑥 나타나 꼬리를 흔들고 있는 검은 개를 보았을 때, 황선호는 자기가 그러기를 바랐다는 걸 잊고 화들짝 놀랐다. 그것은 마치 간절히 기도해놓고 정작 기도한 대로 이루어진 순간 깜짝 놀라거나 정말로 이루어진 게 맞는지 의심하는 부실한 종교인과 같았다. 황선호는 의심하는 쪽이었다. 그러나 다시 보아도 그 개가 틀림없었다. 극도로 엷어진 현실감각은 마침내 그를 있을 법하지 않은 일을 있을 법한 일로 받아들이는 신비주의자로 만들었다. 잠시 후 어쩐지 슬퍼 보이는 눈망울로 그를 가만히 바라보고 있던 마리티무스가 어슬렁거리는 걸음걸이로 천천히 움직였는데, 황선호는 그것을 자기를 따라오라는 일종의 지시처럼 받아들였다. 개는 그를 데리고 한때 매표소였을 것으로 황선호가 짐작했던, 유리창이 깨지고 부서진, 폐쇄 공고문이 붙어 있는 건물 안으로 들어갔다.

말하자면 그곳이 입구였다. 오랫동안 버려진 공원 안에는 풀과 나무가 제멋대로 자라 걷기가 어려웠다. 마리티무스는 능숙하게 헤쳐갔다. 가면서 자주 뒤를 돌아보았고, 그것은 황선호가 잘 따라오는지 확인하는 것처럼 보였고, 황선호는 마리티무스의 안내를 받아 그 안으로 들어가면서 자꾸만 뒤를 돌아보았다. 그것은 어떤 힘에 의해 다른 세계로 이끌려 들어가는 사람이 이쪽 세계에 대해 보이는 미련을 떠올리게 했다. 어느 정도는 사실이었다. 마리티무스의 뒤를 따라가면서 황선호는 정말로 지금까지 그가 살던 세계와 전혀 다른 세계로 들어가고 있다고 느꼈다. 그는 그 입구에 들어와 있었다.

"오셨군요." 마리티무스가 멈춰 선 곳에 넘어진 나무를 이용해 만든 벤치가 있고 거기에 쟝이 앉아 있었다. 쟝의 자세는 이번에도 가부좌였다. 일부러 그러려고 하지 않아도 시선이 자꾸 그의 책상다리로 향했다. 입식 생활을 하는 서양인에게는 여간 어려운 자세가 아닐 텐데 적어도 황선호의 눈에는, 지난번과 마찬가지로 더없이 자연스럽게 보였다. 쟝은 마리티무스의 목덜미를 쓰다듬으며 황선호에게 옆자리를 권했다. 내가 찾아올 걸 미리 알고 기다리고 있었던 것 같습니다, 라고 말하며 황선호는 그의 옆에 앉았다. "기다린 건 아닙니다. 대비한 거지요. 우리는 항상 대비합니다." 쟝은 자기 말이 맞지 않느냐는 듯 개와 눈을 맞췄다. 마리티무스는 그렇다는 듯 눈을 빛내며 꼬리를 흔들었다. 마리티무스가 여간 영민하지 않다고 했지요, 하며 개를 향해 짓궂은 표정을 지어 보이던 쟝은 황선호를 쳐다보며 말했다. "이곳은 머물 곳 없는 사람들이 임시로 같이 모여 사는 곳입니다. 아시겠지만 보보에는 그런 사람들이 많습니다. 외부인이라고 불리는 사람들이요. 지나가려고 들어왔는데 나가는 문이 막혀 오도 가도 못하게 된 사람들이지요. 그 사람들이 나가는 문이 열릴 때까지 머물러요. 물론 집은 아닙니다. 일종의 임시 피난처라고 할까, 그런 곳입니다. 누구든 들어올 수 있고 언제든 나갈 수 있습니다. 원한다면 당신은 우리와 함께 있을 수 있습니다. 우리는 서로를 돕습니다." 황선호는 예기치 않은 상황이 생겨 곤란해지긴 했지만 자기는 그런 사람이 아니라고 말했다. "여기를 지나 다른 데로 가려고 보보를 찾아온 외부인이 아닙니다. 나는 시간이 되면 왔던 곳으로 돌아갈 겁니다." 쟝은 그를 물끄러미 바라보았다. "그렇겠지요. 그러니까 호텔에 투숙하고 있었겠지요. '몰리'에서 맥주를 마시는 사람은 우리 친구 중에는 없습니다. 당신에 대해 알고 있었습니다. 이 나라 정세가 험악해졌지요. 늘 불안정했지만 더 살벌해졌어요. 특히 밖에서 들어온 사람들에게. 여기 머무는 친구들은 신분을 증명해줄 나라가 없습니다. 그렇지만 당신은 그렇지 않을 테니 곧 벗어나겠지요."

거기까지 말한 쟝이 황선호의 눈길을 의식했는지 자기 다리를 손바닥으로 치며, 신기해요? 하고 물었다. 황선호는 엉겁결에 받은 질문에 당황하여 아니라고 했다가 곧바로 네, 신기해요, 하고 정정했다. "이 자세가 편해요. 지난번에 말한 것 같은데, 이렇게 하고 잠도 잘 잡니다." 황선호는 혹시 수도사였느냐고 물었다. 쟝은 빙그레 웃으며 수도사는 무릎을 꿇지만 이런 자세는 하지 않는다고 답했다. "그렇겠네요, 그럼?" 황선호는 그의 어머니가 받은 사진 속 남자의 포즈와 같다는 말을 하려고 쟝을 쳐다보았는데, 쟝이 먼저 말을 했다. "스승에게서 배웠어요. 우리는 그를 스승이라고 불렀답니다. 스승을 따르는 사람이 많았어요. 여기저기서 모여들었지요. 우리는 한 곳에 모여 살았어요. 지금은 아니에요……." 쟝은 깍지 낀 손을 배꼽에 대고 누르며 심호흡을 했다. 황선호의 눈에는 그의 그런 모습이 흔들리는 마음을 다잡으려는 것처럼 보였다. 지금은 아니에요,라는 말 다음에 하려는 어떤 말인가가 그의 감정을 흔들려고 했을지 모른다고, 그래서 마음을 다잡고 급히 입을 닫은 거라고 황선호는 생각했다. 침묵이 무거워서 황선호는 입을 열지 못했다. 이윽고 쟝이 가라앉은 목소리로 말을 이었다. "당신을 처음 보았을 때 내 가슴이 잠깐 출렁였어요. 당신이 내 친구를 떠올리게 해서 그랬던 것 같습니다. 필이 미리 말을 해줘서 망정이지. 맞아요. 그 친구도 당신처럼 검은 눈, 황색 피부, 검은 머리카락을 가지고 있었어요. 우리는 같은 스승의 제자였어요."

마리티무스가 무엇을 느꼈는지 쟝의 무릎 위에 자기 머리를 얹었다. 쟝이 마리티무스를 가만가만 쓰다듬었다. 짧지 않은 시간 동안 정적이 흘렀다. 마리티무스는 모르지만 황선호는 확실히 무언가를 느꼈다. 쟝의 말들이 황선호의 내면을 일렁이게 했다. 그는 눈을 감고 어머니가 받은 사진 속 남자의 자세를 생각했다. 우거진 풀들 사이로 날렵한 바람이 스쳐갔다. 어디선가 목청 좋은 새 울음소리가 들려왔다. 황선호는 쟝의 입에서 나올 말이 그의 내면을 더 크게 일렁이게 할 거라고 예감하며 기다렸다. "여기는 버려진 공원입니다. 버려져서 동물과 식물의 낙원이 되었습니다." 쟝의 목소리가 바람과 새 소리에 섞여 잘 구분되지 않았다. "갈까요?" 쟝은 책상다리를 풀고일어나며 말했다. 마리티무스도 따라 일어났다. 황선호는 더할 말이 있지 않느냐고 묻고 싶었지만 머뭇거리기만 했다. 쟝이 마리티무스와 눈을 맞추며, 이 애가 우리를 안내할 겁니다,라고 말했다.

마리티무스가 앞장을 섰다. "보세요. 저 애만 따라가면 틀림없습니다. 적어도 길을 잃어버릴 염려는 없어요." 마리티무스의 뒤를 따라 쟝이 걷고, 그 뒤를 황선호가 따랐다. 쟝은 노인이라고 믿어지지 않을 정도로 빠르게 걸었다. 황선호의 내부에는 밖으로 빠져나오지 못한 질문들이 들끓었다. 검은 눈, 황색 피부, 검은 머리카락을 가진 당신의 그 친구는 어떤 사람이었는가? 혹시 그 사람은 노란 친구로 불리었는가? 혹시 그 사람 이름이 김경호였는가? 혹시 그 사람 직업은 여행작가였는가? 자전거를 타고 세상을 떠돌아다니다가 보보에 정착한 사람이 맞는가? 당신들은 서로를 친구라고 불렀는가? 스승과함께 당신들이 모여 산 그 집이 '친구들의 집'이었는가?

20

　황선호는 그곳에 있는 사람들의 얼굴이 낯설지 않아서 놀랐다. 꽤 많은 이들이 아는 얼굴이었다. 그들은 여기저기 걸어다니는 것이 유일한 활동이었던 황선호가 이 도시에서 가장 많이 만난 이들이었다. 그들은 길 위의 사람들이었다. 그들은 곳곳에 있었고, 언제나 있었다. "환영합니다." 사람들이 다가와서 그에게 인사했다.

　원래 천연동굴이었다고 했다. 그 안을 넓게 파고 칸을 나누고 바닥을 평평하게 다듬고 나무로 침대와 탁자를 만들었다고 했다. 그렇게 해서 실내와 실외를 구분했다. 밖에서는 그렇게 안 보였는데 안으로 들어오자 꽤 넓고 안락했다. 게다가 놀랍게도 안에 전등이 켜져 있었다. 그 때문에 동굴 속이라는 생각이 들지 않을 정도로 어둡지 않았지만 긴 그림자들이 벽에 어른거렸다. 쟝은 밖에서 전기를 끌어왔다고 설명했다. 여러 종류의 물건들이 실내 곳곳에 놓여 있었는데 그것들은 누군가 쓰고 버린 것을 주워온 것이 분명해 보였다. 푹신한 가죽소파나 4인용 벤치, 접시와 포크, 어디에 쓰는지 알 수 없는 상자 같은 것들이 눈에 띄었다. 사람들 역시 주워온 것 같은 모습으로 여기저기 앉아 있었다. 빵을 뜯어먹는 사람도 있고 좁은 의자 위에 몸을 구부리고 있는 사람도 있고 반쯤 누운 채 졸고 있는 사람도 있었다. 말하자면 그들은 아무렇게나 있었다. 그리고 사람보다 더 많은 수의 개들이 있었다. 개들도 아무렇게나 있었다. 어슬렁거리거나 쭈그리고 앉아 졸거나 다른 개들과 장난치고 있었다. 그곳에 질서나 질서를 유도하는 규칙 같은 것은 존재하지 않는 것 같았다. "우리는 이미 여러 번 만났지요. 당신이 우리를 본 횟수만큼 우리도 당신을 보았으니까. 우리는 여럿이지만 하나거든요. 하나이면서 여럿이기도 하고요. 그러니까 친구들 가운데 한 명을 보았다면 우리 전부를 본 겁니다. 아, 우리는 서로를 친구라고 부릅니다. 그냥 친구라고 부르지만 구별이 필요할 때는 편의상 친구 앞에 숫자를 붙이기도 해요. 나는 3친구예요. 숫자에는 의미가 없어요. 당신이 좋아하는 숫자를 선택하세요. 그러면 그렇게 부를게요. 하지만 꼭 그러지 않아도 됩니다. 여기서는 그냥 친구라고 하면 다 통하니까요." 3친구라고 자기를 소개한 남자는 키가 크고 체격이 건장했다. 피부는 검고 머리는 곱슬했다. "우리는 여러 곳에서 왔어요. 남쪽에서 온 친구도 있고 서쪽에서 온 친구도 있어요. 말이 안 통해 어려움을 느끼는 사람들도 있어요. 하지만 다 착한 사람들입니다." 그러면서 그는 귀에 이어폰을 꽂은 채 소파에 비스듬히 누워 흥얼거리는 사람을 가리키며 서쪽, 빵을 뜯어 먹고 있는 사람을 향해 동쪽, 이라고 말했다. 소개받은 사람들이 고개를 숙이거나 미소지으며 인사했다. 몇 사람은 다가와 악수를 했다. 그런 식으로 그들은 친분을 표시했다. 그런 식으로 그들은, 의도와 상관없이 황선호에게 자기가 처해 있는 상황과 현실을 자각하게 했다. 그것은 이른바 자신의 신분을 증명할 수 없는 외부인이 이 도시에서 살아가는 방법에 대한 것이었다. "그러니까 여기가……. 이것이 유일한 방법인가요?" 뜻밖의 깨달음을 믿을 수 없어 하는 황선호에게 장이 어깨를 으쓱해 보였다. "친구들 가운데 이곳을 정착지로 생각하는 사람은 아무도 없습니다. 다만 현실을 직시하는 게 중요하다는 말은 하고 싶군요."

황선호는 방 안 이곳저곳에 아무렇게나 앉아 있거나 누워 있는 이들을 둘러보았다. 누추한 옷차림, 마르고 까칠한 피부, 인간의 감정이 다 빠져나가 버린 것 같은 건조한 얼굴. 저들은 누구였을까? "3친구는 공학박사예요. 여기 오기 전에 자동차 회사 연구원으로 있었어요. 이곳의 전기 설비를 3친구가 했어요. 하지만 늘 떠날 준비가 되어 있지요. 보세요. 3년째 짐도 다 풀지 않고 있어요." 황선호의 마음을 읽기라도 한 듯 쟝은 군용 배낭 같은 큼지막한 보자기를 가리켜 보이며 말했다. "그리고 저분은……" 낡은 1인용 목제 의자에 앉아 돋보기로 무언가를 읽고 있는 늙은 남자를 손으로 가리키며 소개했다. "고등학교에서 문학을 가르쳤어요. 여기 오기 전에. 그리고……" 그는 고개를 돌려 4인용 소파에 아이를 안고 누운 여자를 바라보았다. "오는 길에 남편을 잃었어요. 떠날 때부터 몸이 좋지 않았는데 바다에 너무 오래 떠 있다가 그만……. 자기 나라 말 말고 다른 말을 전혀 못해요." 여자는 자기 이야기를 하는데도 이쪽을 보지 않았다. 쟝은 벽에 기대앉아 잡지를 뒤적이고 있는 사람 쪽으로 눈길을 돌렸다. 얼굴은 여자 같은데 머리가 짧아 여자인지 남자인지 구별이 잘 안 되는 사람이었다. "이 친구는 가수가 꿈이에요. 당연한 말이지만 노래를 잘 불러요." 황선호는 고개를 끄덕였다. 거리에서 그 사람이 노래 부르는 걸 본 적이 있었다. 소음이 많은 곳이라 잘 들리지 않았고, 대부분의 사람들은 관심을 보이지 않고 지나갔지만 황선호는 그가 높고 가느다란 목소리로 부르는 노래를 듣기 위해 걸음을 멈췄었다. 노래는 흘러가는 것 같았다. 단조로운 멜로디의 노래를 담담하게 부르는데도 가슴속이 싸했다. 듣는 사람, 즉 동전을 던져줄 사람을 의식하고 부르는 노래가 아니라는 생각이 들었다. 자기를 위한 노래라고도 할 수 없었다. 그는 그냥 흥얼거리고 있었다. 그러니까 열심히 부른다고도 잘 부른다고도 할 수 없었다. 그는 그냥 노래를 부르고 있었다. 그만큼 자연스러웠다는 뜻이지만 그의 신분이나 노래를 부르고 있는 장소를 고려하면 그만큼 부자연스러웠다는 뜻이기도 했다. 짧은 머리에도 불구하고 여자인지 모른다는 생각을 하게 한 그의 여리고 가느다란 목소리도 부자연스럽다고 느끼게 한 요인이었다.

"모두들 사연이 있어요. 대를 이어 살아온 자기 나라를 그냥 떠나는 사람이 어디 있겠어요. 살 수 없어 떠났지만 이 친구들이 정말로 원하는 것은 떠난 곳으로 다시 돌아가는 거예요. 당신처럼. 다시 돌아가려면 그곳이 살 수 있는 곳으로 바뀌어야겠지요. 그래서 떠도는 거예요. 그곳에 아직 못 가니까, 언제가 될지 모르지만, 그곳에 기어이 이르려고, 어떤 사람은 죽기 전에 이르지 못하고, 그 아들이나 딸, 그 아들이나 딸의 아들이나 딸을 통해 겨우 이르게 될 수도 있지만, 그렇게라도 이르려고, 어쨌든 지금은 다른 데로 가려고 하는 겁니다." 장이 주변을 둘러보며 말했다. 동의한다는 듯 가수라고 소개된, 남자인지 여자인지 잘 구별되지 않는 친구가 그를 향해 눈을 찡긋해 보였다. 조금 떨어진 곳에서 어떤 이는 이쪽에는 눈길도 주지 않고 몸을 구부린 채 자기만의 작업에 집중하고 있었다. 발밑에 떨어진 얇은 나무껍질들로 보아 나무에 무언가를 새기고 있다는 짐작을 하게 했다. 황선호는 당신들과 나는 다르다는 말을 하려고 했지만, 그것은 그의 내부에서 이미 부정된 바 있는 사실이므로, 자기를 설득시킬 수 없는 그 말을 남에게 할 수 없었다. 무엇보다 장이 한 말이 자기와 상관없다고 할 수 없었다. 떠나온 곳의 사정이 달라지지 않으면 돌아갈 수 없다는 것은 황선호에게도 해당되는 말이었다. 그의 귀환은 전적으로 떠나온 곳의 사정에 달려 있다고 할 수 있었다. 맞아요, 우리는 모두 이곳을 떠나길 원해요, 라고 나무에 무언가를 새기고 있던 사람이 눈을 들지 않은 채 끼어들었다. "저 친구는 세 달 전에 여기 왔습니다. 여기로 오기 전에 목수였어요. 아버지도 목수였는데, 1년 전에 집을 짓다가 건물이 무너지는 바람에 숨졌답니다. 지진이 일어나서 마을 전체가 폐허가 되었대요. 이것들을 이 친구가 다 만들었어요." 장은 주변의 탁자와 옷장을 가리키며 말했다. 황선호는 눈인사를 하려고 했지만 그가 눈을 들지 않고 작업에 몰두하고 있었기 때문에 그럴 수 없었다. "나는 총 든 군인들을 피해 왔어요. 총 든 사람들은 이쪽 편이나 저쪽 편을 위해 총을 들었다고 선전하지만, 사실은 이쪽 편도 아니고 저쪽 편도 아니고, 그저 자기들 편이에요. 자기들이 들고 있는 총을 이쪽이나 저쪽이 아니라 자기들을 위해서만 써요. 마을이 다 부서졌어요. 사람들은 죽거나 다쳤어요. 그렇지 않은 사람들은 떠났고요. 희망이 없었어요. 어디로 가야 할지 모른 채 무작정 나왔어요." 바닥에 쭈그리고 앉아 어린아이에게 빵을 먹이고 있는 사람의 목소리는 침울했다. "9개월 전에 이 아이를 업고 남편과 함께 이곳에 왔어요. 물론 아무도 초청하지 않았지요. 남편은 아마 저쪽 어디에서 자고 있을 거예요." 쟝은 구석진 곳을 가리키며, 거기 계단이 있는데, 계단을 내려가면 누울 수 있는 방이 여러 개 만들어져 있다고 했다. "당신도 사연이 있을 겁니다. 이들이 그런 것처럼. 국민안전국에서는 이들에게 합법적으로 체류하게 해줄 테니 허가증을 발급받으라고 회유합니다. 국민안전국에 갔다면 당신은 뙤약볕 아래 줄 서 있는 사람들을 보았을 거예요. 하지만 그 사람들이 받을 수 있는 것은 체류 허가증이 아니라 며칠 안에 보보를 떠나라, 그렇지 않으면 이렇게 될 것이다, 어쩌고 하는 통지문입니다. 안타깝게도 몇 친구들은 이미 그 경고를 받았어요. 그들은 정해진 기간이 지난 후에 잡히면 바로 추방당해요. 추방당하면 어디로 갈 수 있을까요? 바다 말고는 없어요. 바다 위를 떠돌겠지요. 받아주는 땅이 없으면 바다 위에서 눈을 감겠지요." 쟝의 말들이 화살처럼 황선호의 가슴에 박혔다. 막연하게 알고 있던 정보와 맞닥뜨린 현실은 사뭇 달랐다. 그는 정보가 아니라 사람들을 대하고 있었다. 생존을 위해 발버둥치지만 거부당하고 외면당한 사람들. 오랫동안 살아온 땅을 떠났으나 어디에도 정착하지 못한 사람들. 앞으로도 뒤로도 움직일 수 없는 사람들. 물에서 나와 땅에 오르지 못하고 땅속에 머무는 사람들. 그마저도 불안정한 사람들. 그래도 포기하지 않는 사람들. 몇 년째 짐도 풀지 않고 견디는 사람들…….

"식사 준비를 좀 도와주겠습니까?" 쟝이 황선호의 어깨를 툭 쳐서 상념에서 깨어나게 했다. 쟝은 휘적휘적 걸어 안쪽으로 들어갔다. 황선호는 무엇에 이끌린 듯 그를 따라 걸어갔다. 마리티무스가 따라 걸었다. 쟝은 개를 가리키며 말했다. "마리티무스가 바다에서 나왔다는 말을 했지요? 20명이 정원인 보트에 65명이 타고 있다가 보트가 바다 한가운데서 뒤집힌 사고가 있었어요. 생존자는 없었어요. 마리티무스만 빼고요. 마리티무스가 어떻게 그 먼 곳에서 헤엄쳐 나왔는지 놀라운 일입니다. 기적 같아요. 그보다 기적 같은 건 65명이 타고 있던 20명 정원의 보트에 저 애가 타고 있었다는 거예요. 놀랍지 않아요? 키우던 개조차 내치지 않고 바다를 같이 건너온, 그 보트 위의 사람들 말예요. 그런 사람들이 얼마나 많은지 몰라요. 수많은 사람들이 바다를 떠돌다 육지를 밟아보지 못하고 죽습니다. 받아주는 데가 없으니까 그래요. 보보도 예외가 아닙니다. 얼마 전부터 해안 경비를 강화했습니다. 먼 바다에서부터 막고 있어요. 그래도 여전히 그들의 눈을 피해 몰래 상륙을 시도하는 이들이 있는데, 안타깝게도 땅을 밟자마자 쫓겨나요.

마리티무스는 특별합니다. 이 애는 바다를 헤엄쳐 우리에게 왔어요. 이 애는 우리에게 용기와 희망을 줍니다. 마리티무스가 국민안전국에 가면 어떻게 될까요? 바다로 돌려보내질 건 불을 보듯 뻔해요. 내가 아는 한 예외는 없어요."

21

　사람들이 식탁에 둘러앉았거나 섰다. 방 한가운데 놓인 사각의 식탁은 흙을 모아 쌓고 그 위에 이어 붙인 나무판자를 올려놓은 것이었다. 식탁이 놓인 공간에는 전등이 없었다. 그곳을 밝히는 것은 촛불이었다. 흙벽에 파인 반원형의 홈에 촛불이 타고 있었다. 촛불은 곳곳에서 가볍게 일렁였다. 촛불에 따라 그림자도 같이 일렁였다. 만든 지 얼마 된 것 같지 않은 긴 의자가 여러 개 식탁 둘레에 놓여 있었다. 일부는 의자에 앉았고 더러는 식탁 앞에 섰다. 개들도 주변에 앉거나 누웠다. 꼬리를 흔들며 어슬렁거리는 놈들도 있었다. 쟝은 황선호에게 큰 통에 든 스튜를 나르라고 했다. 여러 종류의 고기와 야채가 들어간 요리였다. 쟝은 닭고기와 소고기에 양파와 감자와 당근과 호박을 넣고 끓였다. 그 밖에도 이름을 알 수 없는 야채들이 들어갔다. 쟝은 고기를 제공해주는 식당이 있다고 말했다. 야채는 시장에서 구입해오는데, 항상 먹을거리가 부족하다는 말도 했다. 황선호는 쟝이 시키는 대로 스튜가 눌어붙지 않도록 저었다. 제법 맛있는 냄새가 났다. 쟝은 세 개의 접시에 나눠 담은 스튜를 쟁반에 올려 들고 계단을 내려갔다. "거동이 불편한 친구들이 방에 몇 명 있습니다. 돌봐주어야 합니다. 식사 자리에 참여할 수 없으니 따로 챙겨주는 겁니다." 그렇게 말하고 황선호에게는 스튜를 접시에 나눠 담아 식탁으로 옮기라고 했다. 몇 사람이 와서 일을 거들었다.

스튜 접시가 식탁에 놓였다. 사람들이 가방이나 주머니나 봉지를 뒤져 빵과 과일과 우유와 비스킷을 내놓았다. 어떤 것은 포장을 뜯지 않은 것이었고 어떤 것은 먹다 남은 것이었다. 어떤 사람은 많이 내놓았고 어떤 사람은 적게 내놓았다. 어떤 사람은 아무것도 내놓지 않았다. 황선호는 아무것도 내놓을 수 없었다. 순식간에 식탁이 먹을 것으로 가득 찼다. 한 사람이 꺼내놓은 것은 얼마 되지 않았는데 그들이 내놓은 것을 모으니 신기할 정도로 많았다. 한쪽에서는 물이 끓었다. 누군가 일어나 컵에 물을 따라 돌렸다. 은은하지만 야생의 풀에서 나는 것 같은 차향이 흙벽으로 둘러싸인 실내에 퍼졌다. 그 향이 부드러운 손으로 맨몸을 어루만지는 것 같다고 황선호는 느꼈다.

사람들은 가볍게 이야기를 주고받으며 음식을 먹기 시작했다. 어떤 사람은 빨리 먹고 어떤 사람은 천천히 먹었다. 자기가 내놓은 음식만 아니라 자기가 내놓지 않은 음식도 먹었다. 그것들은 이미 누구의 음식도 아니었다. 어떤 사람은 많이 먹고 어떤 사람은 적게 먹었다. 어떤 사람은 서서 먹고 어떤 사람은 앉아서 먹고 어떤 사람은 바닥에 비스듬히 누워서 먹었다. 개들도 같이 먹었다. 먹지 않는 사람은 없었다. 먹지 않는 개도 없었다. 아무것도 내놓지 않았지만 황선호도 스튜에 빵을 찍어 먹고 우유를 마셨다. 알 수 없는 따뜻한 기운이 그의 내부를 감돌았다. 음식이 들어간 뱃속에서 시작된 그 기운은 그의 가슴으로 퍼지고 마침내 온몸을 덮혔다. 식사를 하면서 끼리끼리 나누는 대화들로 실내가 수런거렸다. 곳곳에서 가벼운 웃음소리가 들렸다. 개와 장난치는 사람, 사람과 장난치는 개들도 유쾌해 보였다. 일렁이는 촛불 아래 이상한 평안함이 감돌았다. 어느 화목한 가정의 저녁 시간과 다르다고 할 수 없었다.

"많이 거둔 사람도 남지 않고 적게 거둔 사람도 모자라지 않았다는 문장을 혹시 알아요? 하늘에서 내린 양식인 만나에 대한 출애굽기의 기록입니다. 이스라엘 사람들이 광야를 헤매다닐 때 하늘에서 만나가 내려와 먹었다잖아요? 양식을 하늘에 의존할 수밖에 없는 절체절명의 상황에서 일어난 사건이지요. 우리 처지가 광야를 헤매는 그 시절의 이스라엘 사람들과 다르지 않습니다. 그러니까 우리도 그때의 그 사람들처럼 살지 않을 수 없어요. 많이 거둔 사람이나 적게 거둔 사람의 구별이 없어요. 오늘 많이 거뒀다고 내일도 그러라는 법이 없어요. 그러니까 오늘 많이 거뒀다고 오늘 적게 거둔 사람을 함부로 대하거나 차별하면 안 되는 거지요. 그 사람이 내일도 적게 거두라는 법이 없거든요." 이곳에 오기 전에 공학박사였다는 친구가 황선호 곁에서 나지막한 목소리로 설명했다. 말이 느리고 발음이 투박했지만 뜻을 이해하는 데는 무리가 없었다. 이집트에서 탈출한 이스라엘 사람들이 가나안에 들어가기 전 40년 동안 헤매고 다녔다는 광야와 이곳을 동일시하는 그의 인식에 동의하지 않을 수 없었다. 거주지가 아니고 통과해 가야 하는 곳이라는 점에서 보보는 광야와 같다고 할 수 있었다. 환경이 열악하다고 불평하지 않는 까닭이 그 때문일 것이다. 더 좋은 환경이면 좋겠지만, 그렇지 않더라도 어차피 거주지가 아니니까 견딜 수 있다. 이곳에서는 어떻게든 연명하면서 통과하기만 하면 되니까. 열악한 환경과 어울리지 않는 사람들의 이상한 평안함도 그런 인식과 관련되어 있을 것이다. 아마도 현실의 비참함을 이기기 위해 그런 인식을 만들고 부추기고 키웠는지 모른다. 그런 사정을 이해할 수 있을 것 같았다.

가령 이 사람들은 이렇게 스스로를 세뇌했을 것이다. 40년 동안이나 통과의 시간을 지나간 이들도 있었다지 않은가. 이스라엘 사람들도 광야에서 잘 살려고 하지 않았다. 그곳이 그들의 정착지가 아니기 때문이었다. 그들은 그곳을 지나 마침내 도착할 정착지에서 잘 살기 위해 광야에서의 잘 못 사는 시간을 기꺼이 견뎠다. 그곳에서의 시간은 임시의 시간이고 견디는 시간이었다. 경작도 불가능하고 수확도 없었으므로 하늘에서 내리는 만나에 의존했다. 그날 먹을 분량의 만나가 매일 내렸다. 그들은 매일 아침에 나가 하루치의 양식인 만나를 거둬야 했다. 안식일 전날을 빼고 이틀 치를 한꺼번에 거두는 것은 허용되지 않았을 뿐 아니라 더 거뒀다고 해도 소용이 없었다. 그날 먹을 것을 남겨뒀다가 다음날 먹으려고 하면 상해서 먹을 수가 없었기 때문이다. 하루치의 양식만 허용되었다. 다음날 양식은 다음날 아침에 거둬야 했다. 광야의 그런 사정은 이곳의 이들의 처지와 같다. 이들도 경작할 수 없고 수확도 기대할 수 없다. 광야의 그들이 그런 것처럼 이곳의 이들도 오직 만나에 의존한다. 매일 하루치의 먹을 것을 구해 연명하며 견딘다. 광야, 통과하는 시간이기 때문이다. 이들에게 제대로 된 일자리가 허용될 리 없다. 수학 교사는 수학을 가르칠 수 없고 전기 기술자는 기술이 있어도 공장에 들어갈 수 없다. 손재주가 있는 사람은 무언가를 만들어 판다. 가령 나무 인형이나 팔찌 같은 것. 노래를 부를 수 있는 사람은 거리에서 노래를 부른다. 그렇지 않은 사람은 사람들의 자비를 구하며 구걸을 한다. 그렇게 해서 얻은 양식을 저녁에 함께 먹는다. 많이 거두었다고 많이 먹지 않고 적게 거두었다고 적게 먹지 않는다. 한데 내놓고 서로 나눈다. 자기 소유를 내세우거나 감추지 않는다. 자기 자신을 위해 그렇게 한다. 만나는 광야의 양식, 광야에서는 그렇게 하지 않으면 생존이 어렵기 때문이다. 그들은 이스라엘 사람들의 40년을 알고 있다. 그 40년을 알고 있다는 것은 절망이기도 하고 희망이기도 하다.

장은 '광야의 식탁'이라는 용어를 사용했다. "서로 나누는 겁니다. 살아남기 위해서지요. 내 음식을 내놔야 다른 사람의 음식을 먹을 수 있으니까요. 자발적입니다. 이것이 광야의 식탁이 풍성할 수 있는 비밀입니다." 황선호는 광야 공동체에도 모세 같은 지도자가 있었다는 사실을 상기시키면서 이 조직의 운영 방식에 대해 물었다. "우리에게 리더는 없습니다. 룰도 없고 조직도 없습니다. 지시도 없고 복종도 없습니다. 개인은 자기 삶의 온전한 주인이에요. 공동체 안에서 자기가 잘하는 일을 맡아 하기는 하지만 강요는 없어요. 모든 것이 순전히 자발적입니다. 누구나 들어오고 언제든 나갑니다. 실제로 꽤 많이 들어왔다 나갔습니다. 나갈 수 있으면 나가야지요. 원래 이렇게 많지 않았습니다. 요즘은 나갈 길이 막혀서 유입만 되니 인원이 많아진 겁니다." 그렇긴 하지만 당신이 이 공동체의 실질적 리더가 아니냐는 황선호의 질문에 대해 장은 허허 웃으

며, 자기가 시작한 건 맞지만, 자기 역시 잘하는 일을 하는 것
뿐 리더는 아니라고 대답했다. "가령 난 이 도시의 지리와 역
사와 관습에 밝아요, 여기 사람이니까. 다른 친구들이 하지 못
하는 일을 내가 할 수 있다는 뜻입니다. 그건 내가 가장 잘하
는 일이니까 내가 해야지요. 그렇지요?" 쟝이 옆 사람을 향해
물었다. 컵에 과일 주스를 따라 마시던 사람이 고개를 끄덕였
다. "맞아요. 하지만 쟝이 누구보다 중요한 일을 하는 것도 맞
아요. 이 집을 만들고 우리를 데리고 들어왔으니까. 쟝이 없었
으면 우리는……." 쟝이 그 사람의 말을 중단시키며, 자기가
그 일을 다른 친구들보다 잘하기 때문에 할 뿐이라는 말을 되
풀이 했다. "리더는 없어요. 우리는 다 친구예요. 나도 그냥 친
구라고 불러요."

그 말을 하고 나서 쟝은 갑자기 몸을 공중으로 띄웠다. 어떤
예고나 조짐도 없이 순식간에 눈앞에서 벌어진 일이라 황선호
는 깜짝 놀라 뒤로 물러났다. 그러나 다른 사람들은 그런 돌발
행동이 익숙한 듯했다. 수직으로 뻗은 쟝의 다리가 머리 위로
쑥 올라갔다가 몸을 획 돌려 옆차기를 하고 내려왔다. 몸이 공
중에서 두 바퀴 돌고 바닥에 떨어지는데 아무 소리도 나지 않
을 정도로 사뿐했다. 얼굴의 주름으로 보아 적어도 60살은 되
어 보이는 사람의 동작치고는 꽤 날렵했다. 옆으로 비틀어 뻗
는 팔 동작과 다리의 움직임이 문외한인 황선호의 눈에도 상

당한 수준으로 보였다.

식사를 마치고 식탁에서 물러나 있던 사람들이 손뼉을 쳤다. 환호성을 지르는 이도 있었다. "친구들, 하루를 살아낸 서로를 칭찬합시다. 그리고 즐기세요. 오늘 일은 오늘, 내일 일은 내일 하세요." 한쪽 다리를 앞으로 쭉 뻗은 채 고개를 숙여 장난스럽게 인사를 하고 나서 쟝은 한 번 더 공중으로 솟구쳤다가 빙그르르 돌고 내려왔다. 이번에도 사람들이 박수를 쳤다. 그의 몸동작을 따라 하는 사람도 있었다. 그러나 그 사람의 몸은 공중에 떠오르지 않았고 중심을 잡지 못한 채 쓰러졌다. 그 모습을 보고 사람들이 웃었다. 누군가 나서서 쓰러진 사람을 일으켜 세우고 어깨를 가볍게 흔들며 춤을 추자 몇 사람이 따라 일어나 몸을 움직였다. 개들이 이리저리 뛰어다녔다. 그들도 춤을 추는 것 같았다. 그 사이로 맞춤하게 음악이 스며들었다. 가녀린 음색의 고음. 귀에 익은 목소리였다. 가수 친구가 기타를 치며 노래를 불렀다. 빠른 템포인데도 어딘가 슬픔이 느껴지는 노래였다. 가사는 알아들을 수 없었다. 한쪽에서 누군가 가만가만 노래를 따라 불렀다. 몇 사람이 그 흐름에 가세했다. 잠시 후 어느 귀퉁이에선가 손바닥으로 나무판을 두드리는 소리가 들렸다. 이어서 음식물을 쌌던 종이를 구겼다 폈다 하며 리듬을 맞추는 사람이 생겨났다. 손뼉과 발장단이 섞여들었다. 여러 사람이 일어나서 어깨를 들썩이며 춤을 추었다. 춤을 추는 사람들은 자연스럽게 원을 만들었다. 개들도 컹컹 짖으며 노래에 합세하고 뒤뚱뒤뚱 걸으며 춤에 합세했다. 촛불이 일렁이며 기묘한 그림을 벽에 그렸다. 노래가 합창이 되고 좁은 실내가 공연장이 되는 데에는 시간이 많이 필요하지 않았다. 누구인가 그때까지 의자에 앉아 있던 황선호의 손을 붙잡고 일으켜 세웠다. 그도 엉겁결에 일어나 사람들 속에 섞여 춤을 추었다. 알 수 없는 감정의 격랑이 마음속에서 일어났다. 이건 무얼까, 가슴속을 뜨겁게 만드는 이것은 무엇일까. 이 사람들은 왜 이렇게 태평한 걸까. 이 사람들이 왜 이렇게 친근하게 여겨지는 것일까. 음악은 끊어지지 않고 이어졌다. 밤이 깊었는데도 노래와 춤은 멈추지 않았다.

22

노래와 춤이 언제 끝났는지 황선호는 알지 못했다. 믿을 수 없지만 노래와 춤이 계속되고 있는 도중에 그는 그 노래와 춤과 사람들과 개들 사이 어딘가에 쓰러져 잠이 들었다. 더욱 믿을 수 없게도 그는 아침까지 한 번도 깨지 않고 잤다. 딱딱한 바닥이 불편하다는 생각도 하지 않았다. 꿈도 꾸지 않은, 그야말로 백지와 같은 잠을 잤다. 잠을 잔 것 같지 않고 그 시간이 베어내진 것 같은 희한한 경험이었다. 그는 두통과 불면에 시달리며 호텔 생활을 이어오던 중이었다. 거의 매일 새벽까지 잠들지 못했고, 겨우 잠들었다가도 악몽에 시달리다 깨어나기를 반복했다. 그러다 보니 낮에도 늘 의식이 반쯤은 물에 잠긴 것 같은 몽롱한 상태로, 그러니까 셀로판지를 통해 세상을 보는 것처럼 투명하지 않은 상태로 지냈다. 그런데 그 시끄럽고 불편한 곳에서 어떻게 그렇게, 잠드는 줄도 모르게 잠들고, 한 번도 깨지 않고, 꿈도 없이 편히 잘 수 있었을까. 아침에 눈을 뜬 그는 그것이 신기하고 놀라웠다.

그는 맨바닥에서 깨어났다. 누가 덮어주었는지 배 위에 담요가 덮여 있었지만 바닥은 딱딱했다. 그가 덮고 있는 담요의 한쪽 끝에 다리를 집어넣고 누워 있는 누런 개 한 마리가 그를 미소 짓게 했다. 호텔 침대가 제공한 적 없는 숙면에서 깨어난 황선호는 오랜만에 마치 자기 집 안방에서 눈을 뜬 것 같은 편안함을 느꼈다. 몸과 의식이 함께 가벼웠다. 그는 가벼워진 몸을 움직이며 몇 사람과 눈인사를 주고받았다. 기분 때문인지 사람들의 표정이 밝고 환해 보였다. 그들이 오래전부터 알고 지낸 것처럼 친근하고 익숙하게 느껴졌다. 단지 하룻밤을 지낸 것 뿐인데 아주 오래전부터 그들과 같이 살아온 것처럼 느껴졌다.

목수라고 소개했던 사람이 무엇을 만드는지 못질을 하고 있었다. 황선호는 그에게 다가가 이른 아침부터 무얼 만드느냐고 물었다. 그는 이른 아침이요? 하며 시계를 보라고 했다. 황선호는 10시가 지난 것을 확인했다. 황선호는 자기가 언제 어떻게 잠들었는지 기억나지 않는다고 말했다. 그는 자기도 기억을 못한다며 웃었다. 황선호는 마법과도 같은 밤이었다고 회고했다. 잠을 잔 것이 아니라 그 시간이 송두리째 증발해버린 것 같은 완벽한 수면을 그렇게밖에 표현할 수 없었다. 그는, 잘 잤으면 좋은 거지요,라고 말하고, 주변을 둘러보더니 무언가를 끓이고 있는 여자를 가리키며 말했다. "저기 저 친구에게 고마워하세요. 땅에서 나는 모든 식물에 통달한 사람이에요. 어제 마신 차가 천연 수면제랍니다. 우리 모두 그 차 덕을 보고 있어요." 여자가 황선호 쪽을 돌아보며 그 말을 확인해줬다. "잘 잤다니 다행이네요. 발레리안이라는 풀인데, 우리 동네에서 옛날부터 수면제로 사용했어요. 깊은 잠 속에 빠뜨리지요. 처음이니까 효과가 더 잘 나타났을 거예요." 목수 친구는 배낭을 어깨에 메며 우리에게 잠을 선물해주는 천사라고 그녀를 추켜세웠다. 황선호는 그의 배낭에 무엇이 들어 있는지 물어보지 않았다. 그가 거리에 앉아 조각칼로 무언가를 깎고 다듬는 걸 본 적이 있었다. 그 앞에는 여러 동물 모양의 목각인형들이 진열되어 있었다. 말하자면 그것이 목수인 그가 하루치의 양식을 구하는 방법이었다.

황선호는 그에게 어디로 갈 거냐고 물었다. 그는 사람들이 많이 다니는 곳으로 가야죠, 하며 웃었다. 둘러보니 아이들과 나이 든 여자들 말고는 거의 보이지 않았다. 황선호는 따라 나갈 채비를 했다. 목수 친구는 자기를 따라오겠다는 뜻이냐고 묻는 듯 손가락으로 자기 가슴을 가리켰다. 사실 꼭 그를 따라 나가고 싶은 것은 아니었다. 어떻게 할지 모르겠다는 것이 진심에 가까웠다. 그러나 어떻게 할지 모르겠다고 말할 수는 없었다. 쟝이라면 무슨 지시를 해주지 않을까. 그러나 쟝의 모습이 보이지 않았다. 황선호가 망설이자 목수 친구는, 같이 갑시다, 하고 걸음을 옮겨 딛었다.

버려진 숲에는 풀이 사람 키만큼 자라 있고 곳곳에 부러진 나무들이 방치되어 있었다. 길이라고 할 수 있는 곳은 보이지 않았다. 웃자란 풀과 마른 나뭇잎에 덮인 낡은 벤치와 망가진 운동기구들이 그곳이 한때 사람들이 드나들었던 공원이라는 걸 알려줄 뿐이었다. 목수 친구는 풀을 헤치며 앞으로 나아갔다. 어느 만큼 가다가, 이런 것들을 주워서 씁니다, 이런 거요, 하며 손목 굵기의 마른 나뭇조각을 주워 배낭에 넣었다. 나뭇가지로 풀을 헤치며 앞으로 나가면서 목수 친구는 무슨 말인가를 계속했다. 자기가 알고 있는 정보를 신참자에게 알려주는 것을 꽤 보람으로 여기는 것 같다고 황선호는 속으로 생각했다. "여기서 15분쯤 똑바로 가면 철조망이 나옵니다. 철조망 너머는 공원이에요. 여기는 말만 공원이지 실제로는 그냥 숲이고요. 저쪽에서 거기까지가 공원인 셈이지요. 공원을 이용하는 시민들은 저쪽 문을 통해 거기까지만 오고, 우리는 여기서 그 철조망을 넘어 시민들이 있는 세상으로 나갑니다." 황선호는 어제 자기는 서2문으로 들어왔는데 그쪽이 아닌 것 같다고 말했다. "그쪽은 거의 이용하지 않습니다. 시내까지 멀고, 무엇보다 위험하다고 합니다. 우리는 거기로 잘 안 다닙니다." 황선호는 쟝이 자기를 그 문을 통해 데리고 들어왔다고 말했다. 목수 친구는 쟝은 우리랑 다르잖아요, 그 사람은 외부인이 아니에요, 하며 웃었다. 그러면서 그 문이 폐쇄된 사연을 아느냐고 물었다. 황선호가 고개를 젓자 여기서 불이 났답니다, 하고 말했다. "여기서 불이요?" 어디에서도 화재의 흔적은 찾아볼 수 없었다. 풀은 무성하고 키가 크고 굵은 나무도 많았다. "아주 오래전 일이래요. 나무와 풀이 다 타고, 폐허가 되었대요. 그래서 저 문을 폐쇄하고 출입을 금지했다는데, 이렇게 다시 살아나와 무성해졌네요. 자연의 회복력이란 게 얼마나 대단한지. 그것과 비교하면 사람은 얼마나 한심하고 연약한지. 이렇게 되는 동안 한 게 없잖아요. 복구 작업을 해서 다시 개방하면 좋을 텐데 하기야 이 나라 사람들, 그럴 여유가 없었겠지요. 동쪽 서쪽 갈라져서 자기들끼리 싸우고 난리였잖아요, 어지럽기는 지금도 마찬가지고. 한가하게 무슨 공원 복구? 라고 하겠지요." 목수 친구는 투덜거리다가 주제넘게 무슨 오지랖인가 싶었는지 입을 다물어버렸다.

공원을 빠져나온 목수 친구는 언덕을 올라갔다. 성당 앞에 자리를 잡을 거라고 말했다. 자기와 같은 처지의 사람들이 많지만 다행히 목각인형을 파는 사람은 자기밖에 없다는 말도 했다. 그렇게 말하면서 그는 황선호를 쳐다보았다. 어떻게 할 거냐는 질문을 황선호가 못 알아듣자 목수 친구는 혹시 다룰 줄 아는 악기가 있느냐고 물었다. 황선호는 고개를 저었다. 그럼 그림을 그릴 줄 아느냐고 물었다. 역시 고개를 젓자 나무나 종이나 천이나 어떤 재료를 이용해서 무엇인가를 만드는 손재주가 있느냐고 다시 물었다. 황선호는 이번에도 고개를 저었다. 마술을 하거나 춤을 출 줄 아느냐고, 그런 사람들이 인기가 있다는 말도 했다. 황선호가 가만히 있자 노래를 부를 수 있느냐고 물었다. 황선호는 이번에도 고개를 저었다. 목수 친구는 난처하다는 표정을 지으며, 할 줄 아는 게 무엇이냐고 물었다. 황선호가 할 줄 아는 게 없지는 않았으나 그것들은 그 상황에서는 쓸모가 없는 것들이었다. 그는 무익하고 무용한 사람처럼 여겨져서 부끄러웠다. 무엇보다 그는 그 상황을 받아들일 준비가 되어 있지 않았다. 황선호는 찾아보면 자기도 할 일이 있을 거라고 말했다. 그러자 정말로 자기가 해야 할 일이 떠올랐다. 되도록 떠올리지 않으려 했던, 그러나 외면할 수 없는 현실이 육박해서 다그쳤다. 그는 짐을 찾으러 호텔에 가야 했다.

23

호텔 직원은 보관하고 있던 가방을 내어주면서 류가 메모를 남겼다고 말했다. 매니저의 모습은 보이지 않았다. 류는 저녁 근무라 출근 전이라고 했다. 직원은 혹시 자기가 없을 때 황선호가 가방을 찾으러 오면 꼭 전해달라고 했다며 류의 메모지를 건넸는데, 거기에는 전화 주세요, 라는 한 문장과 함께 전화번호가 적혀 있었다. 그가 누군가를 인터뷰할 거라고 했던 말이 생각났다. '친구들의 집'에 대한 추적이 꽤 성공적이라고 했었고, 곧 아주 중요한 이야기를 해줄 수 있을 거라고 장담했었다. 황선호는 직원에게 도로 메모지를 건네며 류에게 전화를 걸어달라고 부탁했다.

황선호는 그 자리에 선 채 류와 통화를 했다. 류는 대뜸 체류 허가증을 받았느냐고 물었다. 황선호가 그게 여의치 않다고 하자, 그럼 자기가 할 말이 있으니 호텔에서 자기를 기다리라고 했다. 황선호는 1층에서 커피를 마시며 기다리겠다고 했다. 그 자리에서 그는 무언가를 쓰기 위해 노트를 펼쳤다. 언젠가부터 아무것도 쓰지 않고 있었다는 사실이 생각났다. 쓸 것이 많은 것 같았는데, 그래서 노트를 펼쳤는데, 여러 가지 생각이 분주하게 오르내릴 뿐 한 문장도 쓰이지 않았다. 한 시간이 걸리지 않을 거라고 했던 류는 30분도 채 되지 않아 도착했고, 그러므로 황선호는 아무것도 쓰지 못한 채 노트를 덮었다.

"내가 무얼 알아냈는지 알아요?" 자리에 앉자마자 류는 곧바로 그렇게 말했다. 이야기하고 싶어서 안달이 나 있다는 걸 상기된 얼굴과 얼굴이 맞닿을 정도로 앞으로 수그린 몸이 표현하고 있었다. 그는 구루공원을 아느냐고 묻고, 그 공원이 폐쇄된 이유를 아느냐고 물었다. 황선호는 아침에 목수 친구에게서 들었는데 공교롭다고 생각하면서 그곳에 불이 났다는 말은 들었다고 대답했다. "맞아요. 불이 났어요. 그런데 불이 왜 어떻게 났는지 알아요?" 황선호는 고개를 저었다. "그게 당신이 찾는 '친구들의 집'과 관련 있는 거 모르지요?" 황선호가 그걸 알 리 없었다. 류는 이야기를 시작했다.

그때 구루공원에서는 자연주의자들의 개더링이 열리고 있었다. 어떤 이유인지 모르나 문명을 거부하고 일체의 폭력을 반대하는 자연주의자들이 그해 여름 이 도시로 몰려들었다. 그들은 기계를 사용하지 않고 고기를 먹지 않았다. 땅에서 나온 것만 먹고 공장에서 가공된 식품은 반입하지 않았다. 옷을 입지 않고 지내는 사람도 많았다. 웬만한 거리는 걸어다녔고 최소한의 탈 것을 이용해서 이동했다. 그들이 선호하는 유일한 교통수단은 자전거였다. 자전거 이상의 탈 것은 반자연적인 것으로 배제했다. 그들은 모든 종류의 통제와 억압을 거부했다. 세계 곳곳에 흩어져 사는 그들은 해마다 한 곳을 정해 모였다.

천여 명의 자연주의자들이 모인 그해 구루공원에도 어떤 룰이나 규칙이 없었다. 리더도 없고 조직도 따로 없었다. 그런데도 무질서나 혼란이 없었다. 아니, 어떤 무질서나 혼란도 그들은 문제 삼지 않았다. 문제 삼지 않는 무질서는 질서와 구별되지 않았다. 아니, 그들은 질서를 문제 삼았다. 질서는 조직과 통제의 산물이므로 자연스럽지 않다고 그들은 생각했다. 그들은 상하 조직을 인위적인 문명의 산물로 받아들였다. 모든 종류의 차별과 폭력과 전쟁이 거기서 비롯한다고 그들은 믿었다. 그들은 자연에 반하는 모든 것을 부정했다. 반자연적인 것은 나쁜 것이므로 철저하게 제외되었다. 모든 것이 자발적으로 이루어졌다. 완전한 자유와 평화, 그것이 그들의 유일한 목표였다. 그들은 다른 이의 시선을 의식하지 않고 자기가 하고 싶은 대로 했다. 동시에 다른 사람이 자기의 시선을 의식하지 않고 하고 싶은 대로 하는 것을 허용했다. 자기가 하고 싶은 대로 하기 위해 다른 사람이 하고 싶은 대로 하는 일에 참견하지 않았다. 먹고 싶을 때 먹고 싶은 것을 먹었다. 하고 싶을 때 하고 싶은 것을 했다. 따로 있든 같이 있든 상관하지 않았다. 함께하는 일이 많았지만 강요에 의해 하는 일은 하나도 없었다. 그들이 모여서 함께 가장 많이 한 일은 노래하고 춤추는 것이었다. 그들은 어느 때나 어디서나 노래하고 춤을 췄다. 노래와 춤은 가장 자연스러운 몸의 표현이라고 그들은 생각했다. 자유와 평화가 몸의 표현을 통해 그들이 추구한 것이었다. 노래하면서 억압하거나 춤을 추면서 싸우는 것은 불가능하다고 그들은 믿었다.

그러나 세계 각지에서 수백 명의 자연주의자들이 모인 구루 공원은 일반 시민들도 이용하는 곳이었다. 출입에 제한이 없는 곳이므로 누구나 들어오고 나갈 수 있었다. 행정당국은 그 점을 경계했다. 개더링에 참여한 자연주의자들은 숲에서는 옷을 입지 않거나 거의 입지 않고 돌아다녔고 먹을거리를 구하기 위해 시내에 나와 버스킹을 하기도 했다. 그들의 난잡함이 풍속을 해친다는 여론이 일부에서 생겨났다. 자연스러움은 난잡함으로 매도되었다. 그것을 구실로 경찰은 그들을 일반 시민들과 분리하려고 했다. 명분은 개더링에 참가하고 있는 자연주의자들을 보호하기 위해서라고 했지만 실은 그들의 '난잡함'에 오염되지 않도록 시민들을 지키기 위해서였다. 경찰은 공원 안에 있는 작은 호수를 경계로 담을 만들었다. 2미터가 넘는 높이의 나무로 된 담이 사흘 만에 세워졌다. 그리고 개더링 참가자들에게는 공원으로 들어가는 아홉 개의 문 중 사람들의 왕래가 가장 적은 하나의 문을 통해서만 출입하게 했다. 일반인들에게는 그 문의 출입이 금지되었다.

그런데도 한 달 반 동안 열릴 예정이었던 구루공원의 개더링은 20일 만에 중단되었다. 불순 세력의 테러 첩보를 입수했다며 경찰들이 공원에 진입해 참가자들을 해산시켰기 때문이다. 당연히 저항이 있었다. 숲속에서 진행되는 자연주의자들의 축제에 무슨 폭탄 테러란 말인가. 그들은 무기가 없었고, 무기가 있더라도 사용할 줄 몰랐다. 자연주의자들은 평화주의자이기도 했으니까. 그들의 저항은 맨몸으로 버티다 무력하게 끌려가는 것이었다. 경찰은 그들을 버스에 태워 국경 밖으로 내보냈다.

그러나 그 모임에 참여한 모든 사람이 순순히 경찰의 지시에 따라 버스에 오른 것은 아니었다. 경찰의 해산 지시를 이해할 수 없다며 버티던 소수의 남녀가 몸에 아무것도 걸치지 않은 채 잔디밭에 드러누웠다. 누운 채로 노래를 불렀다. 노래만 불렀다. 구호를 외치지도 않았다. 노래는 공원의 하늘을 물들이며 퍼져나갔다. 경찰은 그들이 100명쯤 된다고 추산했다. 그리고 그 가운데 위험분자들이 숨어 있을 개연성이 매우 높다고 판단했다. 경찰은 불순 세력에 의한 폭탄 테러 첩보를 신뢰하는 것처럼 행동했다. 대부분의 순수한 자연주의자들은 경찰의 지시에 따라 순순히 해산했는데, 그렇지 않은 자들이 정말로 자연주의자들이 맞는지 의심해보아야 한다고 그들은 판단했다. 해산을 설득하며 그들은 말했다. 당신들 대부분의 순수성을 의심하지 않는다. 우리는 자연주의자들을 존중하고 개더링의 성공적인 개최를 위해 협조해왔다. 그러나 불순한 세력이 당신들의 순수성을 이용하고 있다는 것을 모르는가? 당신들의 순수한 모임 속에 불순한 그들이 침투해 있다. 당신들이 위험하다. 당신들의 생명과 명예와 안전을 위해 우리에게 협조하라……. 경찰의 설득은 성공하지 못했다. 마지막까지 남은 자연주의자들은, 위험한 것은 무기를 가진 자들이라고 응수했다. 우리가 위험한 것은 무기를 가진 당신들이 우리 속으로 들어왔기 때문이다. 자연주의자들의 정신을 먹칠하고 우리를 욕보이려고 하지 말라. 우리의 순수성을 이용하는 것은 당신들이다…….

대치는 오래 가지 않았다. 경찰에게는 인내심이 없었다. 그들에게는 인내할 이유가 없었다. 자연주의와 평화주의를 표방하는 개더링에 침투해 들어온 폭력주의자들은 인내와 용서의 대상이 아니었다. 이 명분이 그들의 폭력행위에 정당성을 부여했다. 12시간을 기다린 끝에 행동을 시작한 그들은 폭력의 가능성을 제거한다는 명분으로 폭력을 사용했다. 알몸의, 저항할 어떤 무기도 가지고 있지 않고 저항할 의지 역시 없는, 어린아이부터 노인에 이르는(나이가 가장 어린 사람은 다섯 살이었고, 가장 많은 사람은 예순여섯 살이었다), 세계 각국에서 온 103명의 자연주의자들을 경찰은 힘으로 제압하고 연행했다. 땅에 누운 채 노래를 부르며 저항하는 이들은 순순히 일어나지 않았고, 경찰은 일어나지 않는 이들을 손쉽게 일으켜 세우려 했는데, 그들이 아는 가장 손쉬운 방법은 폭력이었기 때문에, 그리고 그들의 손에 폭력의 도구가 들려 있었기 때문에 그들은 그것을 사용했다. 그 과정에서 어쩔 수 없이 부상자가 나왔다. 젊은 여자가 끌려가지 않으려고 몸부림을 치다가 경찰이 휘두른 곤봉에 머리를 맞고 쓰러졌다. 피가 튀어 가까이 있는 동료들의 맨몸에 붉은 무늬를 만들었다. 붉은 피는 석양 아래서 더욱 붉었다. 여자는 쓰러져 일어날 줄 몰랐다. 경찰이 일으켜 세웠지만 똑바로 서지 못했다.

자연주의자들의 자연, 평화주의자들의 평화는 그렇게 무너졌다. 억제되어 있던 그들 안의 뜨거운 붉은 기운이 일렁이면서 무리들 속으로 삽시간에 퍼져나갔다. 그들은 그 기운을 함께 느꼈다. 그리고 그 기운은 기어이 밖으로 표출되어 나오고 말았다. 언제나 그런 것처럼 리더는 없었다. 조직도 주동자도 없고 지침도 전술도 없었다. 있다면 눈에 보이지 않는, 그 뜨거운 억제된 붉은 기운이었다. 석양의 빛 아래서 더 선명하게 붉은 동료의 피였다. 그들은 옆에 있는 사람의 팔을 자기 팔에 감고 어깨동무를 했다. 그들은 하나의 거대한 띠가 되어 한 자리를 맴돌았다. 그들의 입에서 고함이 터져나왔다. 그것은 더 이상 평화의 노래가 아니었다. 누군가 구호를 외쳤고, 그러자 모두 한 목소리로 따라했다. 폭력과 전쟁과 살인과 억압과 통제를 반대한다는 그들의 목소리는 절규가 되어 붉게 물든 저녁 무렵의 하늘을 태웠다. 하늘은 오래 붉은 채 있었다.

그러나 그들의 절규는 공원 밖으로 빠져나가지 않았고, 그들을 포위하고 있는 경찰들의 바리케이드도 넘어가지 못했다. 예상치 않은 평화주의자들의 저항에 경찰은 잠시 당황했지만 곧 전열을 가다듬고 휘두르며 달려들었다. 그러나 한 몸이 되어 엉킨 그들을 떼어놓을 수 없었다. 그들은 떼어졌다가도 다시 붙고, 피를 흘리면서도 서로를 끌어안았다. 끈적끈적한 피가 마치 강력한 접착제와 같이 서로를 떨어지지 않게 붙이는 역할을 하는 걸까. 진압에 나선 경찰관 중에는 그런 생각을 한 사람도 있었다. 심상치 않은 기운을 느낀 경찰은 병력을 더 요청했고, 추가로 투입된 경찰들은 총을 들고 나타났다. 그들은 한 몸이 되어 뭉쳐서 노래를 부르고 구호를 외치는 알몸의 평화주의자들을 향해 총을 겨눴다. 해산하지 않으면 발포한다는 경고가 몇 차례 이어졌다. 그 경고는 누구의 귀에도 들리지 않았다.

사람의 생명과 안전을 지키는 일을 하는 경찰이 인간의 알몸을 표적 삼아 정말로 총을 쏘리라고 생각한 사람은 많지 않았다. 그러나 경찰의 총구에서 총알이 나와 어떤 구호인가를 따라 외치던 한 사람의 희고 여린 피부 속으로 뚫고 들어갔다. 이어서 몇 발이 더 발사되었다. 총소리는 어두워져가는 하늘을 찢고 공원 밖으로 달려갔다. 세상은 총소리에 짓눌렸다. 폭풍과도 같은 정적이 하늘에서 내려온 검은 막처럼 세상을 덮었다. 자연과 자유와 평화의 기치를 내건 개더링은 폭력과 절규와 증오의 현장이 되었다.

경찰이 죽거나 다친, 이른바 테러 용의자들 전부를 다섯 대의 버스와 트럭에 나눠 태우고 현장을 떠난 후 한 시간이 지나지 않아 그들이 알몸으로 누워서 노래 부르던, 붉은 피무늬의 그들이 서로의 팔로 서로를 묶어 한 몸이 되어 소리 지르던 풀밭 가까운 곳에서 불길이 치솟았다. 불은 자연주의자들이 머물던 구역 전부를 태우고 빠르게 퍼져나갔다. 구루공원 전체 면적의 약 3분의 1 정도의 숲이 그날 소실되었다. 바람이 강하게 불지는 않았지만 불길은 더디 잡혔다. 불은 숲을 검게 만들었다. 흰 것도 검게 만들고 파란 것도 검게 만들었다. 붉은 것도 검게 만들었다. 현장이 사라졌다. 낭자하던 핏자국은 검은 자국만 남겼다. 불은 핏자국조차 태워버렸다.

"그날 이후 구루공원으로 들어가는 서쪽 문이 폐쇄되었어요. 숲은 웬만큼 회복되었지만 문은 아직 열리지 않고 있어요." 류는 중간에 물을 마실 때 말고는 쉬지 않고 이야기를 들려줬다. 어떤 대목에서는 흥분해서 소리가 높아졌고, 어떤 대목에서는 일어난 일을 부정하고 싶은 듯 고개를 절레절레 저었다. 추리소설 작가를 꿈꾸는 사람답게 류가 워낙 실감나게 이야기를 전했으므로 황선호도 감정이입이 되었다. 세상에! 어떻게 그런 일이! 같은 추임새가 저절로 나왔다.

그러다가 이야기를 듣는 도중 슬금슬금 의문이 생겨났다. 그런데 이 이야기를 왜 하지? 알아냈다는 굉장한 이야기가 이것인가? 굉장한 이야기이긴 했다. 그러나 그가 궁금해하는 이야기는 아니었다. 그가 궁금해하는 이야기가 이게 아니라는 건 류도 모르지 않을 것이다. 그냥 하는 이야기가 아닐 것이다. 그렇다면 이 굉장한 이야기는 왜 하는 것일까? 이 굉장한 이야기는 어디로 연결되는 것일까? 질문은 쏟아지는데 답은 찾아지지 않았다. 그런데 문득 서늘한 느낌이 들면서 가슴이 두근거렸다. 류는 황선호의 그런 마음을 읽고 있었다. "이 이야기를 왜 이렇게 길게 하는지 궁금하지요? 그 사건이 당신이 찾는 '친구들의 집'과 연루되어 있어요. 들어보세요." 다시 이 야기를 이어가려던 류는 마침 걸려온 전화를 받기 위해 멈췄다. 통화는 길지 않았다. 네, 그럼요, 지금 바로, 같은 짧은 말을 하고 전화를 끊었다. 그리고 시계를 확인하고는 일어나자고 했다. 의아해하는 황선호에게 류가 말했다. "나에게 이 이야기를 들려준 사람이 있어요. 뭐 굳이 말하자면 정보원이라고 할까. 더 이야기를 들으려고 그분에게 메시지를 남겨뒀는데, 지금 시간을 낼 수 있다고 연락이 왔거든요. 잘 됐어요. 그분에게 직접 듣는 게 좋겠지요. 안 그래요?"

24

류가 황선호를 데리고 간 곳은 '몰리'였다. 황선호가 보보에 와서 유일하게 마음에 들어 한, 맥주 팍을 마실 수 있는 펍. 그는 그곳의 단골이었고, 주인인 필과는 꽤 호의적인 관계를 유지해온 터였다. 류는 택시를 타고 가면서 그들이 만나러 가는 사람이 지금은 없어진 '친구들의 집'에 대해 아주 잘 아는 사람이라고만 했을 뿐 누구인지는 말하지 않았다. 펍의 주인이라는 말도 하지 않았다. 그도 그럴 것이 류는 황선호가 그 펍의 단골이라는 것도, 펍의 주인인 필과 제법 친한 사이라는 것도 모르고 있었다. 황선호가 택시에서 내리며 여기 온 적이 있다고 하자 그때야 류는 그럼 이 집 주인을 만나본 적이 있느냐고 물었다. 황선호가 그와 대화를 꽤 많이 나누었다고 하자 류는 신기하다는 듯 황선호와 펍의 간판을 번갈아 보았다.

황선호는 어리둥절했지만 펍의 주인인 필은 류와 함께 펍의 문을 열고 들어오는 그를 보고도 놀라는 표정이 아니었다. "강진 씨일 거라고 짐작했습니다." 필은 팍의 상표가 표시된 탭에서 맥주를 따르며 친근하게 웃었다. "아, 그래서 인상착의를 물으셨군요." 류가 바 앞에 필을 마주 보고 앉으며 이제 알겠다는 듯 고개를 끄덕이며 말했다. "이 사람이 '친구들의 집'을 찾는 외부인이 있다고 했을 때 바로 강진 씨가 떠올랐습니다. 기억나요? 두통에 대해 호소할 때 당신의 표현이 그 친구와 너무 똑같아서 놀랐거든요. 당신이 그 친구에 대한 기억을 불러일으켰어요. 그와 함께했던 한 시절, 그리고 그 친구에 대한 마음의 부담까지 살아나게 했어요. 이런 일이 일어날 거라는 생각을 하지 않고 살아와서, 이게 무슨 일인가, 좀 혼란스럽기도 했어요." 황선호는 맥박이 빨라지는 것을 느끼며, 그 사람이 '노란 친구'로 불리었느냐고 물었다. 필은 고개를 끄덕였다. "그랬지요. 그 친구가 자기를 노란 친구라고 불러달라고 했어요. 하지만 우리는 그냥 친구라고 불렀어요. 우리는 서로를 친구라고 불렀어요. 그도 나를 친구라고 불렀어요." 필이 황선호와 류 앞에 맥주를 놓았다. 황선호는 갈증 난 사람처럼 서둘러 들이켰다. 류는 마시는 걸 잊고 두 사람을 번갈아 쳐다보았다. 펍 안에는 그들 말고는 없었다. "과거가 빠른 속도로 갑자기 나에게 달려오는 것 같았어요. 과거의 한 시간이 뚝 떼어져 현재의 시간에 꿰매지는 것과 같은 느낌이라고 할까. 아니, 그 친구가 그 시간을 묻어버리고 사는 나를 나무라는 것 같기도 했어요. 기억하라고 채근하는 것 같았어요……."

필은 그 친구를 처음 만난 날을 회상했다. "자전거를 타고 세계를 떠돌아다닌다고 했어요. 여기저기 다니며 글을 쓰는데, 어쩌다 보니 여기까지 오게 되었다고." 필이 아버지가 하던 펍을 인수받은 지 얼마 되지 않았을 때였다. "지금 생각하니 그 친구도 펍을 좋아했어요. 당신이 좋아하는 그 수도원 맥주요. 아마 거의 매일 찾아왔을 겁니다. 저녁 무렵에 자전거를 타고 나타나 저기 앉아서 맥주를 마시며 무언가를 쓰곤 했던 게 기억납니다. 이 도시를 아주 마음에 들어 했어요. 세계 곳곳을 다녔지만 보보처럼 투명한 하늘을 본 적은 없다고 했어요. 이 도시의 바짝 마른 햇빛을 좋아한다고 여러 번 말한 게 기억나요." 이 도시에 일주일 머물다가 떠날 예정이던 그의 일정에 차질이 생긴 것은 길거리에 쓰러져 병원에 실려갔기 때문이었다. 그는 한낮에 도시 외곽에 있는 사막을 자전거로 횡단했는데 돌아오는 길에 탈진해서 쓰러졌다. 다행히 지나가던 사람이 발견해서 병원에 갈 수 있었다고 했다. 그는 사흘간 입원해 있었다. 병원에서 나온 후에도 며칠 동안 기력을 회복하지 못했다. 누적된 피로와 영양 결핍이 이유였다. 그는 의사로부터 무조건 쉬어야 한다는 처방을 받았다. 그때도 여기 자주 와서 맥주를 달라고 했는데, 환자에게 술을 줄 수 없어서 거절했다고, 그래도 어�찌나 조르는지 어떨 때는 반잔만 따라줬다고 회상하면서 필은 쓸쓸하게 웃었다. "그 무렵에 내가 쟝이라는 친구를 소개해줬어요. 정확하게 말하면 쟝이 아니라 쟝의 스승을 소개했다고 해야겠지요. 쟝은 대학에서 철학을 공부하던 친군데 그 교수를 따라다니며 무술을 배우더니 어느 날 아예 '친구들의 집'에 들어가 지내고 있었거든요. 난 쟝 때문에 '친구들의 집'의 후원자가 되었어요. 나중에는 가게에서 필요한 감자나 양파 같은 농산물과 달걀을 거기서 공급받았어요. 나야 어차피 필요한 물건이고 또 거기 품질이 좋았으니까 마다할 이유가 없었고. 암튼 마침 그 친구가 펍에 와 있을 때 쟝이 달걀 배달을 왔길래 인사를 시켰어요. 그의 스승이 침을 놓아 아픈 사람을 고쳤다는 소문을 들었거든요. 그 친구 워낙 호기심이 많은데다가 자전거도 못 타고 어디 다니지도 못하니 좀 무료했겠지요. '친구들의 집' 이야기를 듣더니 바로 따라가겠다고 하더군요." 그 길로 쟝을 따라 나선 그 친구가 그곳에 정착하게 될 줄은 몰랐다고 필은 말했다.

필이 다니던 대학의 아시아학과에는 세계 각국을 오랫동안 돌아다니며 한때 아시아 어느 지역에서 승려 생활도 했다는 특이한 이력의 교수가 있었다. 아시아학과는 그가 철학과 교수로 임용된 후 만든 신설학과였다. 그는 아시아의 여러 언어를 구사했고, 동양사상과 명상과 침술과 무술에 능통했다. 괴짜로 소문난 그 교수에게 매료된 젊은이들이 많았다. 철학도였던 쟝도 그에게 빠져 동양사상과 명상과 침술과 무술을 배웠다. 교수는 배우기를 원하는 사람이 있으면 누구에게든지 가르치기를 마다하지 않았다. 원하는 사람이 있으면 언제나 어디나 가리지 않고 찾아갔다. 캠퍼스 안에서 그는 화제의 인물이었다. 실제로 갑자기 쓰러져 호흡곤란을 일으킨 학생의 맥을 손가락으로 짚어 낫게 한 일도 있었다. 그는 우리 몸 안의 기의 흐름을 잘 이해하면 누구나 할 수 있는 쉬운 일이라고 말했다. 그는 몸과 정신의 혼연일체를 말하고 기의 바른 흐름을 유지하기 위한 수련을 강조했다. 명상과 무술이 그것이었다. 꼭 그 때문만은 아니지만 교수를 추종하는 이들의 범위가 학교 밖까지 퍼져나갔다. 그들 중 어떤 이들은 침술에 관심을 보이고, 어떤 이들은 명상에 매료되고, 어떤 이들은 무술 연마에 집중했다. 그를 따르는 이들은 십대부터 육십대까지 연령층이 다양했고, 목수부터 고위공무원까지 직업도 다양했다. 그들은 시간을 내서 교수를 찾아왔고 교수는 그들을 거절하지 않았다. 그러다 보니 교수의 연구실과 집은 늘 사람들로 북적거렸다. 자연스럽게 그들이 함께 수련할 공간의 필요성이 대두되었다.

추종자들 가운데 부모로부터 땅을 많이 물려받은 사업가가 한 명 있었는데, 그가 자기가 가진 도시 외곽의 꽤 넓은 땅을 수련 공간으로 내놓았다. 풀이 우거진 채 버려져 있던 그 땅에 아담한 집 한 채가 들어서는 데는 한 달이 채 걸리지 않았다. '친구들의 집'이라는 이름은 교수가 지었다. 처음에 그곳은 교수를 따르는 이들이 시간 날 때 모여서 공부와 수련을 하는 곳이었으나 더 시간을 내서 더 깊숙이 들어가기 원하는 이들이 생겨나면서 숙식을 하며 거처하는 곳으로 바뀌었다. 그중에는 딱히 돌아갈 곳이 없거나 돌아가지 않아도 상관없는 사람이 있었다. 시간이 지나면서 세상의 혼란과 폭력, 가난과 불의에 지친 이들이 피난처처럼 이곳으로 들어왔다가 떠나지 않으려 했다. 그런 이들에게 이곳은 매우 유용한 공간이 되었다. 이런저런 이유로 그 집에서 숙식을 함께하는 사람의 숫자가 불어났고, 그 결과 자연스럽게 일종의 느슨한 공동체가 만들어졌다. 그들은 그곳에서 명상하고 공부하고 운동했다. 누구도 계획하지 않았고 누구도 예상하지 않은 일들이 연달아 일어났다. '친구들의 집'이 꼴을 갖춰가는 데 교수는 주도적인 역할을 하지 않았다. 교수는 말했다. "사람이 물의 흐름을 기획할 수 없다. 물의 흐름에 따라 흐르는 것이 사람의 일이다."

조금 더 시간이 지나면서 교수의 가르침을 받아 공부와 수련을 하는 일에 매료된 이들 가운데 세상에서 직업을 얻고 가정을 이루는 평범한 삶을 하찮게 여기거나 그와는 다른 삶을 동경하는 이들이 생겨났다. 그들은 '친구들의 집'을 자기 집으로 삼았다. 세상에서 가지고 있던 직업과 가정을 버리고 '친구들의 집'에 들어와 살려고 하는 이들도 생겨났다. 물론 소수였고, 교수는 그들에게 세상에서 직업을 가지고 가정을 이루고 사는 평범한 일의 중요함을 강조했지만 자기 내부에 세속의 욕망과는 질적으로 다른 엄청난 에너지가 잠자고 있다는 사실을 알게 된 이들의 열망을 잠재울 수는 없었다. 세상이 알지 못하는, 자기들만의 비밀스러운 세계를 공유하고 있다고 믿은 소수의 초기 구성원들은 세상의 작동 원리와 그들이 가치 있다고 여기는 삶의 원칙 사이의 균열을 점점 더 심각하게 인식하게 되었고, 그런 만큼 그들끼리의 결속력은 더욱 강화되어 갔다.

그곳에 머물며 지내는 사람들이 늘어나면서 '친구들의 집'은 정말로 집이 되어갔다. 집이 되어간 증표는 생활이었다. 그들은 세상에서의 생활을 하찮게 여기고 들어왔지만, 들어온 곳에서 다른 차원의 생활을 영위함으로써 세상에서의 생활의 하찮음을 증명해야 했다. 이곳에서 제대로 생활하는 것이 세상의 생활로부터 제대로 떠났음을 알리는 증거가 되는 셈이었다. 모임이 임시적이고 체류하는 사람의 숫자가 소수일 때는 불규칙적으로 들어오는 후원가들의 호의에 기대 지낼 수 있었지만 규모가 커지자 그것으로 충분하지 않게 되었다. 자립이 필요했다. 그들은 집 앞에 널린 넓은 땅을 가꾸기 시작했다. 농작물을 심고 거뒀다. 이제 '친구들의 집'에 머무는 사람들의 일과에 명상과 공부와 운동 외에 노동이 추가되었다. 거둔 것을 먹고 남은 것은 내다팔았다. 규모가 조금씩 커졌다. 나중에는 닭을 키우고 과일을 거두고 잼을 만들어 팔았다.

'친구들의 집'에 기거하는 친구들의 규모는 들쭉날쭉했지만, 세상의 시끄러움을 피해 공동체를 찾아오는 사람은 점점 늘어갔다. 독립국이 된 후 파벌 간 싸움이 수그러들지 않고 확산되더니, 급기야 내전 상태로 변하면서 시국이 어수선하고 뒤숭숭해진 것도 이 공동체의 존재를 도드라져 보이게 한 요인이 되었다. 그에 따라 건물이 늘어났다. 처음 지은 건물의 양옆으로 건물들을 길게 이어 붙이다가 차츰 안쪽으로 꺾어 들어 ㄷ자 모양의 건물을 만들었다.

의도한 것은 아니지만, 시간이 흐르면서 공동체 안에 어떤 규칙 같은 것이 자연스럽게 생겨났다. '친구들의 집'은 사람들이 들어오고 나가는 것에 어떤 제한도 두지 않았다. 들어오고 싶은 사람은 들어오고 나가고 싶은 사람은 나갔다. 들어왔다가 나가거나 나갔다가 들어오는 사람도 있었다. 그러나 머무는 동안에 명상과 공부와 운동과 노동은 의무적 사항으로 권유되었다. 그 의무적 사항을 버거워하거나 게으름을 피우는 이들은 '친구들의 집'을 떠나도록 권유받았다. 물론 권유는 권유 이상이 아니어서 강제적이지 않았다.

'친구들의 집'에 머무는 이들은 서로를 친구라고 불렀다. 그 집의 이름에서 자연스럽게 유출된 것이지만, 그전부터 교수가 자기를 따르는 이들을 부를 때 즐겨 쓰던 호칭이기도 했다. 나이와 성과 직업과 신분과 상관없이 동등하다는 의미에서 친구는 형제보다 나은 호칭이었다. 형제라는 호칭에 포함되어 있는 무의식적인 위계와 혈연적 구속이 친구라는 호칭에는 없었다. 형제라는 호칭은 외부 사람들에게 배타적이고, 내부적으로도 형과 아우에게 주어진 태생적인 힘의 불균형으로 인해 시기와 다툼과 분쟁이 발생할 소지를 품고 있지만 친구는 그렇지 않다고 교수는 말했다. 그는 온 인류가 친구가 되는 완전한 세상에 대한 포부를 자주 피력했다. 어떤 사람도 다른 사람 위에 있지 않고 다른 사람 아래 있지 않다. 친구는 옆에, 같이, 더불어 있는 사람에게 옆에, 같이, 더불어 있는 사람이 부르는 이름이다. 인간이 가진 어떤 조건도, 예컨대 피부색이든 생김새든 몸무게든 성이든 종교든 재산이든 지능이든 나이든 취향이든 차별의 구실이 되지 않는다. 그는 모두가 친구가 되는 세상을 지향했다. 그는 모든 사람을 친구로 불렀고 자기도 친구로 불리기를 원했다. 그는 이 공동체의 정신적인 스승이었지만, 다른 이들과 똑같이 한 명의 친구로서 명상하고 공부하고 운동하고 노동했다. 그 점에서 그는 모범이었다. 그는 어떤 지시를 하지 않았고 어떤 조직도 만들지 않았지만, 친구들은 그의 가르침에 따라 공동체를 운영했다. 그는 친구로 불리길 바랐지만, '친구들의 집'의 친구들은 그를 스승으로 생각했다. 친구인 스승의 가르침은 공동체의 보이지 않는 정신이 되었다.

세상을 떠돌던 그 친구, 김경호가 어느 날 들어간 '친구들의 집'은 그런 곳이었다. 처음부터 그곳에 정착할 생각을 한 것은 아니었다. 몸이 회복되기를 기다리며 '친구'들과 어울렸는데, 그 과정에서 그 공동체의 삶의 방식에 호감을 느끼게 된 모양이라고 필은 말했다. '스승'의 정신적인 힘에 이끌렸을 수도 있고 긴 세월 세상을 떠도는 생활에 변화를 주고 싶었을 수도 있다. "스승이 아시아 어느 지역에서 승려 생활을 한 적이 있다고 했잖아요. 스승이 승려 생활을 한 곳이 그 친구의 나라였어요. 이게 그를 '친구들의 집'에 머물게 하는 데 얼마나 영향을 미쳤는지 모르겠지만, 아무튼 두 사람이 우리가 모르는 말로 대화하는 걸 자주 보았어요. 스승이 누워 있는 큰 불상이 있는 절에서 지낸 이야기를 하던 게 기억나요. 미륵이라고 했던가, 세상에서 제대로 대접받지 못하고 사는 사람들을 구하기 위해 온다는 메시아적 희망이 그 불상에 스며 있다고 했던 것도. 그 절과 가까운 어떤 도시에서 일어난 비극적인 사건에 대해 이야기할 때는 분위기가 아주 서늘했어요."

때가 되었는데도 나가지 않고 그곳에 머물겠다는 뜻을 나타내는 그 친구에게 '친구들의 집'은 그들과 똑같이 명상하고 공부하고 운동하고 노동도 해야 한다는 조건을 제시했다. 그는 그 제안을 선뜻 받아들였다. "어차피 나는 뭐 여기저기 떠돌아다니는 사람이에요. 내가 있는 곳이 집이지요." 이곳만큼 집처럼 느껴지는 곳이 없었다고 그는 말했다. 그곳에 머무는 동안 그는 친구들과 똑같이 생활했다. 같이 일어나고 같이 잤다. 같이 명상하고 공부하고 운동하고 일했다. 가끔 스승과 대화를 하고 몸에 밴 습성대로 자주 무언가를 썼다. 취재하듯 친구들에게 이것저것 묻기도 했다. 한동안은 그랬다. 그러나 그는 서서히 달라졌다. 외부와 내부를 가르는 문턱에 서서 양쪽을 견주던 그는 어느 순간 훌쩍 문턱을 넘어 안으로 들어왔다. 그는 '친구들의 집'의 친구들처럼 되었고, 친구들보다 더 친구처럼 되었다.

그리고 그 일이 생겼다. 어느 날 친구들과의 저녁식사 자리에서 자연주의를 표방하는 이들의 개더링에 대한 이야기를 꺼낸 이는 그 친구였다. 그가 그곳에 오기 전에 세계를 돌아다니며 만난 사람은 많았다. 무엇보다 그는 그와 마찬가지로 자전거를 타고 세계를 여행하는 사람들과 친하게 지냈다. "그 친구가 그런 것처럼 그들은 대개 혼자고, 도시가 아니라 사람들이 많이 다니지 않은 시골길을 주로 달리고, 야외에서 잠을 자는 경우가 많으니까 가끔 외로움을 느끼기도 하지 않겠어요? 그럴 때 같은 처지의 자전거 여행자를 만나면 혈육을 만난 것처럼 반갑겠지 않겠어요?" 필은 그 친구가 자전거를 타고 다니면서 겪은 이야기를, 주로 맥주를 마시면서 들려주었다고 했다. 두세 명 정도 팀을 이루어 다니면 덜 하겠지만, 자기는 처음부터 혼자 다녔기 때문에 자주 극심한 외로움을 앓았다고, 특히 깊은 밤 산이나 바닷가에서 야영을 할 때, 무수하게 많은 하늘의 별들이 자기 몸을 향해 쏟아질 때, 알고 지내던 사람들과의 거리가 아득히 멀게 느껴질 때, 밀려들어오는 외로움을 감당할 수 없어 혼자 엉엉 울기도 했다는 말을 들었다고 했다. 혼자 있는 걸 좋아하는 사람도 항상 그러는 건 아니라고. 사람들과 어울리는 걸 좋아하는 사람이 가끔은 혼자 있고 싶어 하는 것처럼 혼자 있는 걸 좋아하는 사람도 가끔은 마음이 맞는 사람과 어울리고 싶어 한다고. 그럴 때 같은 자전거 여행자를 만나면 무조건 반가워 급격히 친해지게 된다고. 헤어지기 아쉬워 코스를 조정해가며 한동안 함께 여행을 하기도 한다고.

　자전거를 타고 세상을 떠도는 이들 가운데는 자연주의자들이 많았다. 그들은 아무 데서나 야영을 하고 먹을 것이 필요하면 도시의 광장에서 버스킹을 해 돈을 모았다. 돈이 모이면 다시 자전거 위에 올라탔다. 그 친구도 그들과 함께 여행을 한

적이 있었다. 그들과 함께 버스킹을 하고 그들과 함께 야영하고 그들이 피우는 환각제를 같이 피우고 그들과 마찬가지로 알몸으로 바닷가를 뛰어다니기도 했다. 그들과 함께 다른 대륙에서 열린 개더링에 참여한 그는 그것을 글로 써서 자신의 여행기에 소개했다. '자연과 함께, 자연스럽게, 자연 그대로'가 그들의 모토라고 그는 썼다. 자유와 평화, 그리고 무엇보다 무욕. 노래와 춤, 그리고 자연과 한몸 되기. 그들은 문명과 폭력과 탐욕과 억압과 모든 종류의 인위적인 것을 거부했다. 그들은 거의 항상 걸어다녔고, 자연 상태의 음식이나 최소한으로 조리된 음식을 먹었다. 몸을 가리는 옷을 전혀 입지 않거나 최소한의 옷을 입었고, 재산을 쌓아두거나 한곳에 정착하는 것을 수치로 여겼다. 하루치 양식이 있고 친구가 있고 음악이 있으면 만족했다. 이곳에서 저곳으로 철새처럼 이동하며 지냈다. 뜻을 같이하는 이들이 합류하면 큰 무리가 만들어졌다. 대개의 경우 개더링은 그런 식으로 자연스럽게, 인위적 계획이나 구성이 아니라 우연한 작용에 의해 이루어졌다.

한때 함께 여행하며 친하게 지냈던 이들이 그 친구에게 연락을 취해온 것은 그가 '친구들의 집'에 들어온 지 6개월쯤 지났을 때였다. 그들은 그가 있는 곳에서 멀지 않은 지역에 머물고 있었는데, 보보가 다음 개더링 장소가 될 거라고 연락해왔다. 이 도시의 투명한 하늘과 순수한 햇빛을 생각하면 자연주의자들의 개더링 장소로 손색이 없긴 했다. 그렇지만 그 많은 숫자가 여러 날 모여 지내려면 구별된 공간을 확보해야 하는데, 그러기에 적합한 장소는 아니었다. 그들이 사는 방식을 이해하지 못하는 사람들의 이해를 구하려는 노력을 할 마음이 자연주의자들에게는 없었다. 보보에 와서 산 지 고작 6개월밖에 되지 않은 그는 개더링 장소를 추천할 적임자가 아니었다. 친구들에게 그 이야기를 꺼낸 것은 그래서였다. 삼면이 바다니 어딜 가나 모래밭이 있었지만 사방이 트여 있어서 일반 시민들 눈에 띌 것이므로 적합하지 않았다. 친구들은 그들의 지나치게 자유로운 어떤 모습들, 가령 옷을 전혀 입지 않거나 거의 입지 않는다든가 환각 성분이 있는 자연 상태의 식물에서 채취한 환각제를 흡입하는 것과 같은 모습들이 그들의 세계에 속하지 않은 이들에게 어떻게 비칠지 우려했다. 구루공원을 추천한 사람은 장이었다. 공원은 도시 규모를 생각할 때 지나치게 넓었고, 사람들이 많이 이용하는 편의시설들이 몰려 있는 일부 지역을 제외하면, 거의 비어 있는 땅에 울타리를 쳐놓은 것이나 마찬가지로 관리되지 않은 구역이 많았다. 출입을 금지하는 규정 같은 것은 없었지만, 풀과 나무가 자연 상태 그대로 방치되어 있는 안쪽 숲으로 들어가려고 하는 사람은 없었다. 그곳보다 더 좋은 장소를 추천한 사람은 없었다. 혹시 어떤 지원이 필요한지 문의했지만 자연주의자들은 장소 제공만으로 충분하다고 했다. 그 밖의 어떤 편의 제공도 원하지 않는 것은 그 대가로 돌아올 간섭을 받지 않기 위해서였다. 그해 이 도시의 공원에서 자연주의자들의 개더링이 열린 과정이 그러했다. 그곳에서 비극적인 일이 벌어질 거라고 예상한 사람은 아무도 없었다.

25

"친구들이, 그러니까 '친구들의 집' 사람들이 그 일이 벌어지던 날 구루공원에 갔었나요?" 필이 하는 말을 귀담아들으며 받아 적던 류가 물었다. 그의 목소리는 어떤 예감으로 떨렸다. 황선호는 숨을 죽이고 필의 대답을 기다렸다. 그날 공원에서 무슨 일이 일어났는지는 이미 들어서 알고 있었다. 그러나 자연주의자들의 개더링에 덮친 횡액이 친구들과 관련 있다는 내용은 새로 들은 내용이었다. 더구나 그 사람, 친구들에게 노란 친구라고 불러달라고 했다는, 자전거를 타고 세계를 여행하던 여행 작가 김경호와 직접 연관되어 있을 거라는 상상은 하지 못했다. 그런데 그해 개더링 장소로 구루공원을 추천한 것이 김경호와 '친구들의 집' 친구들이었다고 하지 않는가. 그것은 그냥 흘려들을 수 있는 소식이 아니었다. "전부는 아니고. 그렇지만 상당히 많이 참가했어요. '친구들의 집' 친구들이 그들과 공유하고 있는 가치가 꽤 있었으니까. 그 친구와 쟝이 그 모임에 간 것은 맞아요." 필은 목이 타는지 말을 하다 말고 물을 마셨다. "그 친구라면 김경호를 말하는 건가요?" 옆자리에 앉아 있던 류는 필의 말을 받아 적느라 그때까지 마시지 않던 자기 앞의 맥주를 들이켜고 나서 물었다. 필이 고개를 끄덕였다. 황선호는 빈 맥주잔을 들었다 놓았다. 필이 그의 잔에 맥주를 채웠다. 그러느라고 이야기가 잠시 중단되었다. 침묵은 세 사람의 마음속에 미묘한 파장을 일으켰다. 그 파장이 잦아들 때까지 필은 연거푸 물을 마시고 류와 황선호는 천천히 맥주를 마셨다.

"그때 그 친구는 그 현장을 찍었어요. 기록하는 자의 습성이 살아난 거겠지요. 그는 개더링에 참여한 사람들 대부분이 해산된 후 남은 103명이 저항의 수단으로 손을 잡고 바닥에 드러눕자 그 일을 기록으로 남겨야 한다고 생각했어요. 그래서 집으로 돌아가 오랫동안 방치해두었던 카메라를 꺼내 들고 그 숲속으로 갔어요. 그리고 그 현장을 찍었어요. 옷을 벗은 채 서로의 손을 붙잡고 풀밭 위에 누워 노래 부르는 자연주의자들을 사진으로 찍었어요. 그들을 잡아끌고 몽둥이를 휘두르며 진압하는 경찰들을 찍었어요. 자기 안의 본능이 시키는 대로 자기가 오랫동안 해오던 일을 한 거지요. 그러지 말았어야 한다고 생각하지는 않아요. 하지만 그러지 않았다면 어땠을까, 가정하게 되기는 해요. 그럼 상황이 달라지지 않았을까…….”

필은 말을 중단하고 다시 물을 들이켰다. 물을 들이켠 다음, 자기가 한 말을 스스로 부정하듯, 과연 상황이 달라졌을까? 하고 자문했다. 그러고 나서 다시 빈 컵에 물을 따라 마셨다. 마셔도 갈증이 사라지지 않는다는 듯이. 마실수록 갈증이 더 심해진다는 듯이. 마실수록 더 심해지는 갈증이 기억에서 비롯하는 것이라면, 이야기를 계속하는 한 갈증이 해소되기를 기대할 수는 없는 일이었다. 그러나 그는 이야기를 중단할 의사가 없어 보였고, 갈증이 사라지기를 원하는 것 같지도 않았다.

“그런데 그 사진이 세상에 나오지 못한 거지요? 그 사진이 공개되었다면 세상이 모를 리 없잖아요. 오래전에 원인을 알 수 없는 불이 나서 공원을 거의 다 태웠다. 그 일로 공원 일부가 폐쇄되었다. 그게 우리가 알고 있는 내용이란 말입니다. 어떻게 그럴 수 있는지…….” 류가 이해할 수 없다는 듯 연필로 자기 이마를 툭툭 치며 말했다. 필의 머리가 자동인형처럼 위아래로 움직였다. “벌을 받은 겁니다.” 필은 잦아드는 목소리로 말했다. 금지된 사건이나 인물에 대해 기억하지 말고 발설하지 말라는 오래전의 형벌은 지금은 사라졌지만, 한 시대도 안정된 세상에서 살아보지 못한 이 땅 사람들 속에 생존의 방법으로 내재화되어 있다고, 자기도 예외가 아니라고 말하는 그의 표정은 침울했다.

그러던 그가 고개를 들고 황선호를 향해 물었다. "말해봐요. 당신은 '친구들의 집'을 찾는다고 했지요. 내가 이야기를 더 해도 될까요? 아주 깊이 묻힌 이 기억을 끌어낼 이유를 당신이 가지고 있느냐고 묻는 겁니다." 황선호는 어리둥절한 표정을 지었다. 그는 좀 난감한 질문을 받은 것처럼 느꼈다. 무슨 말을 어떻게 하는 게 좋을까. 그 도시를 떠나 이 도시로 가기로 결정할 무렵의 일들이 이것저것 파편으로 떠올랐지만 어느 파편을 잡고 이야기를 시작해야 할지 모르겠다는 심정이었다. 필은 황선호의 표정에서 질문에 대한 답을 찾아낸 모양이었다. 그는 자기 앞의 두 사람을 번갈아 쳐다보며 하던 이야기를 이어갔다.

"류의 말대로예요. 그 친구의 사진은 세상에 나올 수가 없었어요. 그는 카메라를 빼앗겼고 103명의 알몸의 자연주의자들과 함께 트럭에 태워졌어요." 103명 중에는 60세가 넘은 남자도 있었고 6세가 되지 않은 어린이도 있었다. 그 친구는 103명의 마지막 저항자들 속에 속해 있지 않았지만, 그들과 동일한 혐의를 받고 그들과 같이 조사를 받았다. 사진을 찍은 행위는 알몸 시위보다 더 불온한 것으로 받아들여졌다.

그날 밤 원인을 알 수 없는 불이 나서 그 처참한 폭력의 흔적은 말끔히 지워졌다. 그리고 사회의 혼란을 획책하려는 불순분자들에 의해 구루공원에서 폭탄 테러가 있었고 원인을 알수 없는 화재가 발생했다는 보도가 나왔다. 더 이상의 언급은 없었다. 진압 경찰의 총과 몽둥이에 의해 죽은 자들과 다친 자들의 신상은 공개되지 않았다. 외국에서 들어온 자연주의자들은 바로 추방되었다. 외신 보도가 나갔지만 보보민주공화국은 사건 자체를 부인했고, 공원을 통제하듯 말이 퍼져나가는 것을 철저하게 통제했다. 물리적 증거가 없는 참가자의 소극적인 증언은 사실의 확실성에 대한 믿음을 흐릿하게 했다. 테러에 대한 공포와 권력을 잡고 있는 집단에 대한 공포가 그 의혹이 퍼져나가는 것을 막았다. 사람들은 그 사건을 입에 올리는 걸 꺼렸고, 자연스럽게 기억에서 사라져갔다.

그리고 사태는 엉뚱한 방향으로 전개되었다. 개더링의 장소로 구루공원을 추천한 '친구들의 집'의 친구들이 경찰의 주목을 받았다. 기원과 구성에 있어 외부의 어떤 지원이나 간섭도 받은 적 없는, 자신의 내부에 잠들어 있는 잠재력을 깨우는 것 말고는 어떤 일에도 관심을 두지 않는 사람들로 이루어진, 세상의 그 어떤 집단보다 비정치적이고 자유롭고 자발적인 이 특별한 공동체는 사회를 혼란에 빠뜨리고 분열을 획책할 목적으로 구성된 불순 단체로 의심받았다. 이들의 정신적 스승인 노교수의 비범한 정신세계는 악의적으로 비틀어져 비현실, 불합리, 몰상식의 사술로 매도되었고, 서로를 친구라고 부르는 이들의 호칭도 그릇된 신념의 주입을 위한 불순한 기획으로 곡해되었다. 세계 각지를 다니며 찍은 그 친구의 많은 사진들은 엉뚱하게 왜곡되었다. 수많은 사진 중에 분쟁지역의 무장한 소년들과 구호를 외치는 시위 현장의 노동자들과 남루한 옷차림의 거지를 찍은 사진들이 수상한 이념의 추종자임을 증거하는 자료로 이용되었다. 심지어 '친구들의 집' 안에서의 친구들의 생활방식에 대해서도 의도적인 곡해가 이루어졌다. 만들어진 적 없는 규율과 실천한 적 없는 행동들이 그럴듯하게 상상되면서 '친구들의 집'은 부도덕하고 폐쇄적이고 반사회적인 집단으로 낙인찍혔다.

'친구들의 집'은 강제로 철거되고 친구들은 해산 명령을 받았다. 다른 도시에서 온 친구들은 도시를 떠날 것을 강요받았다. 김경호에게도 추방령이 내려졌다. "떠났어야 했는데……." 필은 말을 멈췄다가 고개를 숙였다. 떠나지 못했군요, 하고 류가 물었다. 떠나지 않았지, 하고 필이 대답했다. "그 친구는 도시를 떠나려 하지 않았어요. 억지로라도 그 친구를 떠나보냈어야 했는데, 그러지 못했어요. 그 친구는 여기가 자기 집이라고 했어요. 여기서 살 거라고 했어요. 한동안 내 가게에서 숙식을 해결했어요. 나는 기회가 있을 때마다 이 도시를 떠나라고 권했어요. 다시 자전거를 타라고. 그게 당신이 살던 방식이 아니었느냐고. 어차피 여기 사람이 아니지 않느냐고. 그 친구는 말했어요. 나는 여기 사람이다. '친구들의 집'이 내 집이다. 나는 친구다. 그는 여기서 일어난 일을 세상에 알려야 할 사명이 자기에게 있다고 했어요. 다시 또 비겁한 사람이 되지 않겠다고 했어요." 그의 말을 받아 적던 류가 거기서, 잠깐만요, 하고 필의 말을 제지한 후, 그 일을 할 사명이 자기에게 있다는 건 무슨 뜻이었을까요? 다시 또 비겁한 사람이 되지 않겠다는 건? 하고 물었다.

필은 자기도 맥주를 마셔야겠다며 잔을 찾아 들었다. 그는 아주 천천히 맥주잔을 채우고 아주 빠르게 마셨다. "어느 날 저녁에, 가게 문을 닫고 둘이 여기 앉아 맥주를 마시던 중 그 친구가 자기 이야기를 했어요. 왜 자기 나라를 떠나 자전거를 타고 세상을 떠돌아다니게 되었는지. 그리고 왜 이 도시를 떠나지 않겠다고 하는지. 그것이 내 사명이다, 다시 또 비겁한 사람이 되지 않겠다고 한 말이 무슨 뜻인지. 그 말을 들은 그날 저녁 이후 나는 더 이상 그에게 이 도시를 떠나라는 충고를 할 수 없게 되었어요……. 그 이야기, 듣고 싶어요?" 황선호에게 하는 질문이 분명했다. 들을 준비가 되어 있느냐고 묻는 것 같았다. 황선호는 듣고 싶지 않다고 말하고 싶었다. 그러나 그의 말을 중단시키고 싶은 마음 한쪽에는 그의 말을 마저 듣고 싶은 마음이 같이 자리했다. 그래서 황선호는 어떤 반응도 보이지 못했다. 그의 눈치를 살피던 류가, 듣고 싶어요, 하고 대신 말했다. 필은 황선호의 얼굴을 거의 울 것 같은 표정으로 쳐다보았다. 그도 또한 말을 중단하고 싶은 충동을 느끼고 있는 거라고 황선호는 생각했다. 자기와 마찬가지로 그만 말하기를 중단하고 싶은 마음 한쪽에 내처 말하고 싶은 마음이 같이 자리하고 있어서 갈등하고 있는 거라고. 그 점에서 자기와 다르지 않다고. 결국 자기가 계속 듣는 쪽을 택할 수밖에 없는 것처럼 그 역시 계속 말하는 쪽을 선택하지 않을 수 없을 거라고.

"그 친구는 늦게 군대에 갔어요. 알다시피 그 나라 남자에게 군 복무는 선택이 아니라 의무인데, 대학원을 다니다가 갔으니 늦었죠." 필은 이야기를 이어갔다. 이 도시에서 친구라고 불리던 김경호의 젊은 시절 이야기였다. 어느 봄날 그의 부대는 한 도시의 소요를 진압하는 일에 동원되었다. 갑작스러운 차출이었다. 그들에게는 도시를 장악하고 무법천지로 만든 폭도들을 진압하라는 임무가 주어졌다. 살육이 있었다. 화염병을 던지는 시위대를 향해 최루탄을 쏘고 곤봉을 휘둘렀다. 총을 쏘았다. 알 수 없는 열기와 폭력, 광기가 그 도시를 휩쓸고 다녔다. 그는 임무를 수행하는 자였고, 그 열기와 광기는 주어진 임무를 수행하는 데 효과적이었다. 어느 정도는 살기 위해서 그런 열기와 광기가 필요했다. 그랬으므로 그 비이성적인 열기와 광기가 일으키는 일에 대해 의식하지 못했다. 그 도시에서 한 일에 대한 자각이 찾아온 것은 전역을 하고 얼마 있지 않아서였다. 급박한 움직임과 흥분한 목소리와 자욱한 최루가스와 고함과 울부짖음이 떠오르고 총소리와 살에 닿는 곤봉소리와 피투성이 몸이 떠올랐다. 떠올라서는 사라지지 않았다. 밤마다 악몽을 꾸다가 깨어났다. 악몽은 잠을 자지 않아도 찾아왔고 점차 구체적으로 변해갔다. 그의 곤봉에 맞고 피 흘리며 쓰러진 여학생의 얼굴이 시도 때도 없이 나타났다. 길을 가다가 맞은편에 오는 사람이 자기를 향해 달려드는 것 같은 환상을 보고 깜짝 놀라 뒷걸음치는 일도 생겨났다. 정상적인 생활이 불가능할 정도였다. 그렇다고 누군가에게 그 일을 털어놓을 수도 없었다. 그는 밤에 잠자지 못하고 낮에 움직이지 못했다. 그는 피폐해져갔다.

그 무렵 대학원 복학을 포기하고 들어간 출판사에서 한 여자를 만났다. 출판사에 먼저 들어와 있던 동갑내기였다. 서로에 대한 두 사람의 호감은 연애로 이어졌다. 그녀를 만나면 악몽을 잊을 수 있어서 좋았다. 그래서 자주 만났다. 그렇지만 오래가지 않아 그녀를 만나는 것이 괴로운 일이 되었다. 그는 설레는 마음으로 사랑하는 사람을 만나는 자신이 혐오스러워 미칠 지경이 되었다. 그는 누군가를 사랑할 자격이 자기에게 있는지 자꾸 물었다. 그녀에게 사정을 털어놓을까 고민했지만, 그것은 너무나 이기적이고 파렴치한 일이라고 생각했으므로 그럴 수 없었다. 그의 불안정한 상태는 사랑하는 사람에게 충실하지 못하게 했다. 그는 자주 신경이 예민해졌고 사소한 일로 화를 냈다. 그러고 나서는 자책하며 사과했다. 그런 일이 몇 번 반복되자 그는 그녀를 만나지 않으려고 피했다. 그러나 그가 그녀를 진심으로 사랑하고 있는 것 또한 사실이었으므로 그녀를 멀리하는 것도 힘들기는 마찬가지였다. 만나도 힘들고 만나지 않아도 힘들었다.

　얼마 지나지 않아 그는 회사를 그만두었다. 공부를 계속하기 위해서,라고 했지만 그것은 명분에 불과했다. 그는 대학원에 복학하지 않았다. 어떻게 된 일인지 묻는 그녀에게 그는 외국에 나가서 공부할 거라고 했다. 군에서 제대한 후 사회 적응을 잘하지 못하는 그에게 아버지가 유학을 권했다고 했다. 그의 아버지가 원한 것은 그가 공부하는 것이었지만, 그가 원한 것은 다만 나라를 떠나는 것이었다. 나라를 떠나는 것이 그를 괴롭히는 악몽과 자책과 망상으로부터 달아날 수 있는 유일한 길이었다. 그는 그녀를 사랑했지만, 사랑하기 때문에 그녀를 떠나야 한다고 생각했다. 그는 자기가 사랑하는 사람이 자기 같은 부실한 남자에게 사랑으로 묶여 부자유해지는 걸 용납할 수 없었다. 그는 그녀에게 악몽이 될 거라고 그는 생각했다. 그녀는 그를 떠나 자유로워야 했다. 그는 악몽의 과거로부터 달아나 멀리 달아남으로써 그녀를 자기에게서 떼어내고자 했다. 그렇게 하는 것이 그녀가 악몽에 붙들리지 않게 차단하는 길이라고 생각했다.

그를 아는 사람들은 그가 유학을 갔다고 생각했다. 처음에는 그녀도 그런 줄 알았다. 대학에 등록을 하고 학생 비자를 받아 떠났으니 아주 틀린 것은 아니었다. 그러나 그는 떠나자마자 자전거를 타고 세상을 떠도는 삶을 시작했다. 그에게 필요한 것은 공부가 아니라 치료였다. 효과가 나타났다. 쉽지는 않았지만, 목적지 없이 여기저기 떠도는 방랑의 시간이 과거로부터, 악몽과 자책으로부터 서서히 벗어나게 했다. 자전거 페달을 힘차게 밟으며 내달릴 때 그의 가슴을 부풀게 하는 바람에서 그는 자유를 느꼈다. '친구들의 집'에 들어와 정착할 때까지 그는 유랑 생활에 꽤 잘 적응해서, 가끔 너무 외로워 소리를 지르며 자기 뺨을 때린 적도 있지만, 평생을 이렇게 떠돌며 살아도 좋겠다고 생각했다. "그런데 갑자기, 이제 완전히 떠나서 자기와 상관없게 되었다고 생각했던 그것들이, 그 악몽들이 다시, 마치 무너진 건물의 잔해가 머리 위로 쏟아지듯 그렇게, 그에게 덮친 거예요. 구루공원의 그 벌거벗은 자연주의자들을 해산하기 위해 몽둥이를 휘두르고 발포를 한 무장경찰들을 통해 그는 오래전 군복을 입고 있을 때의, 다 잊었다고 생각했던, 그 도시에서의 자신을 본 거예요. 그 말을 하면서 그 친구, 내 앞에서 엉엉 울었어요……." 필의 몸이 중심을 잃고 쓰러졌다. 그는 말을 끝맺지 못하고 엉엉 울었다.

26

그 사람이 자전거를 타고 세계를 돌아다니겠다고 했을 때
나는 무슨 말인지 알아듣지 못했다,라고 황선호의 어머니는
황선호에게 말했다. 유학을 가는 게 아니고?라고 바로 물었
지, 하고 그녀는 말했다. 사람들은 그렇게 알고 있어, 우리 부
모님도 그렇게 알고 있어, 학생 비자를 받았어, 그런데 나는,
모르겠어, 지금 내 생각으로는 공부는 안 할 것 같아, 여기를
떠나면 자전거를 탈 거야,라고 그가 말했다고 그녀는 말했다.
황선호가 직장 상사였던 보스의 권유를 받고 회사를 떠나야
할지 말아야 할지 고민하고 있을 때, 어떻게 하는 게 좋은지
조언해달라는 그에게 그의 어머니는 '네가 원하는 일을 해라.
남이 원하는 일이 아니라……'라고 충고했다. 그러면서 오래
전에 여행작가 김경호에게도 그 말을 해준 적이 있다고 말했다.

"당신이 원하는 일을 하세요. 남이 원하는 일이 아니라……."
그 말은 그때나 지금이나 쉽게 할 수 있는 말이 아니라고 그녀
는 말했다. 그녀는 그 사람이 자기가 아닌 다른 누군가를 위해
서, 심지어 그녀 자신을 위해서도 자신의 인생이 걸린 중요한
결정을 하지 않기를 바랐다. 그 사람이 마음이 독하지 않은 사
람이라는 걸 알기에 더 그랬다. 그녀는 그가 군대에서 겪은 일
때문에 괴로워한다는 사실을 웬만큼 이해하고 있었다. 그가
다시 또 자기가 원하지 않는 선택을 하고 괴로워할까봐, 자기
가 그런 선택을 하게 하는 남이 될까봐 두려웠다. 마음으로는
그 사람이 떠나지 않기를 바랐지만 그렇게 말하지 않을 수 없
었다고 그녀는 황선호에게 말했다.

　왜 자전거인지 묻지 않았다고 그녀는 황선호에게 말했다. 그
사람과 함께 영화를 보던 날이 떠올랐기 때문이었다. 아마 그
가 회사를 그만두기로 한 날이었을 거라고, 그런 걸 기념한다
며 둘이서 영화관엘 갔다고, 영화는 자기가 골랐다고 그녀는
말했다. 영화가 끝나고 불이 켜지고 사람들이 다 나갔는데도
그 사람이 자리에서 일어나지 않았다고 그녀는 말했다. 소년들
이 허공에서 자전거 페달을 밟는 장면이 머릿속에서 사라지지
않는다며 허공에 동그라미를 그려 보였다고 그녀는 말했다.

　그 영화 제목은 'E.T.'였다. E.T.와 E.T.의 친구들은 달을 배
경으로 자전거를 타고 하늘을 달렸다. 그 사람은 그 장면을 다

시 보기 위해 그날 이후 여러 번 영화관에 갔다고 그녀는 그에게 말했다. 자기를 이해해주고 잘 대해주는 친구가 이곳에 있어도 E.T.는 여기를 떠나 다른 곳, 자기가 왔던 곳으로 가야 했다고, 여기가 아무리 좋아도, 그것은 잠정적이고 임시적이라고, E.T.에게는 여기를 떠나는 것보다 더 좋은 것은 없다고 그녀에게 말했다. 자전거 페달을 힘 있게 꾸준히 쉬지 않고 밟다 보면 정말 하늘로 올라갈 수 있지 않을까, 하늘에 떠서 페달을 밟을 때 기분이 어떨지 생각하면 흥분이 된다고 그는 그녀에게 말했다. 그 사람의 자전거에 대한 동경이 그때 시작된 거라고, 그걸 알고 있었기 때문에 왜 자전거냐고 묻지 않았다고 그녀는 황선호에게 말했다. 다른 사람은 몰라도 자기는 그를 막을 수 없었다고 그녀는 말했다. 다른 사람은 몰라도 그녀만은 그를 막을 수 있는 입장이라고 할 수도 있지만, 그 입장이 그녀에게 그를 막을 권한을 부여한 것처럼 행동하는 것도 가능했지만, 그러나 그녀는 그러기에는 그 사람을, 그의 아픔과 여린 마음을, 더구나 자전거에 대한 그의 환상을 너무 잘 이해했으므로 그럴 수 없었다고 그녀는 황선호에게 말했다. 그래서 떠나는 그에게 당신이 원하는 일을 하세요,라고 말할 수밖에 없었다고 그녀는 황선호에게 말했다. 속마음을 감추고 유쾌한 척 웃었다고 말했다. 자전거를 타고 여기저기 돌아다니다가 글을 쓰라고, 써서 자기에게 보내라고, 책을 낼 만하다고 판단되면 기꺼이 당신의 편집자가 되겠다고, 엄격하게 검토하겠다고, 부디 자신의 필자가 되어달라고, 속울음을 감춘 채 유쾌함을 과장해서 말했다고 그녀는 말했다.

사람에 대한 마음이 그렇게 쉽게 정리되는 것이 아니어서 그 후에 그녀는 정말 갈 거냐고 물은 적이 있었다. 나 없어도 정말 괜찮겠어? 하는 질문의 형식을 띤 그녀의 고백과 애원에 그는 조금 흔들리는 것 같았다고, 그러나 곧 고개를 가로젓고, 사랑으로 사랑하는 사람을 묶는 것만큼 사랑을 배반하는 것은 없다고, 사랑하는 사람을 자신의 악몽 속으로 데리고 들어가고 싶지 않다고 말했다고, 그녀는 황선호에게 말했다. 그리고 그는 떠났다. 떠난 후 여기저기 다니며 쓴 글을 보내왔고 그녀는 그걸 모아 책을 만들었다.

그가 떠난 후 그 사람의 의중을 물어본 일이 딱 한 번 더 있었다고 말하면서 그녀는 조금 머뭇거리는 기색을 보였다. 말끝을 흐리고 입술이 조금 떨리기도 했던 것을 황선호는 분명히 기억한다. 그의 시선을 피하는 것 같았는데 그런 어머니의 모습을 전에는 본 적이 없었다. 그녀는 그 사람이 떠난 후 딱 한 번, 그에게 편지를 썼다고 말했다. 아주 담백하게, 한 번만 더 묻겠다고, 여기를 떠날 때의 생각이 여전히 변함없느냐고, 여전히 사랑하는 누군가의 곁에 있고 싶은 마음이 없느냐고 물었다고 그녀는 애써 담백하게 말했다. 그 사람은 여행기를 적은 편지를 계속 보내왔지만 그녀의 질문에 대한 답은 하지 않았다고, 마치 아무 질문도 받지 않은 것처럼 태연했다고, 그래서 그것을 답으로 받아들였다고, 그 이후에는 자기도 다시 말을 꺼내지 않았다고 그녀는 말했다. 그러니까, 그 사람이……. 황선호는 거기까지 말을 하고 더 이상 목 안의 말을 밖으로 끌고 오지 못했다. 근원을 알 수 없는 두려움이 그의 입을 막는 것 같았다. 어렸을 때 어머니는 그의 아버지가 달에 있다고 말했다. 어렸을 때 어머니의 그 말은 아버지에 대한 궁금증을 동화적으로 해소해줬고, 조금 큰 다음에 그 말은 아버지에 대한 궁금증을 차단하는 기능을 했다. 그는 아버지를 궁금해하지 않는 사람으로 성장했다. 그 사람은…… 알아요? 황선호의 질문은 모호했지만 그는 그녀가 그 질문을 알아듣지 못했으리라고 생각하지 않았다. 그러나 그의 어머니는 대답하지 않았다. 눈을 감고 입을 다물었다.

황선호는 인생이 걸린 중요한 결정을 해야 하는 시점에 보보라는 도시를 떠올렸던 일을 상기했다. 아니, 보보가 떠오른 것이 먼저였던가. 보보가 떠오르자 그 어려운 선택을 하는 것이 수월해진 것이었던가. 어떻게 그런 일이 가능했을까.

그는 문득 자신이 이 도시에 초대받은 것 같은 느낌을 받았다. 그가 자발적으로 선택한 것이 아니라 초대를 받아서 온 것이라는 생각은 아버지는 달에 가셨다는, 어머니의 말이 그에게서 궁금증을 완전히 사라지게 한 것이 아니라 어떤 예감의 사주를 받아 표면으로 튀어나오지 못하도록 억지로 누르고 있게 했을 뿐이라는 사실을 깨닫게 했다. 기회가 없었을 뿐이다. 기회가 오자, 그런 것조차 기회라고, 위험을 무릅쓰고 붙잡은 것이다. 위험을 무릅쓰고라도 정말로 달에 갔는지 확인하고 싶었던 것이 아닌가. 달에 갔다는 어머니의 말은, 그러니까 너무 일찍 보낸 초대장이었던 셈이다. 어머니는 그런 말로 어린 아이인 그에게 미리 초대장을 전해준 거라고 황선호는 생각하기에 이르렀다.

이 도시에 온 것이 우연이 아닌 것 같다고, 마치 초대를 받아 온 것처럼 느낀다고 황선호는 더듬더듬 말했다. 그는 한사코 초대한 사람의 이름은 언급하지 않았다. 그러나 필도 류도 그 이름을 묻지 않았다. 누구도 묻지 않았다. 다만 나중에 그 이야기를 들은 쟝이 이렇게 말했을 뿐이다. "그 친구가 당신을 우리에게 보낸 겁니다."

27

황선호가 송이 보낸 메일을 읽게 된 것은 류 때문이었다. 황
선호는 자신이 보낸 구조 신호에 아무런 반응도 보내지 않는
보스와 기린팀 동료들에게 실망하면서도 그럴 수밖에 없는 사
정을 어느 정도는 이해했다. 철저하게 연락을 차단한 송에 대
한 섭섭함을 자기라도 똑같이 했을 거라는 생각으로 애써 달
랬다. 짧은 시간에 너무 많은 일들이 벌어져 정신을 차릴 수
없기도 했다. 실망하고 분노할 여유가 없는 시간들을 지나왔
다. 류는 달랐다. 추리소설 애독자이며 작가가 되기를 꿈꾸는
이 젊은 남자는 황선호와 '친구들의 집'에 관련된 사연들을 자
기가 쓸 첫 번째 이야기로 상정하고 진지하게 임했다. 황선호
와 필과 쟝과 친구들은 작가인 류의 이야기 속 인물들이나 마
찬가지였으므로 그는 긴장할 이유가 없었다. 흥미와 호기심을

가지고 접근했지만 그 사연들에 감정을 이입하지는 않았다. 그는 '친구들의 집'을 둘러싼 일들을 추적했고, 추적하면서 구상했다. 그는 많은 것을 질문했고 꼼꼼하게 받아 적었다. 그럴 때 덜렁거리는 호텔 파트타임 직원의 면모는 어디에도 보이지 않았다.

황선호에 대한 류의 질문은 이 도시에 온 이유가 그 사람의 행적 찾기라는 사실을 전제하고 이루어졌다. 황선호의 초대장과 관련된 발언이 그런 단정을 하게 했다. 한두 번은 대수롭지 않게 생각하고 넘겼지만, 반복되는 질문을 통해 '혈육을 찾아 나선 아들'의 이미지를 씌우려는 것이 거북해서 황선호는 그것 때문이 아니라는 말을 하고 말았다. 나라를 떠나 사람들이 모르는 어딘가에서 마치 존재하지 않는 것처럼 숨어 지내야 할 피치 못할 사연이 있었는데, 그때 무슨 계시처럼 보보, 투명한 하늘과 순수한 햇빛의 도시가 떠올랐다는 황선호의 말은 류의 호기심과 상상력을 더 자극했다. "그 친구 김경호도 그랬어요. 그도 어딘가 숨을 곳을 찾아 살던 곳을 떠났어요." 그의 남다른 연상력에 감탄하면서도 그 지나친 집중력에 조금 짜증이 나서 황선호는 그가 어딘가에서 존재하지 않는 것처럼 숨어 지내야만 하는 그 피치 못할 사연이라는 것에 대해 캐묻자 입을 다물어버렸다. 류는 그 사연이 김경호의 사연과 유사한가, 아니면 무슨 위법한 일을 저지르고 쫓기는 처지가 되었는가, 하고 끈질기게 물었지만 황선호는 그만하자며 겸연쩍게 손을 저었다.

아쉬워하며 떠났던 류가 한나절도 지나지 않아 다시 황선호를 찾아와서 황선호가 떠나온 도시에 대해 검색하다가 발견했다며 노트북을 내밀었다. "이 사람이 당신 맞지요? 번역기를 돌려서 대강 내용을 파악했어요. 근데 강진이 아니라 황선호예요, 이 사람 이름이. 이 사람, 당신 아닌가요?" 류가 손가락으로 노트북 화면에 떠 있는 사람의 얼굴을 가리켰다. 아니라고 부정할 수 없는 자기 얼굴이 거기 있었다. 황선호는 굳이 류가 내민 기사를 읽어보지 않아도 내용을 짐작할 수 있었으므로 관심을 기울이지 않으려 했다.

그런데 류가 검색 화면을 바꾸며 잦아들어가는 목소리로, 거기서 사람이 죽었다는 것 같은데, 하고 말했다. 사람이 죽다니. 누가? 사람이 죽었다는 건 그가 알고 있는 내용이 아니었다. 그는 노트북을 끌어당겨 뉴스들을 읽었다. 선거를 한 달 반 정도 앞두고 있는 터라 몹시 시끄러웠다. 시끄러움의 중심에 그의 사진과 이름이 있었다. 그리고 한 기업의 중간 간부가 억울하다는 유서를 남기고 스스로 목숨을 끊었다는 뉴스가 나왔다. 그는 유서를 양복 호주머니에 넣고 자기가 근무하는 회사의 건물 옥상에 올라가 몸을 던졌다. 황선호는 그 사람을 알아보았다. 기획팀 소속인 그를 몇 번 만났고, 시장에게 소개한 적도 있었다. 유서에는 자기는 시키는 대로 했을 뿐인데 자기를 불법과 비리의 주범으로 몰아간다는 내용이 씌어 있었다. 유서에는 행방이 묘연한 시장 측근의 행방에 대한 의구심도 표현되어 있었다. 몸통을 보호하기 위한 전형적인 꼬리 자르기로 자신에게 모든 걸 덮어씌우고 있는데, 사건이 불거지자마자 갑자기 행방이 묘연해진 시장 측근이 이 사건을 축소하고 은폐하기 원하는 세력들에 의해 불행한 일을 당한 건 아닌지 걱정된다며, 지금이라도 객관적이고 철저한 수사를 촉구한다는 내용이었다. 흔적도 없는 이렇게 완벽한 실종에는 공작의 냄새가 난다는, 소위 전문가들의 의견이 그 기사 말미에 달려 있었다. 그 시장 측근이 황선호였다. 뉴스들은 그의 '흔적도 없는 완벽한 실종'의 미스터리를 앞다투어 다루었다. 그리고 잠잠해졌다 싶었는데, 억울함을 호소하며 스스로 목숨을 던진 한 회사원의 유서가 그를 다시 불러내고 있었다. 노골적으로 쓰지는 않았지만 몇몇 신문은 황선호가 이미 이 세상 사람이 아닐 가능성을 암시하고 있었다.

황선호가 이메일에 접속하자 송의 다급한 메시지가 세 개나 떠 있었다. 연락주세요. 급해요. 왜 연락이 안 되지? 전화도 꺼져 있고, 메일 확인도 안 하시네. 상황이 좀 안 좋아……. 그런 내용들이었다. 마지막 메일에는, 전략 수정의 필요성이 있다는 말과 함께 신문 기사 하나가 링크되어 있었다. 그가 조금 전에 확인한 기사 가운데 하나였다. 황선호는 '전략 수정의 필요성'이라는 문구를 한참 들여다보았다. 류가 그의 심각한 얼굴을 걱정스러운 눈빛으로 살피다가 참지 못하고 물었다. "강진 씨, 무슨 일입니까? 누가 죽었습니까?" 황선호는 자기는 죽지 않았다고 대답했다. 농담이라고 한 말인데, 표정과 억양이 딱딱해서 류에게는 농담으로 들리지 않은 모양이었다. 그는 난해한 표정을 지으며 황선호의 말을 해석하려고 애를 썼다. 별일 아니라는 뜻입니다,라고 덧붙이고 황선호는 줄곧 꺼져 있던 핸드폰의 전원을 켰다. 거기에도 송의 음성 메시지가 담겨 있었다. "연락이 안 되어 음성 남겨요. 여기 상황이 좋지 않아. 의논할 일이 생겼거든. 자세한 이야기를 지금 할 수는 없고, 되도록 빨리 전화주세요." 황선호는 동료의 다급한 목소리를 조금은 뜨악한 기분으로 들었다. 그가 위급하다고 구조 요청을 했을 때 송은 아무 조치도 하지 않았었다. 그럴 수밖에 없는 사정을 이해하는 것과 그것을 받아들이는 것 사이에는 차이가 있었다. 자기가 보낸 구조 메시지에 아무 답도 하지 않은 일에 대해 한마디 언급조차 하지 않은 것은 도리가 아니라고 생각했지만, 그만큼 심각한 상황이 생겼으니 그런 거라고, 사사로운 감정은 뒤로 밀어두는 게 좋다고 생각하며 전화를 걸었다. 송은 바로 전화를 받았다. 그의 목소리는 다급하면서도 은밀했다.

"뉴스 보았어? 보았으면 알겠지만, 돌발변수가 생겼어. 핵심 관계자의 극단적 선택, 이런 게 제일 골치 아프잖아. 회의를 여러 번 했어." 송은 인사도 하지 않고 바로 본론을 들이밀었다. 그만큼 상황이 심각하다는 표시였다. "여론이 너무 안 좋아. 선거 이슈가 이 문제로 집중되는 형국이라 비상이에요. 정책이고 뭐고 모든 게 다 묻혔어. 황 형이 나타나지 않으면 풀 수가 없게 됐어. 아무도 몰래 사라져서 우리도 행방을 알 수 없다고 해놨으니 여기서는 할 수 있는 방도가 없어. 계속 연락하고 지냈다고 할 수 없잖아? 거기 사정도 안 좋다면서요. 추방당할 위기라면서요. 이런 걸 다행이라고 할 수는 없지만, 어쨌든……." 황선호는 이 나라를 떠나지 않을 수 없는 상황이라고 한 게 아니고 이 나라에 체류할 수 있도록 허가증을 받게 해달라고 한 거라고 송의 말을 고쳐주었다. 계속 연락하고 지낸 게 아니라, 거기서 연락을 차단한 거라는 말도 했다. 그동안의 묵묵부답에 대한 섭섭한 감정이 그런 식으로 나타난 것을 송은 알아차렸다. 그는, 수습할 일이 너무 많아서 정신이 없었다며 사과했다. "그런데 지금 그런 이야기를 하고 있을 여유가 없어요. 아무튼 그 나라에서 외부인들을 추방한다면서요? 굳이 그렇게 험악한 곳에 머물 이유가 있겠어? 여기도 그렇고 거기도 그렇고, 그러니……." 그러니 돌아오라고 송은 말했다. 돌아가서 모든 책임을 뒤집어쓰는 기자회견을 하고 수사를 받고 기소되고 재판을 받고 감옥에 가라는 말이냐고 황선호는 물었다. 그렇게 말할 때 그의 목소리는 울컥하는 감정 때문에 자기도 모르게 조금 높아졌다. 알아듣지도 못하면서 통화하는 걸 곁에서 지켜보던 류가 황선호의 눈치를 보며 물러나 주변을 빙빙 돌았다. 송은 잠시 침묵했다. 황선호의 감정이 잦아들기를 기다렸다가 그가 다시 지극히 침착한 목소리로 말했다. "선거가 코앞이야. 지지율이 뚝 떨어졌어요. 이대로 가다간 가망이 없어. 우리 미래가 이번 선거에 달려 있다는 건 동의하지요? 그러니까 황 형이 그런 어려운 결단도 한 거잖아. 그때 진짜 놀랐어. 우리 모두 감동했고. 이번에도 그렇게 해주기를, 보스가 원해." 송은 보스가 원한다는 것을 강조해서 말했다. 황선호는 어떻게 하라는 거야, 대체? 하고 물었다. 속으로 말려들어가는 듯한 그의 목소리는 거의 항복의 의사 표시처럼 들렸다. 송은 빠를수록 좋겠다고 하고, 항공권을 이메일로 보내겠다고 하고, 논의된 귀국 프로젝트를 공유할 테니 접속해 있으라고 말하고 곧 다시 오겠다고 하고 서둘러 전화를 끊었다. 류가 괜찮아요? 하고 물을 때까지 황선호는 전화기를 귀에서 떼어내지 못하고 그대로 있었다. "괜찮아요." 억지로 웃었지만 누구의 눈에도 그는 괜찮아 보이지 않았다.

28

　황선호는 장을 보러 가자는 쟝의 제안을 받고 동행했다. 국민안전국은 외부인들이 물건을 살 수조차 없게 했으므로 쟝이 할 일이 더 많아졌다. 외부인이 물건을 구입하려면 체류 허가증을 제시해야 했다. 물 한 병을 사기 위해서도 허가증이 필요했다. 급해도 약국에 갈 수 없었다. 밥을 먹으러 식당에 갈 수도 없었다. 비인도적 처사라고 항의하는 이들에게 국민안전국의 대변인은 모든 외부인들은 식당에 가서 밥을 사 먹을 수 있고 약국에도 식료품 가게에도 가서 필요한 물품을 구입할 수 있다고, 다만 체류 허가증만 제시하면 된다고 답했다. 항의를 하러 갔다가 궤변을 듣고 돌아온 쟝은 외부인들이 도시를 떠나지 않고는 배길 수 없는 보다 터무니없는 조치들이 시행될 거라며 한탄했다. 그렇지만 그는 친구들이 동요할까봐 겉으로는 내색하지 않았다. "상황이 좋다고 말할 수는 없습니다. 그렇지만 마음이 먼저 무너지면 안 됩니다. 상황은 수시로 바뀝니다. 지금보다 더 좋은 상황이 있었습니다. 더 나쁜 상황도 물론 있었습니다. 그러니 또 바뀔 겁니다. 더 좋게 바뀌지 않을 이유가 어디 있겠습니까? 영원한 것은 없습니다. 무엇보다 마음을 잘 지켜야 합니다." 그는 친구들을 향해 손을 높이 들고 말했다. 친구들을 껴안는 것도 같고 축복하는 것도 같은 자세였다.

샹은 자전거의 앞바퀴 양쪽에 짐받이 가방을 붙이고 등에 배낭을 멨다. 웬만한 트렁크 가방 정도는 충분히 들어갈 만큼 넓게 개조된 뒤쪽 짐받이를 손바닥으로 툭툭 치며 샹은, 짐을 많이 실어야 할 것 같아서 여기를 좀 넓게 한 겁니다,라고 말했다. "나머지는 그 친구가 쓰던 대로예요. 오래됐으니 좀 낡긴 했지요. 하지만 마모된 부품을 갈아가며 아직까지 이렇게 멀쩡하게 사용하고 있습니다. 아마 앞으로도 한참 더 탈 수 있을 겁니다. 타보겠습니까?" 샹은 자전거 안장을 쓸며 말했다. 황선호가 머뭇거리자, 아무래도 길을 잘 모를 테니, 제가 끌고 가겠습니다, 하며 핸들을 잡았다. 어디서 나타났는지 마리티무스가 그들 앞에서 경쾌하게 걸었다. 순서를 따라 한 치의 오차도 없이 교대로 움직이는 마리티무스의 네 다리는 저글링을 하는 것 같기도 하고 박수를 치는 것 같기도 했다. 황선호는 묘기를 부리는 것 같은 개의 네 다리를 바라보며 걸었다. 자전거가 지면과 마찰하며 스르륵스르륵 소리를 냈다. 쟝과 황선호는 한동안 말을 하지 않고 걸었다. 침묵 때문인지 스르륵거리는 소리가 유난히 크게 들렸다. 햇빛은 도로 위에 떨어져 쨍그랑 소리를 내며 부서졌다. 정수리가 타들어갈 것처럼 따가웠다.

"어릴 때 우리 마을 공동우물에 양동이를 매단 도르래가 있었는데, 줄을 잡아당기면 저런 소리가 났어요. 스르륵스르륵." 쟝이 자전거 바퀴가 구르는 소리를 스르륵스르륵이라고 표현한 것이 신기해서 황선호는 당신 귀에도 스르륵스르륵으로 들리느냐고 물었다. 스르륵스르륵. 쟝은 그 소리를 두어 번 따라하더니 하던 말을 이어갔다. "양동이에 물이 가득 담기면 낡고 오래된 도르래는 더 요란하게 소리를 냈어요. 그럴 때 도르래는 드르륵드르륵 소리를 내요. 그 소리가, 왜 그렇게 들렸을까요? 꼭 죽어가는 사람이 내는 신음처럼 들려서 아주 힘들었어요. 숨이 끊어지기 전에 마지막 남은 힘을 모아 제발 도와달라고 호소하는 것만 같았어요. 어릴 때 일이에요. 어른들에게 우물 속에서 누가 도와달라고 한다고 했더니 다들 웃는 거예요. 무슨 헛소리냐고 야단치기도 했어요. 나에게만 그 소리가 들린다는 건 나에게만 도움을 호소한다는 게 아니고 뭐겠어요. 나에게만 호소했으니 나 아니면 아무도 도울 수 없는 거잖아요. 그러니 어떻게 해요? 그 소리가 나지 않게 줄을 끊어 양동이를 우물 속에 빠뜨려버렸어요. 물론 어른들 몰래요. 난 그게 그 죽어가는 사람을 도와주는 일이라고 생각했어요." 황선호는 양동이를 매단 도르래를 본 적이 없었다. 그러므로 그 소리가 자전거 바퀴가 지면과 마찰하며 내는 소리와 비슷한지 알지 못했다. 죽어가는 사람의 신음 소리는 더욱 생소했다. 그는 쟝이 말하는 동안에도 스르륵스르륵 소리에 귀를 기울이며 걸었다. 쟝은 어른들이 다시 줄을 연결해서 양동이를 매다는 바람에 실망스러웠다며 이야기를 이어갔다. "내가 어떻게 했을 것 같아요? 또 줄을 끊었어요. 내가 좀 고집이 있긴 했지만 그보다 그 소리를 듣는 것이 정말 힘들었거든요. 죽어가는 어떤 사람이 내는 신음 소리요. 그렇지만 어른들은 다시 줄을 연결했어요. 그러지 않을 수 없었겠지요. 우물은 하나뿐이었고, 물을 길어야 살 수 있었으니까. 그런 일이 한 차례 더 있고 난 후 이런 못된 짓을 하는 놈을 잡아서 요절을 내겠다고 숨어서 지켜보던 어른들에게 들키고 말았어요. 죽지 않을 만큼 얻어맞았어요. 왜 그랬느냐고 다그치는데 내가 계속 그 도르래에서 신음 소리가 난다고 줄기차게 이야기하지 않았느냐고 하니까 그제야 사람들이 심각하게 받아들이는 것 같았어요. 장난으로 그런 게 아니라는 걸 알아준 거지요. 그리고 할아버지 대에 만들어졌다는 그 낡은 도르래, 그 무식하게 크고 시끄러운 구식 도르래를 가볍고 경쾌한 소리를 내는 신식 도르래로 바꿨어요. 한 달이 지나지 않아서요."

황선호는 석연치 않은 기분을 느끼고 쟝의 얼굴을 쳐다보았다. 뜬금없는 이야기에다 이야기 전개가 미심쩍었고 갑작스러운 결말은 무언가를 감추는 것 같기도 했다. 단순히 어린 시절의 추억을 들려주는 게 아닌 건 분명했다. 이야기 속에 다른 겹이 숨어 있다고 황선호는 생각했다. 그래서요? 하는 질문이 자기도 모르게 튀어나왔다.

쟝도 거기서 멈출 생각은 아니었던 듯 약간 시간을 두었다가 이야기를 이어갔다. "어른들이 내 말을 들어준 게 놀랍지 않아요? 그렇게 야단치던 어른들이 갑자기 도르래를 새것으로 교체하다니요." 황선호는 자기 속에서 일어났던 미심쩍은 기분이 바로 그거라고 말하고 싶은 마음을 누른 채 그의 말이 이어지기를 기다렸다. "내가, 내 말과 행동이 그들이 묻어두었던 옛 기억을 끌어올리게 했다는 걸 나중에 알게 되었어요. 그건 전혀 예상치 않은 전개였어요. 어른들은 나쁜 기억이 되살아나는 걸 무서워했어요." 쟝은 그가 태어나기 전에 마을에서 일어났던 일을 이야기했다. 호흡을 가다듬는 듯 가끔 쉬었고, 그러다가 자책하듯 고개를 저었고, 서둘러 건너뛰겠다는 듯 어떤 부분에서는 말을 빨리 했다. 앞장서 가던 마르티무스는 가끔 뒤돌아보고 서서 느긋하게 기다리고, 두 사람이 가까이

다가가면 다시 네 발 저글링을 시작했다. 햇빛은 도로에 떨어져 부서지며 타닥거리고 발밑에서는 자전거 바퀴가 도로와 마찰하며 스르륵거렸다.

　어느 무더운 여름날, 낯선 남자가 마을에 나타났다. 남루한 옷차림의 남자는 먼 길을 걸어온 듯 몹시 지쳐 보였다. 우물가에 지쳐 쓰러져 있는 그를 마침 그 시간에 물을 길으러 온 동네 여자가 발견했다. 그는 여러 날 동안 두 발로 걸어왔으며 며칠 동안 아무것도 먹지 못했다고 말했다. 그녀는 그에게 물을 마시게 하고 자기 집으로 데리고 가서 따뜻한 음식을 먹게 했다. 여자의 남편이 그에게 어디서 오는 길이냐고 물었다. 낯선 남자는 북쪽을 가리켰다. 고향 마을에 원인을 알 수 없는 전염병이 퍼져 거의 다 죽었다고 했다. 감염된 사람들은 고열과 복통을 호소하며 쓰러졌고, 쓰러진 다음에는 다시 일어나지 못했다고 했다. 원인은 알 수 없었다고 했다. 소수의 살아남은 자들은 거대한 공동묘지로 변한 마을을 떠나지 않을 수 없었다. 갈 곳을 정하지도 못한 채 떠났고, 가는 도중에 쓰러져 죽기도 했다. 그 남자는 보름 동안 쉬지 않고 걸어서 여기까지 왔다고 했다. 야생 열매를 따 먹고 시냇물을 먹으며 견뎠다고 했다.

　갈 곳이 있는가?라는 집주인의 물음에 이방인은 이 세상에서 자기가 아는 사람은 다 죽었다고 말하고 고개를 숙였다. 집 주인 부부는 어디를 가든 일단 자기 집에 머물면서 건강을 회복한 후에 떠나라고 충고했다. 남자는 그 친절한 사람의 집에서 먹고 자고 쉬었다. 어느 정도 기력을 회복한 다음에는 그 집 일을 도왔다. 그는 타고난 농부여서 일을 잘했다. 체격만 아니라 성격도 좋아서 마을 사람 누구나 좋아했다. 오래지 않아 처음부터 그 동네 사람이었던 것처럼 스스럼없이 지내게 되었다. 동네 사람들이 일 잘하는 그 남자를 탐냈다. 집주인 부부도 일손이 부족했기 때문에 갈 곳이 따로 없으면 자기 집에서 사는 게 어떠냐고 제안했다. 갈 곳이 없는 이방인 입장에서는 그 제안을 거절할 이유가 없었다. 그 사람은 그렇게 마을에 정착했다.

특유의 친화력과 성실성으로 그 이방인은 마을 사람들의 마음을 얻었다. 1년이 지났을 때 그는 마을 사람들과 거의 구별되지 않았다. 마을의 어떤 사람들보다 더 적극적으로 마을 일에 참여했다. 마을 사람 누구도 그가 외지에서 들어온 사람이라는 생각을 하지 않게 되었다. 1년이 더 지났을 때 마을의 어떤 젊고 예쁜 여자와 마음이 통해 연분을 맺기로 했다. 여자의 집에서는 두 사람이 살 집을 지어주겠다고 했다. 갈 곳 없는 그를 받아준 고마운 땅에서 그를 사랑해주는 여자와 가정을 꾸릴 희망으로 그의 가슴은 부풀었다. 가족과 친구들과 고향을 잃은 슬픔이 비로소 녹아 없어지는 것 같았다. 그의 앞길에는 어떤 걸림돌도 없어 보였다.

그런데 그의 순탄한 행보를 시기한 이는 누구였을까. 그의 행복이 누구의 질투를 불렀을까. 예상하지 못한 액운이 이상한 길을 통해 그에게 도착했다. 밭에서 일을 하던 마을 사람 가운데 한 명이 갑자기 고열에 복통을 호소하다가 쓰러졌을 때 그 일이 그 남자를 해치리라고 짐작한 사람은 없었다. 일주일 만에 숨진 젊은이의 늙은 어머니가 슬픔을 이기지 못해 두문불출하다가 문득 몇 년 전 마을에 들어온 사람을 의심하는 말을 한 것이 시작이었다. 그녀는 그 남자가 이 마을에 와서 했던 말을 상기시켰다. 그 남자의 고향 마을에 전염병이 퍼져 마을이 공동묘지가 되었다고 하지 않았나. 그 전염병의 증상이 고열과 복통이라고 하지 않았나. 내 아들과 증상이 똑같지 않은가. 그래서 어떻단 말인가. 그는 우리와 2년이나 같이 살았다. 멀쩡한 남자가 전염병을 옮기기라도 했단 말인가. 아니면 전염병의 잠복기가 2년이나 된단 말인가. 그렇게 질문하는 사람이 없었던 것은 아니다. 그러나 그런 목소리는 막연한 의심과 구체적인 두려움을 이기지 못했다. 의심은 전염병과 죽음에 대한 공포를 매개로 빠르게 퍼지고 소문은 이상한 방향으로 왜곡되어갔다. 소문은 그가 고열과 복통을 일으키는 전염병의 보균자인 것처럼 굴절되더니 그것이 말이 되지 않는다는 자체 검열이라도 거쳤는지 나중에는 그에게 그런 전염병을 퍼뜨리는 특별한 능력이 있다는 식으로 수정되어 퍼져나갔다. 그리고 그것이 더 좋지 않았다. 처음에는 말이 안 된다고 고개를 젓는 사람들이 더 많았으나 점차 반신반의하는 비율이 높아지고, 꼭 그렇게까지 생각하지는 않더라도 뭔가 찜찜하긴 하니까 일단 피하고 보자는 생각을 하는 사람들이 늘어났다. 그런 능력, 예컨대 불행을 퍼뜨리는 특별한 능력은 음습하고 어두운 마술 혹은 마법의 세계를 연상하게 했으므로 사람들은 점차 그를 피하고 멀리했다.

그와 연분을 맺기로 한 여자의 아버지가 어느 날 똑같은 증상을 일으키며 쓰러졌는데, 그 남자가 죽은 사람과 식사를 같이 한 것으로 밝혀지면서 상황은 걷잡을 수 없는 쪽으로 변해버렸다. 그에게 의혹의 눈길을 거두지 않고 있던 이들은 물론 미심쩍어 하던 이들까지 그를 범죄자처럼 대했다. 같이 먹었던 음식과 물과 포도주가 증거물로 채택되었다. 함께 식사를 한 사람 가운데 한 명이 멀쩡한 것은 음식에 문제가 없다는 증거라고 봐야 함에도 불구하고, 실제로 그런 주장을 한 사람이 없었던 것은 아니지만, 두려움 때문에 죄를 덮어쓸 누군가를 필요로 하던 사람들은 두 사람이 같이 식사를 했는데 한 사람만 쓰러지고 다른 한 사람은 아무렇지 않은 것이야말로 아무렇지 않은 사람이 수상하다는 확실한 증거라고 주장했다. 그날 공동우물에서 마실 물을 길어간 사람이 그 남자였다는 증언이 나오자 사람들은 다른 가능성을 생각하지 않으려 했다. 그가 그날만 물을 길어간 것이 아니었다는 사실은 언급되지 않았다. 그들은 생각하는 사람이기를 멈췄다. 공포는 빠르게 적의로 바뀌었다. 그 남자가 마법으로 물의 성분을 바꾸는 능력을 갖고 있다는 주장을 누가 먼저 했는지는 모른다. 물론 이 주장 역시 처음부터 모든 사람이 믿은 것은 아니었다. 반신반의와 찜찜함의 과정을 거쳤지만, 그 과정은 일종의 요식행위와 같았으므로 극히 짧았고, 이 믿을 수 없는 주장은 순식간에 부정할 수 없는 사실이 되었다.

이제 그가 어떤 마법을 언제 부릴지 모르기 때문에 우물물은 마실 수 없는 것이 되었다. 소문을 믿지 않는다던 사람들도 혹시 모르는 불행의 당사자가 되고 싶지 않아서 우물물을 마시지 않았다. 티끌 하나 정도가 모자란 거의 완전한 믿음을 무너뜨리기 위해 필요한 것은 티끌 하나 정도가 모자란 거의 완전한 의심이 아니다. 티끌 하나 정도의 의심만으로도 티끌 하나 정도가 모자란 거의 완전한 믿음은 무너진다. 그리고 그 무너진 믿음은 티끌 하나도 모자라지 않은 완전한 믿음, 즉 광신이 되어 복수한다. 빈틈없이 완전한 믿음보다 무서운 것은 없다. 마을의 유일한 우물이 저주의 마법에 걸렸다는 이 완전한 믿음은 사람들을 걷잡을 수 없는 광포한 열기로 몰아갔다. 마법을 부린 자가 마법에서 벗어날 방법도 알고 있을 거라고 누군가 말했고, 사람들은 그 말에 결박당했다. 이제 그들은 이 마법사를 놓아줄 수 없었다. 사람들은 그 남자에게 마법을 풀어서 물을 마실 수 있게 하라고 다그쳤다. 그는 그런 능력이 없었기 때문에 마을 사람들이 하라는 것을 할 수 없었다. 광기에 사로잡힌 마을 사람들은 그를 묶어놓고 침을 뱉고 돌을 던졌다. 그러나 그는 마법을 부리는 사람이 아니기 때문에 마법을 풀 수도 없었다.

그는 농부였지 마법사가 아니었다. 그는 자기가 할 줄 아는 것은 농사짓는 것밖에 없으며 마법 같은 것은 알지도 못한다고 줄기차게 말했다. 자기를 풀어달라고, 함께 지혜를 모아보자고 호소했다. 사람들은 그의 말에 귀 기울이지 않았다. 오히려 출신도 알 수 없는 이방인이 자기들을 가르치고 훈계하려 든다며 더 사납게 대했다. 흥분한 그들의 귀는 아무것도 듣지 못했다. 그는 자기가 우물에 마법을 걸지 않았다는 걸 증명하기 위해 직접 우물물을 마셔 보이겠다고까지 말했다. 그 제안이 받아들여질 리 없었다. 이성을 잃은 사람들에게 그 제안은 잔꾀를 부려 위기를 빠져나가려는 마법사의 술수로 받아들여졌다. 그 와중에도 어떤 사람이 어디 한번 마셔보라며 그의 입에 물을 부었고, 그는 그 물을 벌컥벌컥 마셨지만 당연히 아무 일도 일어나지 않았다. 그러면 그를 풀어주고 오해와 의심을 거둬야 하는데 그러지 않았다. 오히려 그들은 그것을 더 확실한 마법의 증거로 받아들였다. 마법을 부리는 자이니 자기에게 아무 일도 일어나지 않게 수작을 부렸을 거라고 그들은 주장했다. 무슨 말을 하고 어떤 증거를 들이대도 그들의 완전한 믿음을 부술 수는 없었다.

이성은 없고 광기만 있었다. 개인은 없고 군중만 있었다. 무분별한 관성과 폭력적 히스테리가 그들을 지배했다. 밤이 되면 그들의 광기는 한층 사나워졌다. 달도 뜨지 않은 어느 어두운 날 밤, 누군가 저자를 우물 속에 빠뜨려 스스로 마법을 풀게 하라고 소리쳤고, 흥분한 마을 사람들은 그를 우물 속에 빠뜨리는 것이 어떻게 마법을 푸는 방법이 될 수 있다는 것인지를 생각하지 않고, 그것이 어떤 결과를 빚을지도 고민하지 않고 덩달아 저 추악한 마법사를 우물 속에 빠뜨리라고 고래고래 소리쳤다. 그 난폭한 미친 열기를 막을 수 있는 것은 아무것도 없었다. 밝은 영혼을 가진 사람은 한 명도 없었다. 밤이었고 캄캄했다. 그 밤에 그는 우물 속에 던져졌고 우물은 덮였다. 우물 위에는 커다란 돌이 놓였다.

마을 사람들은 그가 마법사이므로 죽지 않을 거라고 믿었을까. 살기 위해 어떻게든 마법을 풀 거라고 믿었을까. 아침이 되었을 때, 해가 그들의 어두운 눈을 뜨게 했을 때 독한 술기운에서 깨어나듯 간밤에 자기들이 무슨 일을 했는지 깨닫고 몸서리치지 않았을까. 그래서 우물 뚜껑에 손을 대지 못했을까. 자기들이 저지른 끔찍함을 목격하기가 두려워서 우물 근처에 가지도 않은 것일까.

그날부터 그들은 우물가에 가지 않았다. 빗물을 받아 마시고, 가파른 산길을 두 시간씩 올라가 계곡에서 물을 받아오는 수고를 하면서도 우물을 덮은 덮개와 바위를 열흘 동안이나 치우지 않았다. 못했다…….

"그런 일이 있었어요. 그런 일을 기억 속에 묻어두고 살았으니 어린 내가 한 그 말, 우물에서 죽어가는 사람의 신음 소리가 들린다는 말을 그냥 흘려들을 수 없었던 거겠지요. 그때 나는 내가 깊이 숨겨둔 마을 공동체의 악몽과도 같은 기억과 죄의식을 불러냈다는 걸 몰랐어요. 어른들은 도르래를 새것으로 바꾸고 우물 앞에 비를 세웠어요. 거기에 '우리의 어리석음이 천하와도 바꿀 수 없는 고귀한 생명에 가한 비극을 잊지 않기 위해, 악마에 이용당한 우리를 용서하지 않기 위해, 어리석음과 비극의 되풀이를 막기 위해'라는 문장이 쓰여 있어요. 지나갈 때마다 그 문장을 읽었어요. 마을 사람들 모두 그랬어요. 그래서 지금까지 한 글자도 빼놓지 않고 외우고 있어요. 사는 동안 내내 이런 질문이 따라다녀요. 그때 내가 들은 그 소리, 정말로 그때 그 사람이 내게 호소한 걸까요? 우물에 던져져 억울하게 죽은 그 착한 이방인이 호소하는 소리를 내가 들은 걸까요? 그 소리를 내가? 그렇다면 그 사람은 왜 내게 그런 걸까요? 왜 나를 택해서 그런 호소를 한 걸까요? 모르겠어요. 어떤 일이 어떻게 왜 누구를 택해 나타나는지 어떻게 알겠어요. 하지만 어떤 일은 아주 늦게라도 일어난다는 생각은 해요. 요즘은 더 자주 그 기념비의 문장을 되새기게 돼요. 우리를 용서하지 않기 위해. 어리석음과 비극의 되풀이를 막기 위해."

쟝은 고개를 들어 하늘을 우러러보았다. 하늘은 매끈하고 투명했다. 황선호는 아무 말도 하지 못했다. 쟝의 평생을 따라다녔다는 질문이 그의 가슴으로 옮겨 와서 박혔다. 그 사람은 왜 그런 걸까요? 왜 나를 택해 그런 호소를 한 걸까요? 그는 흔들리지 않기 위해 다리에 힘을 주고 걸었다.

29

    쟝이 황선호를 데리고 간 곳은 간판도 없는 허름한 음식점이었다. 아니, 앞장서서 그들을 데리고 간 것은 마리티무스였다. 마리티무스는 한 번도 선두를 내주지 않았다. 어디로 가는지 알고 있다는 듯 망설이지 않고 그들을 인도했다. 가끔씩 뒤를 돌아보는 모습은 두 사람이 잘 따라오는지 확인하는 것처럼 보였다. 영민하고 의젓했다. 마리티무스가 멈춘 곳이 음식점이라는 사실은 거기서 풍기는 음식 냄새 말고는 없었다. 아는 사람만 찾아오겠다 싶었다. "우리가 가지고 갈 물건들이 여기에 있습니다. 그리고 당신에게 소개해줄 사람도 있어요." 쟝은 음식점 건물 뒤에 있는 쪽문을 밀고 들어갔다. 기다란 나무판을 엮어 만든 그 문은 몸이 별로 크지 않은 황선호도 옆으로 비스듬히 걸어들어가야 할 정도로 좁았다. 안으로 들어가자 그다지 넓지 않은 마당이 나오고, 주방으로 연결된 문이 보였다. 주방의 문은 유리로 되어 있어서 안이 들여다보였다. 일을 하는 사람의 실루엣이 보였다. 쟝은 그곳으로 다가가서 무슨 말인가를 했다. 그리고 접힌 채 마당 한쪽 벽에 세워져 있던 테이블을 나무 그늘 아래 펼쳤다. 마리티무스가 그 옆에 얌전히 앉았다. 쟝이 잎이 무성한 나무를 가리키며 보보체리나무라고 알려줬다. "이 도시에서는 아주 흔한 나무입니다. 아무 데서나 잘 자라고 열매도 잘 맺습니다. 모르긴 해도 집마다 한 그루씩은 있을 겁니다."

황선호는 주변을 둘러보며 여기가 어디냐고 물었다. 쟝은 식당이지요, 하며 웃었다. 주방에서 일하던 여자가 물과 음식을 내왔다. 여러 가지 야채와 고기를 넣고 끓인 수프와 빵이었다. 맛있을 겁니다, 아마, 하며 쟝은 먹기를 권했다. 마리티무스가 앞발을 들고 테이블 위로 머리를 올리자 쟝은 고기를 건져 입에 넣어주고 자기는 수프에 빵을 적셔 먹었다. 황선호는 숟가락으로 수프를 떠먹었다. 국물이 뱃속으로 들어가자 식욕이 발동했다. 다른 식당 음식에서 맡아지던 거북한 향이 없어 모처럼 맛을 느끼며 먹을 수 있었다. 황선호는 순식간에 접시를 다 비웠다. 그 모습을 지켜보던 쟝이 주방으로 들어가 음식을 더 가져왔다. 황선호는 그 접시도 깨끗이 비웠다. 쟝은 맛이 있느냐고 물었고, 황선호는 엄지손가락을 치켜세워 보였다.

식사가 끝나자 쟝은 주방에서 일하는 여자를 데려왔다. 머리카락을 끈으로 질끈 동여맨, 다부진 체격의 여자였다. 이마가 넓고 눈썹이 짙었다. 화장기 없는 얼굴에 땀이 송글송글 맺혀 건강해 보였다. 그녀는 환하게 웃으며 안나예요, 하고 인사했다. "안나는 내 딸입니다." 쟝의 말이 믿어지지 않아서 황선호는 두 사람을 번갈아 쳐다보았다. 안나는 말없이 웃기만 했다. 그에게 가족이 없으라는 법은 없었다. 그러나 이 도시에서 버젓이 직업을 가지고 살아가는 딸이 있으리라는 생각은 하지 못했었다. 황선호는 어색하게 고개를 숙여 인사했다. "안나는 그때 그곳에 있었습니다. 구루공원이요. 그 비극의 현장에. 안나는 가장 나이가 어린 참가자였어요. 안나 어머니는 그날 그곳에서 죽었습니다. 안나는 그때부터 내 딸입니다. 그리고 지금은 어엿한 식당 주인이고요." 황선호는 그때 그곳, 그 비극의 현장에서 있었던 일에 대해 묻지 않았다. 이미 들어서 알고 있었기 때문이다. 쟝은 하늘을 올려다보았다. 하늘은 여전했다. 여전히 높고 반질반질하고 눈이 부셨다.

황선호는 피하려고만 해온 진실을 마주해야 하는 시간에 다다라 있다는 걸 직감했다. 그가 느끼고 있는 것을 쟝 역시 느끼고 있었다. 두 사람은 마음속에 가득 찬 것을 누가 먼저 꺼낼지, 언제 꺼낼지 예의주시하며 서로를 탐색하고 있는 것처럼 보였다. 굳이 겉으로 꺼내지 않아도 된다는 생각도 두 사람

속에 있었다. 어떤 진실은 말이 아니라 말을 안에 끌어안은 채, 안에 끌어안고 있다는 사실을 의식하면서 하는 행동을 통해 더 잘 드러난다. 그럴 때 드러나는 것은 드러내지 않은 말이다. 황선호는 그들이 그 친구라고 말하는 '그 사람'이 자기를 초대했다는 사실을 알게 되었다고 어렵게 인정했고, 쟝과 필은 황선호가 그 친구를 찾아왔다는 사실을 어렵지 않게 깨달았다. 뿐만 아니라 쟝은 그 친구가 황선호를 자기들에게 보냈다고 생각하기에 이르렀다. 그 생각은 그의 내면에서 천천히 무르익었다. 시간과 공간을 훌쩍 건너뛰어 그런 일이 일어날 수 있을 거라고 생각하지 못했다. 그러나 어린 시절 마을 우물터에 세워진 비명(碑銘)이 떠오르자 옴짝달싹 못하게 되었다. 그 이야기를 황선호에게 한 것은 우연이 아니었다. 기억의 밑바닥에 깊이 잠긴 그 이야기를 끌어올린 것은 황선호였다. 황선호는 그 이방인의 신음과 함께 그 친구의 신음도 끌어올렸다. 그 생각이 그를 전율하게 했다. 그는 피할 수 없는 것에 대해 생각했다. "필로부터 당신 이야기를 듣고 심장이 너무 덜컹거려서 마음을 진정시킬 수 없었습니다. 표시내지 않으려고 애를 썼지만 쉽지 않았습니다. 잘못했습니다. 우리가, 내가 너무 잘못했습니다. 그 비에 적힌 문장이 내 가슴에 새겨졌습니다. 어리석음과 비극의 되풀이를 막기 위해. 우리의 어리석음에 대해 어떻게 용서를 구할 수 있을까요? 우리는 무엇을 할 수 있을까요? 어제는 철길 위에서 한나절 동안 명상을 했습니다. 눈치챘는지 모르겠는데, 거기가 내가 명상을 하는 자리입니다. 무슨 일이 있을 때마다 스승이라면 어떻게 할까, 생각합니다. 어제는 그 친구라면 무슨 일을 할까, 생각했습니다. 그래도 마음이 진정되지 않아 그 친구를 찾아갔습니다. 그 친구가 있는 곳에. 당신도 나와 생각이 다르지 않으리라고 생각하는데, 당신은 결코 우연히 온 것이 아닙니다. 뜻 없이 일어나는 일은 없습니다. 유동하는 기운들이 특정한 시간과 공간에서 한데 뭉쳐 구체적인 물질과 사건을 만든다고 스승은 말했습니다. 유동하던 기운을 한데 모으는 것이 뜻이라고 했습니다. 초대받았다는 말을 당신이 그냥 했을 리 없습니다. 그 친구는 이런 식으로 우리에게 다시 살아 돌아온 겁니다. 나는 그렇게 느낍니다."

그 친구 김경호는 공원에서 있었던 일을 세상에 알리려고 했다. 카메라는 빼앗겼지만 그에게는 펜이 있었다. 그는 자전거를 타고 다니면서 만났던 사람들에게 보내려고 글을 썼다. 그러나 그 펜 역시 오래 가지고 있을 수 없었다. 펜과 함께 그가 사라졌기 때문이다. '친구들의 집'이 해체되고 그곳에서 생활하던 친구들은 모두 강제 해산당했고 다른 국적의 친구들과 마찬가지로 그도 추방 명령을 받았다. 그러나 그는 보보를 떠나지 않았다. 이곳이 내 집이라고 그는 말했다.

　필이 자신의 펍 위 층에서 지내게 했다. 펍이 문을 여는 시간에는 다락에 올라가 글을 쓰며 지내고, 문을 닫으면 내려와 필의 일을 도우며 이야기를 나누었다. 그때 그는 말을 많이 했다. 하지 않던 자기 이야기를 그때 했다. 떠나온 그의 나라에서 겪은 많은 일들이 그때 필에게 알려졌다. 필은 도시를 떠나라고 권했지만 그는 완강했다. 그는 이곳에 남아 '친구들의 집'을 재건할 거라고 공언했다. "'친구들의 집'이 내 집입니다. 집이 여기인데 내가 어디로 가겠어요?"

　어느 날 오전 출근길에 필은 펍의 문이 열려 있는 것을 의아하게 여기고 그의 이름을 부르며 위 층으로 올라가보았다. 다락에는 그가 없었다. 그의 가방도 옷도 노트도 보이지 않았다. 남겨진 것은 창고에 보관되어 있던 그의 자전거뿐이었다. 펍 안에 외부인이 침입한 흔적은 보이지 않았다. 누가 보아도 그가 스스로 자기 소지품을 챙겨서 나간 것처럼 보였다. 그렇지만 그렇게 판단하기에는 그 전날 저녁까지 그가 보인 모습이 너무 달랐다. 설령 간밤에 무슨 일이 있거나 심경의 변화가 생겨 떠나야 했다면 자전거를 타고 갔을 것이다. 그 경우에도 아무 말도 하지 않고 떠날 사람이 아니었다. 메모 한 장 남기지 않고 떠났다는 건 그 친구답지 않았다. 필은 그렇게 생각했지만 확신하지는 못했다. 그가 아무 일 없다는 듯 웃으며 불쑥

문을 열고 들어올 것 같아서 필은 자주 문을 바라보았다. 문이 열릴 때마다, 비슷한 체격의 남자가 들어올 때마다 깜짝깜짝 놀랐다. 틈나는 대로 그가 두고 간 자전거를 손질하며 그를 기다렸다. 혹시 무슨 일이 생겼을까 걱정이 되면 자전거를 어루만지며 속으로 기도했다. 어떤 소식도 들리지 않은 것이 처음에는 불안의 요인이었지만 나중에는 안도의 이유가 되었다. 자기 나라로 무사히 돌아간 거라고 애써 생각하기로 했다. 그렇게 생각하는 것이 덜 자책하는 방법이었다.

사람들의 출입이 통제된 구루공원에서 그의 시체가 발견된 것은 한 달이 지난 다음이었다. 자연주의자들의 개더링이 열린 바로 그 자리였다. 그를 발견한 사람은 쟝이었다. 어떤 예감 같은 것이 쟝으로 하여금 그 공원을 수색하게 했다. 그는 자기가 할 수 있는 모든 방법을 동원하여 그를 찾았다. 아무 데서도 흔적을 찾을 수 없게 되자, 그러지 않기를 바라면서, 그러나 그럴지도 모른다고 생각하면서 쟝은 그를 찾아 그 비극의 장소인 공원으로 들어갔다. 그의 그런 행보가 혹시나 불길한 기운을 퍼뜨리고 듣는 사람을 불안하게 만들까봐 쟝은 필에게도 말하지 않고 혼자 들어갔다. 미라처럼 바짝 마른 시신을 발견하고 쟝은 바로 그 친구라는 걸 알아보았다. 그가 왜 어떻게 그곳에 그런 모습으로 누워 있는지는 수수께끼였지만 그 스스로 그곳에 가서 목숨을 끊었을 거라고 생각되지는 않왔다. 그럴 만한 이유도, 그런 조짐도 암시도 없었다. 그러므로 쟝은 그의 수상한 죽음에 의문을 표하고 당국에 조사를 요청했다. 그의 요구는 묵살되었다. 쟝의 잦은 항의는 쟝에 대한 보복으로 돌아왔다. 귀찮은 일을 해결하는 가장 빠른 방법을 그들은 알고 있었다. 그들은 알고 있는 것을 실행했다. '친구들의 집'은 반인륜적인 범죄조직이 되고, 쟝은 그 스승과 함께 그 조직을 주도한 인물이 되었다. 쟝과 스승은 '친구들의 집'에서의 강제노동과 불법감금과 인권침해 등을 주도한 혐의로 재판에 넘겨졌고 감옥에 갇혔다. 그의 부정과 변론과 항의는 받아들여지지 않았다.

3년 형기를 마치고 출소했을 때 그와 함께했던 친구들은 뿔뿔이 흩어진 다음이었다. 추방되었거나 일상으로 돌아갔다. 그의 늙은 스승은 수감 생활을 하던 중 숨졌다. 항의의 표시로 단식투쟁을 하다가 숨졌다는 소문이 돌았지만 정확히 확인해준 사람은 없었다. 쟝은 스승과 그 친구의 뜻을 생각하며 '친구들의 집'을 복구하려고 했다. 그는 수소문해서 친구들을 찾아다녔다. 그 시절의 '친구들의 집'을 아름답게 추억하는 이들은 많았지만, 그 시절의 열정을 되살려 공동체를 다시 만들고 싶어 하는 사람은 없었다. 사회에 적응했거나 적응하기 위해 아등바등하고 있는 이들에게 '친구들의 집'은 그저 철들면 벗어버려야 하는 치기나 한때의 낭만 같은 것이 되어 있었다. 무엇보다 사회 분위기가 그 시절보다 경직되어 있었고, 그들은 '친구들의 집'의 일원으로 밝혀지는 걸 두려워했다. 강제노동, 불법감금, 인권침해 같은 오명을 뒤집어쓴, 위험하고 수상한 집단이라는 세상의 낙인은 그들의 아름다운 기억까지도 오염시켰다. 쟝은 실망했고, 현실을 직시하게 되었고, 오래지 않아 그 역시 생활을 위해 현실로 복귀했다. 그러나 그를 받아주는 직장이 없었기 때문에 친척이 운영하는 식당에서 일을 거들며 지냈다. 그는 평범해지려고 노력했다. 식당 일을 배운 후 친척이 하는 식당을 물려받든지 도움을 받아 작은 식당을 내는 것이 그의 유일한 꿈이 되었다.

"몇 명의 친구들을 찾아가서 건성으로 뜻을 물어보고, 그들이 심드렁한 반응을 보이자 그걸 핑계로 물러난 겁니다. 적극적으로 권했던 것 같지 않아요. 그 친구에 대한 죄책감을 벗어버리기 위한 구실로 친구들을 이용한 거라고 하지 않을 수 없어요. 나는 비겁하고 교활했어요." 쟝은 자신을 자책했다. 시간이 꽤 많이 흐른 후 성당 앞에 앉아 적선을 구하고 있는 한 사람을 만나지 않았다면 지금도 식당 주인으로 평범하게 살고 있을 거라고 쟝은 말했다. 사람이 너무 달라져 있어 처음에는 그 사람을 알아보지 못했다. 동전을 던져주고 돌아서는데 어떤 느낌이 뒤를 돌아보게 했다. "혹시……. 친구들의 집?" 쟝이 묻자 거지는 고개를 들어 그를 보았다. 그 사람의 눈이 금

세 글썽글썽해지는 걸 쟝은 보았다. 해체되기 직전에 '친구들의 집'에 들어와 지내던 외국인이었다. 온 마을을 집어삼킨 강도 7.9의 지진에서 가족과 집을 잃고 혼자만 겨우 살아남아 자기 나라를 떠난 사람이었다. 그가 어떻게 '친구들의 집'에 들어오게 되었는지는 분명하지 않았다. 그때는 다른 나라로 이주하기 위해 보보에 입국한 외국인들 가운데 '친구들의 집' 소식을 듣고 찾아온 이들이 더러 있었다. '친구들의 집'에서 나간 그는 갈 곳이 없었다. 자기 나라로 돌아갈 형편이 아니었고, 이웃 나라로 옮겨가려 했으나 그 길도 막혀 불안정한 신분으로 여기저기 떠돌며 아무 일이나 하고 살았다. 외지인들에 대한 차별이 심해지면서 단기간의 일자리도 잡기가 어려웠다. 운수 사납게도 작은 침대와 쿠커와 미니 냉장고와 트렁크가 살림의 전부인 그의 집에 도둑이 침입해 그동안 모아둔 얼마간의 돈까지 모조리 가져가버렸다. 다른 방법이 없어 몇 달 전부터 이렇게 거리에 나와 구걸을 하게 되었다고 그는 말했다. 그와 비슷한 처지의 사람들이 많다는 것을 쟝은 그를 통해 알게 되었다.

그것이 새로운 시작이 될 줄 그때는 몰랐다. 그는 나이 많은 친척의 대를 이어 식당 주인으로 만족하려고 했으나 운명은 그를 그렇게 평탄한 길로 가도록 내버려두지 않았다. 성당 앞에서 구걸하던 옛 친구를 데리고 들어와 자기 집에서 기거하게 했는데 그날 이후 그런 사람들이 자꾸 눈에 들어왔다. 그들 대부분이 더 살기 좋은 나라에 가서 살아보려고 자기 나라를 떠난 사람들이었다. 쟝은 보이는 대로 그들을 데리고 와 밥을 먹이고 잠을 재웠다. 문제는 그런 사람들이 너무 많아서 일시적인 동정심으로 감당할 수 없다는 데 있었다. 밥을 한 끼 먹이고 하룻밤을 재워주는 것은 쉬운 일이었지만 다음 끼, 다음날 잠자리는 어떻게 하는가. 한 끼 식사를 하고, 혹은 하룻밤을 지낸 후 고맙다며 인사하고 떠나는 그들의 뒷모습을 볼 때마다 쟝은 죄를 짓는 것 같아 괴로웠다. 공연히 어설픈 짓을 하고 있다는 후회가 밀려오기도 했다. 그들은 먹을 것이 없고 잠잘 곳이 없었다. 한 끼를 먹고 나면 곧 다시 한 끼를 먹어야 하는 시간이 돌아오고, 하룻밤을 자고 나면 곧 다시 하룻밤을 자야 하는 시간이 돌아온다. 끼니는 되풀이되고 밤 역시 반복된다. 쟝은 겁이 났다. 근본적으로 문제를 해결하지 못할 바엔 그만두는 게 낫다고 자기를 회유하기도 했다. 그러나 시작한 일을 그만둘 수는 없었다. 사람들이 찾아왔고, 그 숫자가 점점 많아졌고, 이제 그만두고 싶어도 그만둘 수 없는 형편이 되어버렸다. 그는 임시로라도 그들이 기거할 수 있는 공간을 만들 필요를 느꼈다. 그것은 '친구들의 집'을 다시 만드는 일과 다르지 않았다. 핑곗거리를 만들어가며 그동안 회피해온 일을 결국 하지 않을 수 없게 된 사실을 깨닫고 그는 하늘을 향해 두 손을 번쩍 들고 외쳤다. "알았습니다. 하겠습니다." 사람이 드나들지 않는 폐쇄된 공원 안에 자연동굴이 있다는 게 떠올랐다. 그는 그곳을 집처럼 꾸미고자 했다. 그의 뜻을 이해한 외부인들이 손을 보탰다. 길을 떠돌고 아무 데나 누워 자던 사람들이 그곳에 모여들었다. 변형된 형태의 새로운 '친구들의 집'은 그렇게 만들어졌다.

30

 그날은 일요일이었고, 가수 친구는 성당 앞에서 노래를 부르고 있었다. 그는 일주일 만에 시내에 나왔다. 허가증을 제시하지 못해 붙잡혀간 외부인들에 대한 소문이 많아지면서 몸을 사리지 않을 수 없었다. 그날이 일요일이라는 것이 용기를 내게 한 요인이었다. 일요일은 성당에서 나오는 사람들의 동정심을 이용하기 좋은 날이었고, 또 휴일이어서 국민안전국 사람들의 단속을 피할 수 있다고 생각했다.

 점심시간이 지날 무렵이었다. 중년 남자 세 명이 주위를 빙빙 돌며 큰 소리로 알아들을 수 없는 말을 쏟아내서 가수 친구의 신경을 흐트러지게 했다. 방해를 하는 것이 분명했으나 그는 태연한 척 노래를 계속 불렀다. 그동안 거리에서 노래를 부르면서 별의별 사람들을 다 겪었다. 술에 취해 소리를 지르거나 뒤에 서서 머리를 툭툭 치거나 노래를 하지 못하게 계속 말을 붙이거나. 기타 케이스에 모인 동전을 들고 달아나는 사람도 있었다. 그런 사람들은 무시하는 것이 상책이었다. 상대를 하지 않으면 대개는 제풀에 지쳐 떨어져나갔다. 다른 사람이 나서서 문제를 해결해주는 경우도 있었다. 이번에도 그럴 거라고 기대할 수 없었다. 세 사람은 그동안의 훼방꾼들과는 사뭇 다른 분위기를 풍겼다. 예컨대 술기운의 사주를 받아 횡설수설하는 즉흥성이 그들에게는 없었다. 여느 때와는 달리 한 명이 아니었고, 알아듣기 힘든 말을 하며 주변을 빙빙 돌았지만 결코 횡설수설하지는 않았다. 아무렇게나 움직이고 아무 말이나 하는 것 같지만 무작정이 아니었고 즉흥적이지 않았다. 의도와 작정을 가진 사람의 말이나 몸짓은, 아무리 막무가내의 즉흥성을 겉으로 내세워도, 혹은 그럴수록 더, 어쩔 수 없이 그 의도와 작정이 드러나게 마련이다. 감추었거나 감추려고 하는 의도나 작정이 그 사람의 근육을 긴장시키기 때문이다. 긴장은 부자연스러운 과장과 거북한 태도를 만들어내는데 정작 긴장된 근육을 가진 사람은 그걸 모른다. 가수 친구는 세 명의 남자들이 즉흥적인 주정꾼이 아니라는 걸 감지했고, 그러자 노래에 집중할 수 없었다. 그는 자리를 걷고 떠나기로 마음먹었다.

그가 노래를 멈추고 서둘러 기타를 챙기는데 세 명의 남자가운데 머리를 짧게 자른 한 명이 바닥에 놓여 있던 그의 기타 케이스를 발로 찼다. 그 안에 들어 있던 동전들이 길바닥에 쏟아졌다. 동전 몇 개는 차도까지 굴러갔다. 다른 한 명이 그가 메고 있는 기타를 향해 무작정 주먹을 날렸다. 가수 친구는 기타를 보호하려고 몸을 돌렸지만 남자의 주먹을 피할 수 없었다. 둔탁한 소리와 함께 기타의 상판에 주먹 모양의 흠집이 생겼다. 가수 친구는 기타를 끌어안으며 이러지 마세요, 하고 소리쳤다. 기타 케이스를 발로 찼던 남자가, 부자연스럽게 낄낄거리며 손에 들고 있던 음료수병을 그를 향해 던졌다. 가수 친구는 얼굴에 탄산음료를 뒤집어썼다. 입고 있던 옷에도 얼룩이 생겼다. 꺼져, 우리 도시에서 꺼져, 하고 한 사람이 소리쳤다. 다른 남자가, 우리 구역에서 노래 부르지 마, 시끄러워, 하고 외쳤다. 또 다른 남자가, 여기서 사라져, 여기서 노래 부르지 마, 하며 낄낄거렸다. "쓰레기. 병균. 꺼져. 꺼져. 냄새나. 듣기 싫어. 보기 싫어. 왔던 데로 돌아가. 꺼져." 그들은 마치 춤을 추듯 몸을 흔들며 꺼지라고 소리쳤다. 그러고는 낄낄거리며 웃었다. 그 웃음은 기묘하고 섬뜩했다. 가수 친구는 그들의 웃음에서 광기에 가까운 것을 느꼈다. 무슨 짓을 할지 알 수 없고, 무슨 짓을 해도 이상하지 않을 자들임을 그 웃음으로 시위하고 있다고 그는 생각했다. 주변을 둘러보았지만 나서서 말리려는 움직임을 보이는 사람은 없었다. 다른 사람들까지 합세해서 그를 괴롭힐지 모른다는 공포가 엄습했다. 가수 친구는 그 순간 자기가 해야 하고 할 수 있는 유일한 일은 되도록 빨리 이곳을 벗어나는 거라고 판단했다. 다른 방법은 없었다. 그는 황급히 그곳에서 달아나느라 길바닥에 떨어진 동전도 줍지 못했다. 낄낄거리는 웃음이 그를 따라왔다. "또 나타나기만 해봐. 그땐 다리든 팔이든 부러질 각오를 해야 할 거야."

둥근 식탁에 모여 서로의 먹을거리를 내놓고 식사를 하는 자리에서 가수 친구가 낮에 겪은 일을 이야기했다. 그러자 다른 친구들도 최근에 자기들이 겪은 일들을 앞다투어 털어놨다. 언어와 문화가 다른 외지에서 근거 없는 모욕과 차별을 경험하지 않은 친구는 없었다. 어제오늘 일도 아니었다. 그러나 최근 들어 그런 일이 더 빈번하고 더 험악해졌다는 것 또한 사실이었다. 더 심각한 것은, 가수 친구가 겪은 것처럼, 그런 일이 돌발적으로 발생하는 것 같지 않다고 느껴진다는 점이었다. 예컨대 장난으로, 혹은 술기운을 빌려, 충동적으로 행패를 부리는 수준이 아니라는 데에 문제의 심각성이 있었다. 여럿이 몰려다니며 야유하고 겁주고 협박하는 걸 보면 다분히 조직적이었다. 쟝은 극단적인 차별주의자들이 정권의 비호 아래 독버섯처럼 늘어나고 있다고 우려를 표했다.

피해 사례들은 다양했다. 마음씨 좋은 사람이 주고 간 샌드

위치를 먹고 있는데 지나가던 사람이 빼앗아 쓰레기통에 던지며 입에 담기 힘든 욕설을 했다는 호소가 있었다. 옷 속으로 손을 집어넣어 맨살을 만지는 바람에 기겁을 하고 달아났다며 훌쩍이는 친구도 있었다. 어떤 친구는 머리채를 붙잡힌 채 3미터쯤 끌려다녔다고 하면서 여러 차례 고개를 저었다. 목수 친구는 어제 자기가 만든 목각인형들을 모두 빼앗겼다며 한숨을 쉬었다. 무겁고 긴 침묵이 오랫동안 이어졌다. 식탁에는 쟝의 식당에서 가져온 음식이 더해져 제법 풍성했지만 그것을 입으로 가져가는 사람은 없었다.

신변의 위협은 늘 있었다. 살던 곳에서도 있었고, 그곳을 떠난 이후에도 있었다. 두렵지 않은 적이 없었고 불안하지 않은 적이 없었다. 그러나 그들은 그 두려움과 불안을 겉으로 표현하지 않는 법을 몸에 익히며 살아왔다. 내부에 깃든 두려움과 불안을 밖으로 드러내는 순간 어둡고 비관적인 기운이 퍼져나가게 될 것이 겁나서 모두들 자기 속을 감추고 지냈다. 이곳은 광야. 지나가는 통로. 그러니까 견디는 것이 최선. 되도록 저 너머의, 눈에 보이지 않는 희망을 바라보기를 바랐다. 오늘 살았으니 내일도 살 거라고 다독이며 서로를 위로하며 지냈다. 그렇게라도 해서 아직은 괜찮다는 믿음을 유지하기를 바랐다. 그렇게 어렵게 지켜온 믿음이 봇물처럼 터져나온 말들에 의해 무너져내렸다. 마치 봉인되어 있던 봉투가 뜯긴 것 같았다. 그

들이 그렇게 피하려고 했던 두려움과 불안이 밀폐된 실내에
가스가 살포되듯 빠르고 은밀하게 퍼져나갔다. 어느 순간 모
두 약속이라도 한 듯 입을 닫고 침묵한 것은 그 때문이었다.
실내에 퍼진 그 사나운 기운보다 그 기운을 감지했다는 사실
이 더 두려워서 친구들은 서로의 눈길을 피했다. 무거운 침묵
이 공기를 가라앉히고 친구들의 기도를 눌렀다. 누군가 마른
기침을 했다. 황선호는 침묵의 손아귀에 붙들려 숨을 쉴 수 없
게 된 것만 같아 가만히 가슴에 손을 얹고 심호흡을 했다. 다
른 곳에서 숨죽인 기침 소리가 났다. 어색한 분위기가 답답했
는지 마리티무스가 컹컹 짖었다. 다른 개들이 따라서 짖었다.

　"개들이 우리에게 중요한 사실을 일깨워주는 것 같습니다.
음식을 오래 기다리게 하는 건 예의가 아니지요. 오늘은 특별
히 우리들의 친구 필이 맥주를 보내왔습니다. 이 친구가 직접
만든 겁니다. 우리는 오늘을 살았습니다. 축하할 일입니다. 날
이 밝으면 우리는 또 오늘을 살 겁니다. 자, 모두들 즐거운 마
음으로 식사합시다." 쟝이 마리티무스의 검은 털을 쓰다듬으
며 큰 소리로 말했다. 가라앉은 실내 분위기를 일으켜 세우려
는 그의 의도는 같은 마음을 가진 친구들에 의해 받아들여졌
다. 그들은 서로를 쳐다보며 어색하게 웃었다. 억지로라도 웃
었다. 격려하듯 옆 사람의 어깨를 툭툭 두드리는 이도 있었다.
개들은 사람들 사이를 오가며 꼬리를 흔들었다. 음식들이 서

로의 손을 거쳐 전해졌다. 쟝은 오후에 황선호와 함께 식당에 가서 고기와 우유를 가져왔다. 마트에서 구입한 생필품들도 자전거에 싣고 왔다. 자전거 뒷바퀴 위의 짐받이뿐 아니라 앞바퀴 양옆에 짐가방을 하나씩 실었다. 쟝과 황선호가 멘 배낭에도 물건들이 가득 들어갔다. 필은 5리터짜리 나무맥주통에 맥주를 가득 넣어 보냈다. 각자의 자리에 잔이 놓였다. 원하는 대로 우유를 따르거나 주스를 따르거나 맥주를 따랐다. 황선호는 맥주를 따랐다. 목수 친구가 잔을 들고 외쳤다. 오늘은 오늘의 잔을! 다른 친구들이 목소리를 더해 외쳤다. 오늘은 오늘의 잔을! 가수 친구가 잔을 내려놓으며 말했다. "기타가 부서졌습니다. 그러나 저에게는 우리 아버지 어머니가 물려주신, 기타보다 더 좋은 악기가 있습니다. 이 악기로 노래하겠습니다." 친구들이 박수를 쳤다. 누군가는 휘파람을 불었다. 남자인지 여자인지 알 수 없는 신비한 목소리로 가수 친구가 노래를 불렀다. 빠른 박자의 노래였지만 이상하게 슬픔이 고인 노래, 묘하게 마음을 흔드는 노래를 몇 사람이 따라 했다. 친구들이 손바닥으로 탁자를 두드렸다. 어떤 친구는 기도하는 것처럼 손을 높이 들었고, 어떤 친구는 춤을 추듯 가만가만 몸을 흔들었다.

31

　황선호는 십자 모양의 나무판에서 한글과 로마자가 병기된 이름을 읽었다. 친구 김경호. 긴 시간 낯선 공기와 뜨거운 햇빛과 마른 바람을 버텨온 글씨는 또렷하지 않았고, 한글 글자는 무얼 보고 베긴 듯 삐뚤빼뚤했다. 끌로 글자 모양의 홈을 파고 그 위에 페인트를 칠한 그 이름표는 색이 바래서 흐릿했지만 황선호는 어렵지 않게 그 글자를 읽을 수 있었다. 고고학자들이 몇 개의 뼛조각으로 거대한 공룡의 몸뚱이를 재현해내는 것과 흡사한 일이 그 순간 일어났다. 세월과 함께 허공에 흩뿌려진 그 이름의 원소들이 그 순간 갑자기 어떤 기운에 이끌려 원래 있던 곳으로 모여든 것 같았다. 그가 쓴 여행기에 있던 이름, 언제나 낯설었고 여전히 낯선 이름. 황선호가 극구 의식하지 않으려고 했던 이름. 그는 그 이름을 보지 않으려고 했고, 본 사실을 기억하지 않으려고 했다. 그 이름은 불리지 않았고 그에게는 모르는 이름이 되었다. 일단 불러내지면 이름은 돌이킬 수 없는 것이 된다. 서둘러 다시 묻어버릴 수 없는 것이 된다. 그래서 황선호는 한사코 그 이름을 부르지 않으려 했다.

김경호. 그 이름을 입에 올리자 가슴속이 뜨거워지면서 혀끝에 아릿한 기운이 느껴졌다. 무엇인가가 혀끝을 찌르는 것 같아서 마저 발음할 수 없었다. 이름이 적힌 나무판은 손바닥만 했는데, 부채 모양으로 가지를 펴고 있는 키가 작고 몸통이 굵은 보보체리나무의 가슴 부분에 걸려 있었다. "그 친구가 예뻐한 나무입니다. 매일 물을 주고 자주 이 나무 아래 앉아 쉬었습니다. 사람에게 하듯 말을 걸기도 했고요. 그 친구의 몸을 어디로 옮겨야 할지 오래 고민하지 않았어요. 지금은 이렇게 폐허가 되었지만 여긴 '친구들의 집'이 있던 자리고, 이 나무는 그의 나무라고 불리었으니까요." 몇 걸음 뒤에서 말없이 황선호를 지켜보고 있던 쟝이 가만가만 말했다. 쟝의 옆에 몇 사람이 더 있었다. 황선호는 안나를 알아보았다. 시선이 마주치자 그녀는 엷은 미소를 지으며 가볍게 목례했다. 필은 언제나처럼 환한 하늘에 눈길을 보내고 있었다. 류는 조금 떨어진 곳에서 사진을 찍었다. 그들 말고도 몇 사람이 더 있었지만 황선호는 모르는 얼굴들이었다. 쟝은 그들을 그 친구의 옛 친구들이라고 소개했다.

이곳으로 황선호를 데려오기 전에 쟝은 말했다. "옛 친구들이 올 겁니다. 그 친구를 기념하기 위해 올 겁니다. 내가 불렀습니다." 그러니까 그날이 김경호가 이 보보체리나무 아래 옮겨진 날이었다. 반원형으로 하늘을 향해 팔을 뻗고 있는 모양의 보보체리나무는 잎이 무성하고 열매가 가득 달려 있었다. 황선호는 그 아래 말없이 오래 서 있었다. 그는 좀 쓸쓸하고 허전하고 혼란스러웠다.

황선호는 전날 필이 보여준 사진 속의 김경호를 떠올렸다. 아니, 떠올리지 않아도 저절로 떠올랐다. 떠올라서 가라앉지 않았다. 위아래 구별이 없는 회색 옷을 입고 처음 육교에서 보았을 때 쟝이 취하고 있던 것과 같은 포즈로 눈을 감은 채 손을 앞으로 모으고 있는 사진을 보는 순간 황선호는 가슴이 덜컹거리는 걸 느꼈다. 그 사진은 한없이 낯설고 더할 수 없이 낯익었다. 그들이 친구라고 부르는 그 사진 속 남자를 황선호는 어떤 이름으로도 부르지 못했다. 아니, 어떤 이름으로도 부를 기회가 없었다. 그 사진을 그는 어머니가 남긴 편지꾸러미 안에서 먼저 보았었다. 그 사진은 예정대로라면 그의 책에 사용되었을 것이다. 그러나 그 책은 출판되지 않았다. 편지 형식으로 전달된 원고는 한 권 분량이 쌓일 때까지 책으로 만들어지지 않았으니까. 그런데 그 사진이 동봉된 편지를 보낸 후 연락이 끊어졌으니까. 필은 사진 속 김경호를 가리키며 지금의 황선호 나이 정도 되었을 거라고 말했다. 그러니까 내 나이였을 때 그는 이곳에 있었구나. 나처럼, 여기에. 황선호는 그 말속에 무슨 대단한 뜻이라도 들어 있다는 듯 같은 말을 여러 번 중얼거렸다.

그리고 필은 다른 한 장의 사진에 대해 말했다. 그 친구의 사진이 아니라 그 친구가 가지고 있던 사진에 대해. 보여주지는 않고 말만 했다. 왜냐하면 그는 그 사진을 가지고 있지 않았으니까. 젊은 여자였고, 미인이었다고 필은 회고했다. 사진과 함께 노트 사이에 끼어 있던 색 바랜 편지 한 장도 보았는데, 사진 속 여자가 오래전에 보낸 편지라고 했다. 도망치듯 떠나온 자기에게 그녀가 보낸 유일한 편지.

그 편지에서 그녀는 사랑하는 사람과 함께 사는 삶을 여전히 원치 않느냐고 물었다고 했다. 한 번만 더 묻고 다시는 묻지 않겠다고, 떠날 때의 생각에 변화가 없느냐고, 계속 떠돌기만 할 거냐고, 사랑하는 사람과 함께 하고 싶은 마음이 여전히 없느냐고. 그녀의 편지에 담긴 질문의 뜻을 모를 수 없었지만, 그 질문에 대답할 수는 없었다고 그는 말했다. 왜냐하면 그녀가 원하는 대답을 하려면 떠난 곳으로 다시 돌아가야 하는데, 그런 생각을 하는 것만으로도 눈앞이 하얘지면서 두려움이 몰려왔기 때문이라고, 그때까지만 해도 그 기억 속 악몽에서 벗어나지 못했었다고, 그래서 아무 답도 쓰지 못했다고 했다. 그러나 그 질문을 늘 가슴에 품고 살았다고, 미안함과 그리움으로 마음이 찢어질 것처럼 아픈 날이 많았다고 했다. 그리움은 그리워하는 상태가 해소되기를 원치 않는 이상한 감정이라고, 그리움이 성취되는 순간 그리워하는 상태가 해소되어버리므로, 그리움의 상태가 해소되면 그리워할 수 없으므로 계속 그리워하기 위해서는 그 성취를 미래의 상태로 남겨둬야 한다고 말할 때 그는 몹시 쓸쓸해 보였다. 필은 그것이 그녀에게 가려는 마음을 잡아 묶기 위해 그 친구가 만든 억지 논리일 거라고 생각했다. 사랑이라는 이름으로 사랑하는 사람을 불행에 빠뜨리지 말자고, 외로움에 넘어가지 말자고, 이 순간만 잘 넘기면 된다고 수없이 되뇐 것도 마찬가지였을 것이다. 그 시절의 그에게는 그런 것이 필요했다. 마음을 어느 정도 다스릴 수 있게 되어 그녀가 편지에 써 보낸 질문에 대답해도 될 것 같다는 생각이 들었을 때는 그의 대답이 더 이상 유효하지 않을 만큼 시간이 너무 많이 지나버렸다는 걸 깨닫고 그는 절망했다. 그녀가 여태 그 대답을 기다리고 있을 거라고 기대하는 것 자체가 그녀를 모욕하는 것이라고, 그래서 새삼스럽게 그 말을 할 수 없었다고 그는 필에게 말했다.

　김경호가 실종되기 전날 밤 그의 가게에서 나눈 대화였으니 그것이 그 친구의 마지막 말이 되어버렸다며 필은 안타까워했다. 그러면서 그 편지와 사진, 그리고 그 친구의 노트를 보관하지 못한 것을, 마치 자기 잘못인 것처럼 사과했다. 그러나 그것은 필이 사과할 일이 아니었다.

그동안은 그 사람을 무시하고 모른 체해도 된다고 생각했으므로 황선호는 그를 무시하고 모른 체하며 살았다. 어떤 점에서는 그래야 한다고 생각했던 것 같기도 하다. 그러나 이제 더 이상 그럴 수 없었다. 그동안 누려온 권리를 빼앗긴 것 같은 상실감이 그를 당황하게 했다. 그동안 무시해온 잘못을 사과해야 할 것 같기도 했다.

사람이 이렇게 외롭게 내버려진 채 잊힐 수 있는가? 황선호는 무거운 질문 앞에 자기를 세웠다. 그가 살던 도시와 이 도시 사이의 물리적인 거리를 변명으로 앞세우고 싶은 마음을 누르며 그는 죽은 자의 외로움은 순전히 산 자에 의해 비롯되는 것, 그러므로 산 자의 죄라는 생각을 했다. 살아 있는 동안 사람은 어디든 갈 수 있고 어디서든 살 수 있다. 낯선 곳에 있으면 낯설고 이상한 곳에 있으면 이상하지만, 살아 있는 동안은 낯설고 이상한 선택을 스스로 할 수 있다. 그러나 죽은 다음에 낯설고 이상한 곳에 있는 것은 이상하다. 그것은 그가 선택한 것이 아니기 때문이다. 낯섦과 이상함이 아니라, 그것은 외로움이다. 말할 수 없이 무거운, 견딜 수 없는, 더할 수 없이 철저하고 처절한, 절대적인 외로움. 이 외로움을 이길 외로움은 없다. 살아 있는 동안 낯선 곳에 가고 이상한 곳에서 사는 것은 살아 있는 자의 낯설고 이상한 행동으로 이해되지만 죽은 자가 낯설고 이상한 곳에 묻혀 있는 것은 죽은 자의 버려지고 잊힌 상태로 여겨진다. 살아 있는 자의 자발성을 죽은 자에게 부여할 수 없다. 죽은 자는, 산 자와는 달리 자신의 몸의 어떤 기관을 움직여 자기 몸이 있을 곳을 찾아갈 수 없다. 선택할 수 없다. 그는 자신의 행위로 자기 몸을 묻을 수 없다. 그는 자기 몸을 묻을 손과 발을 잃었다. 그는 행위하지 못하는 자다. 그는 그저 놓여 있다. 낯선 곳에 잊힌 상태로 놓여 있는 자의 외로움을 넘어설 수 있는 외로움은 없다. 죽은 자에게 외로움을 부여한 것은 산 자의 선택(하지 않음)이다. 황선호는 왜 그런 생각을 하는지 알지 못한 채 그런 생각을 했다. 그런 생각이 찾아오자 털어낼 수 없었다. 살아 있을 때는 알지 못했고, 알았다 하더라도 아는 체하지 않았을 테지만, 죽은 다음에 낯설고 이상한 곳에 묻혀 있는 그 사람 김경호를 알게 된 순간 그는 아는 체하지 않을 수 없는 사람이 되었다. 황선호는 자기 안에서 죄책감이 일렁이는 것을 느꼈다. 다른 때는 그렇게 잘 만들어지던 변명도 떠오르지 않았다. 아주 천천히 그 사람 김경호는 무시의 대상에서 사과의 대상으로 바뀌어갔다. 사과라니! 어떻게 사과한단 말인가. 사과는 무시하는 것과 다르지 않은가. 무시는 상대의 얼굴을 마주하지 않고, 마주하지 않을 수록 할 수 있지만, 사과는 상대의 얼굴을 마주하지 않고는 할 수 없지 않은가. 상대의 얼굴을 마주 보지 않고 하는 사과를 사과라고 할 수 있을까. 그는 아무것도 하지 못하고 가만히 서 있기만 했다. 그 시간이 매우 길었다.

황선호는 같이 있는 이들이 자기 얼굴에서 무엇을 읽게 될지 두려웠다. 그래서 돌아설 수 없었다. 그것이 무엇이든 들키고 싶지 않았다. 사실은 그의 표정이 무엇을 담고 있는지 가장 궁금한 사람은 그 자신이었다. 그는 자기가 짓고 있는 표정이 궁금했다. 그는 자기가 짓고 있는 건지 확신할 수 없는 표정을 다른 사람이 포착하게 하고 싶지 않았다. 상대방의 어떤 반응도 그에게는 요령부득일 터이므로 그들의 반응에 대한 그의 어떤 반응도 그들에게는 자연스럽지 않을 게 당연했다. 상대방의 이해할 수 없는 반응에 어떻게 반응해야 할지 난감한 상태가 되는 것을 그는 원하지 않았다. 뒤에서 그를 지켜보는 장과 그의 옛 친구들은 그의 추모의 감정이 매우 깊고 절절하다고 느꼈을지 모르지만 황선호가 몸을 돌리지 못하고 오랫동안 보보체리나무 그늘 아래서 움직이지 않은 것은 사실 그런 까닭이 더 컸다.

햇빛이 불어오는 바람결을 따라 나뭇잎들 사이로 들락날락했다. 바람을 따라 살랑거리는 햇빛은 따갑지도 날카롭지도 않았다. 황선호는 햇빛이 아지랑이처럼 눈꺼풀 위에서 어른거리는 것을 감은 눈으로 느꼈다. 쟝이 황선호의 어깨에 가만히 손을 얹은 채 나무 열매를 바라보며 말했다. "그 친구가 이 아래 눕고 난 후 이 나무에 체리가 얼마나 많이 열렸는지, 보았다면 아마 놀랐을 겁니다. 이파리보다 열매가 훨씬 더 많은 것 같으니까요. 우리는 그가 맺은 열매라고 생각했어요. 그의 몸에 열린 열매를 따서 눈물과 함께 먹었어요. 그때 그 체리는 세상 어느 과일보다 달콤했지만 씹을 수도 삼킬 수도 없어서 우리는 입안에 오래 머금고 있었습니다. 입안에 가득 퍼진 체리 향은 그 달콤함 때문에 더 서러웠어요. 우리가 그 친구의 몸의 일부를 먹고 있다는 의식이 어떻게 찾아왔을까요? 전율이 일었어요. 나만 그런 게 아니었던가봐요. 필도, 그리고 또 다른 친구도 그런 심정을 토로했어요. 신비스럽고 강렬한 경험이었어요. 그날 이후 우리에게는 이 보보체리나무의 열매를 먹는 것이 그를 기념하는 일이 되었어요."

앞으로 걸어나간 쟝이 손을 뻗어 체리를 땄다. 황선호의 눈에는 그가 나무를 향해 손을 뻗자 나무가 그의 손바닥에 체리를 떨어뜨려주는 것처럼 보였다. 나무가 저렇게 큰데, 손을 뻗으면 닿는 높이에 체리가 가득 달려 있다는 사실이 믿어지지 않았다. 흔들리는 나뭇잎 사이로 햇빛이 휘청거렸다. 황선호의 눈살이 저절로 찌푸려지는 순간 쟝이 오른쪽 손바닥에 있는 체리를 왼손으로 집어서 황선호의 왼쪽 손바닥을 향해 내밀었다. 황선호는 왼쪽 손바닥을 펼쳐 체리를 받았다. 그의 손바닥에는 피처럼 붉은 보보체리 열매 세 알이 놓였다. 뒤에 있던 필과 다른 친구들이 한 사람씩 앞으로 나와 나무에 손을 뻗었다. 어떤 이는 발뒤꿈치를 들고 팔을 최대한 늘렸고, 어떤 이는 가지 끝에 달린 열매를 잡기 위해 가지를 잡아 휘었다. 보보체리나무는 친구들이 내미는 손에 붉은 체리 열매를 쥐어주었다. 류는 이 모든 장면을 한 순간도 놓치지 않겠다는 듯 연신 카메라 셔터의 버튼을 눌렀다.

장은 황선호에게 먹으라는 몸짓을 하고 자기 손에 들린 체리를 입에 넣었다. 다른 친구들도 그렇게 했다. 황선호는 손바닥 위에 놓여 있는 피처럼 붉은 열매를 내려다보았다. "먹어요." 장이 말했다. 그는 흡사 속삭이는 것처럼 말했지만 황선호의 귀에는 거역할 수 없는 명령처럼 들렸다. 그의 눈에 보보체리나무의 가슴에 붙은 이름표가 크게 들어왔다. 친구 김경호. 그의 눈이 본 것을 그의 뇌가 읽었다. 입은 따라 읽지 않았지만 그 이름은 다시 그의 마음을 흔들었다. 본 것은 읽은 것이다. 그러자 먹으라고 명령하는 사람이 장에게서 그 사람, 김경호로 바뀌었다. 체리는 그가 먹지 않으면 안 되는 것이 되었다. 황선호는 피처럼 붉은 체리를 입으로 가져갔다. 그의 입속을 가득 채운 새콤하고 달콤한 과즙이 그의 몸속으로 퍼졌다. 그의 몸 구석구석이 체리 향에 점령당했다. 향이 어찌나 강렬한 지 취하는 듯했다. 숨을 쉴 때마다 향기가 퍼져나와 공기를 물 들였다. 그리고 그 향기에 휩싸인 말들이 혈관을 타고 그의 몸 속 구석구석을 유영했다. 확성기에 대고 말하는 것처럼 크고 웅웅거리고 찌릿했다. 네가 원하는 일을 해라. 남이 원하는 일 이 아니라……. 황선호는 그 순간 새로 태어난 것처럼 느꼈다.

32

 쟝은 수용소에 여러 번 찾아갔다. 거리에 나갔다가 붙잡혀 간 친구들을 데려오기 위해서였다. 항상 그런 것은 아니지만 술을 먹고 공연히 시비를 거는 사람들 때문에 폭행 시비에 휘말리거나 단속반원들에게 체류 허가증을 제시하지 못해 잡혀가는 경우가 전에도 간혹 있었다. 그때마다 쟝은 신원 보증을 하고 그들을 데려왔다. 물론 수용소 관리원들에게 얼마간의 돈을 쥐여주기는 했다. 바람직하지는 않았지만 어쩔 수 없다고, 그런 정도는 감수해야 한다고 쟝은 생각했다. 그 과정에서 친해진 관리원도 생겨서 언젠가부터는 제법 일을 수월하게 처리할 수 있었다. 그런데 이제 상황이 예전같지 않다. 그와 친한 관리원들도 그를 예전처럼 대하지 않았다. 그의 얼굴을 보는 것이 불편한지 그가 나타나면 피하기도 했다. 그만큼 외부인들에 대한 방침이 강경해졌다는 뜻이었다. 그들에게 주어져 있던 재량권이 회수되었다는 의미였다. 허가증을 갖지 못한 외부인들은 극도로 조심해야 했다. 외출을 자제해야 했지만, 마냥 동굴 속에 틀어박혀 있을 수만도 없는 일이었다.

거리에서 단속반원들에게 붙들려 간 친구들을 찾으러 수용소를 찾아갔을 때, 쟝이 알고 지내는 관리원은 한 명도 보이지 않았다. 그들을 한꺼번에 다른 곳으로 옮겼을 리 없는 일이고 보면 그를 만나지 않으려 하는 것이 분명했다. 그를 상대하는 젊은 관리원은 나이 든 쟝의 말을 신중하게 들으려 하지 않았다. 세 명의 친구들을 찾는다고 했지만 젊은 관리원은 민원사항을 적어놓고 돌아가라는 말만 했다. 쟝은 자기가 알고 지내던 관리원들을 불러달라고 부탁했다. 젊은 관리원은 지금 여기 없고 만나게 해줄 수도 없다고 대답했다. 쟝은 그 친구들이 수용소 안에 들어와 있는지 확인이라도 해달라고 요구했다. 젊은 관리원은 여기가 무슨 호텔인 줄 아느냐고 화를 냈다. 안에 들어가서 자기가 직접 찾아볼 테니 들여보내달라고 사정하자 관리원은 지금 얼마나 위험한 요구를 하고 있는지 아느냐고 되물었다. 쟝은 저들이 총을 가지고 있습니까, 칼을 가지고 있습니까, 왜 위험하다는 겁니까, 하고 물었다. 관리원은 그들이 총이나 칼을 가진 것은 아니지만 위험한 것은 맞다고 답했다. 위험한 것은 총이나 칼이 아니라는 그의 말을 쟝은 이해했다. 그는 수용소 안의 공기에 대해 말하고 있었다. 생존을 향한 누군가의 처절한 열망은, 그런 상황에 처해보지 않았거나 그런 상황 속에 있는 사람에게 공감해본 적 없는 사람에게는 다만 위협이 될 뿐이다. 눈빛이나 표정, 걸음걸이나 말투가 다 불안정해서 피하고 싶을 것이다. 잠깐이라도 돌아보게 해달라는 쟝의 부탁을 그 불친절한 관리원은 무슨 일이 생기면 자기가 책임져야 하는데, 자기는 그런 일이 생기는 것을 원치 않기 때문에 들어줄 수 없다며 거절했다. 쟝은 무슨 일이 생기면 자기가 책임지겠다고 말했다. 관리원은 갑자기 폭소를 터뜨렸다. 그러고 나서 폭소의 여진인 양 피식거리며, 당신은 책임질 수 없습니다, 책임을 지려면 권한이 있어야 하는데 당신은, 적어도 이곳에서는 어떤 권한도 가지고 있지 않기 때문입니다, 하고 말했다. 쟝은 그가 알고 지낸 다른 관리원의 이름을 대며 그와 함께 여러 차례 안에 들어간 적이 있다고 말했다. 젊은 관리인은 끄떡도 하지 않았다. "잠깐이면 됩니다. 금방 나올 겁니다. 아무 일도 생기지 않을 거예요." 쟝이 달래듯 말하며 한 걸음 내딛자 관리원이 주저하지 않고 그를 향해 총을 겨눴다. 단순한 위협이 아니고 여차하면 방아쇠를 당길 기세라는 게 눈빛에서 느껴졌기 때문에 쟝은 두 손을 들고 물러났다.

그날 저녁 장은 친구들에게 수용소에 갔던 일을 보고하며 다음과 같이 말했다.

두 가지 조건이 상황을 낙관하지 못하게 하고 있습니다. 하나는 이웃 나라들이 여전히 국경을 개방할 조짐을 보이지 않고 있다는 점입니다. 개방은커녕 벽을 더 높고 튼튼하게 세우고 있습니다. 몇 나라의 문제가 아닙니다. 자국의 이익을 우선하는 국수주의적 경향이 세계로 퍼져나가고 있습니다. 왜 나쁜 사람이 권력을 쥐는 일이 곳곳에서 여전히 빈번하게 일어나는지 모르겠습니다. 세계는 거꾸로 가고 있습니다. 자국 이기주의를 선동하는 것 말고는 아무것도 할 줄 모르는 불량배 같은 인물들이 지도자가 되는 이해할 수 없는 일들이 세계 곳곳에서 일어나고 있습니다. 이들은 자기들이 잘살아야 되고, 자기들이 잘살기만 하면 다른 사람들은 어떻게 되어도 상관없다는 부끄러운 주장을 부끄러운 줄 모르고 공공연하게 합니다. 이 나라 역시 예외가 아닙니다. 보보의 권력을 손안에 넣은 집단도 수준 미달이고 파렴치합니다.

차별과 증오의 벽이 높아만 갑니다. 국경 부근에서 크고 작은 불상사가 일어나고 있습니다. 최근에 S국의 국경에서 트럭을 몰고 난민촌을 빠져나가려던, 어린아이가 네 명이나 포함되어 있는 세 가족 열한 명이 총을 맞고 사망한 사건이 일어났습니다. 그들은 13개월 동안 텐트 생활을 했습니다. 그 지역을 벗어나는 것이 엄격히 금지되어 있는데, 그곳에 있으면 살희망이 없기 때문에 그들은 탈출을 감행했습니다. 수용소에서는 겨우 목숨을 이어갈 정도의 음식을 하루에 두 번 제공하는 것 말고 그들에게 어떤 조치도 취하지 않았습니다. 보보의 수용소와 사정이 다르지 않습니다. 그들은 무관심과 무대책 속에 방치되어 있습니다. S국의 국경 근처에서 일어나는 것과 유사한 일이 이곳저곳에서 일어나고 있습니다. 아주 작은 도시국가인 보보민주공화국은 주변국들의 이런 조치들을 악용하고 있습니다. 외부인관리법보다 더한 것이 나오지 말란 법이 없습니다.

조금 더 심각하다고 할 수 있는 또 다른 요인은 이 도시의 시민들이 이런 불량배 같은 지도자들의 퇴행적이고 이기적인 선동에 오염되고 있다는 것입니다. 이 추악한 정권은 밖에서 유입되어온 외부인들 때문에 먹고살기가 힘들어졌다고 선전함으로써 증오와 혐오를 조장하고 있는데 안타깝게도 그것이 통하고 있습니다. 이 도시의 시민들은 전통적으로 대륙의 관문 역할을 하는 지리적 성격 탓에 외지인들에 대해 개방적이고 우호적이었습니다. 아니, 무관심했다고 하는 편이 낫겠습니다. 대개의 외지인들은 섞여 살 이들이 아니라 지나가는 자들이었으니까요. 취업도 하지 않고 거주도 하지 않았으니까요. 주민들의 삶에 거의 영향을 미치지 않았다고 할 수 있을 겁니다. 그런데 이웃 나라의 국경이 닫히고 장기간 불법체류자 신분으로 머물러야 하는 사람들이 늘어나면서 사정이 달라졌습니다. 쿠데타나 다름없는 방식으로 권력을 잡은 자들이 이 도시의 모든 불만과 혼란과 결핍을 외지인들에게 돌리고 있습니다.

'외부인'은 그런 외지인들에게 이들이 새롭게 붙인 이름입니다. 다른 지역에서 온 사람을 뜻하는 외지인이나 외국인이라는 단어가 있는데도 굳이 이 단어를 사용하는 것은 바깥에 있는 사람, 소속이 없는 사람으로 낙인찍으려는 의도입니다. '외부인'은, 그들에게 꼬리표를 붙여 자기들과 구별하기 원하는 이들에 의해 규정된 이름입니다. 다른 지역에서 온 사람은 손님이니까, 손님으로 존중하고 배려하는 것이 마땅하지만 외부인, 소속이 없는, 바깥에 있는 사람은 존중과 배려의 대상에서 배제해도 되는 사람, 경계해야 하는 사람이 되기 때문입니다. 출신과 성향과 목적과 관습, 즉 정체를 알 수 없는 사람들이기 때문입니다. 이들은 손님이 아니기 때문에 안에 있는 사람들이 가지고 있고 누리는 것이 당연한 무언가를 빼앗아갈 것이고, 내부를 더럽힐 것이고 마침내 혼란에 빠뜨릴 거라는 식으로 근거 없는 불안을 퍼뜨리고 있습니다.

얼마 전에 시내에 붙은 벽보에 이런 내용이 있었습니다. '저

자들이 누구인지 아는 사람 있습니까? 저자들이 무얼 하다가 여기 왔는지 아는 사람 있습니까? 저자들 가운데 무슨 전염병의 보균자가 없다고 보증할 수 있는 사람 있습니까? 저자들 가운데 위험한 이념에 세뇌된 테러리스트가 없다는 건 누가 보장합니까? 저자들이 불을 지르고 도둑질을 하고 난동을 부리면 어떻게 합니까? 저자들이 우리 아이들을 유괴하고 우리 아내와 딸을 강간하면 어떻게 합니까? 그런 일이 없을 거라고 장담할 수 있습니까?' 이렇게 흑색선전을 늘어놓습니다. 외지인을 외부인으로 규정함으로써 누구인지 모르는 자들, 무엇을 할지 모르는 자들, 위험한 자들, 그러니 함부로 대해도 되고 밖으로 쫓아내야 하는 자들로 만들고 있습니다.

아무리 터무니없는 말도, 그 말의 터무니없음을 지적하는 다른 말이 차단된 채 지속적으로 듣게 되면 그럴듯해집니다. 솔깃해집니다. 불안, 갈등, 불만, 차별, 혐오, 위험과 같은 부정적인 말들일수록 더 그렇습니다. 시대착오적 슬로건을 내걸고 혐오를 조장하는 이상한 단체의 회원들이 이런 거짓말을 퍼뜨리는 데 앞장서고 있는 현실이 몹시 우려됩니다. 피부색과 종교와 국적에 대해 편파적인 생각을 가진 이런 집단은 언제나 있었지만 지금처럼 공개적으로 목소리를 낸 적은 없었습니다. 이들이 자기들의 정체를 스스럼없이 드러내도 괜찮을 만한 상황이 조성되었다고 판단하고 있는 것이 틀림없습니다.

최근에 우리 친구들이 거리에서 겪은 여러 위협과 조롱과 폭력은 대부분 이자들에 의해 이루어진 것입니다. 당국은 이들을 제지하지 않고 있고 앞으로도 제지하지 않을 겁니다. 묵인이 아니라 지원하고 있다고 단정할 만한 근거들이 있습니다. 안타깝게도 이 도시의 시민들은 저들이 살포한 막연한 불안과 근거 없는 두려움과 비상식적인 혐오에 포섭되어가고 있습니다. 나는 집단적인 광기가 불러올 화를 두려워합니다. 예컨대 이런 현상들을 두려워합니다. 이 도시의 골목은 오래전부터 악취로 유명했는데도 마치 외부인들에 의해 갑자기 악취가 생겨났다고 생각하거나 적어도 더 심해졌다고 주장합니다. 이 도시 사람들은 오래전부터 가난했는데도 외부인들이 자기들이 가진 돈과 기회를 빼앗아서 가난해졌다고 생각하거나 적어도 그 때문에 더 가난해졌다고 주장합니다. 우리 친구들 중에 누가 저들의 것을 빼앗아 가난하지 않게 되었습니까? 우리 친구들이 아는 이른바 외부인 중에 부자가 된 사람이 있습니까?

외지에서 들어온 사람들이 아무것도 하지 않는데도 위험한 자로 낙인찍고 있습니다. 무엇을 하기 때문에 위협을 느끼는 것이 아닙니다. 내부가 더러워지고 무슨 전염병이 퍼질지 모르고 언제 어디서 무슨 폭탄이 터질지 모른다는 공포는 막연하지만 막연하기 때문에 차단할 수단이 없습니다. 소문은 발이 없지만 날개를 가지고 있습니다. 불행하게도 이런 일들이 곧 멈출 거라고 기대할 수 없는 상황입니다.

이런 말을 하게 되어 마음이 쓰라리지만, 이곳도 안전하지 않을 수 있습니다. 우리는 현실을 직시해야 합니다. 저는 내면의 자아를 고요히 추구하는 것 말고 어떤 목적이나 욕망도 없었던 이상적인 공동체였던 '친구들의 집'이 무자비하게 파괴되고 해체되는 일을 겪었습니다. 안타깝지만 사정이 좋다고 말하기 어렵습니다. 그러니 마음을 더 강하게 먹어야 하고, 잘 대비해야 합니다. 그때 '친구들의 집'에 일어난 일은 일어날 만해서 일어난 것이 아니었습니다. 어떤 조짐도 없이 갑자기 그런 일이 닥쳤습니다. 곤란한 일은 닥치는 것이지 전개되는 것이 아닙니다. 일어날 만한 불행은 없고 이것저것 가려가며 나타나는 재난도 없습니다.

그때의 경험이 또 다른 친구들의 모임인 이곳 역시 안전하지 않을 수 있다고 우려하게 합니다. 그러나 그때의 그 기억이 다시 또 그런 일이 일어나는 걸 막아야 한다고 다짐하게 합니다. 다시 또 그런 일, '친구들의 집'이 파괴되고 친구들이 죽고 흩어지고 상처받는 그런 일을 겪고 싶지 않습니다. 그렇게 하지 않을 겁니다. 제 안에는 그때 희생된 친구들의 영이 들어와 있습니다. 스승은 뜻 없는 만남은 없다고 가르쳤습니다. 우리가 하필이면 지금, 이렇게, 여기에, 함께 있을까요? 우리는 여기에 온 것이 아니라 서로에게 온 것입니다. 그리고 친구로서

함께 있는 것입니다. '어리석음과 비극의 되풀이를 막기 위해'
우리는 여기 같이 있습니다…….

33

상황은 점점 나빠졌다. 후원하던 사람들 가운데 당국의 눈치를 보면서 접촉을 피하는 이들이 생겨났다. 그들은 부끄러워하거나 미안해하면서 이해해달라는 뜻을 전했다. 상황이 호전되리라는 기대를 할 수 없었으므로 다른 길을 찾아야 했다. 언제 길이 열릴지 가늠하기 힘들고, 길이 아예 열리지 않을 수도 있었다. 그들 스스로 길을 내야 했다. 풍랑이 심하게 일 때 배는 고요히 떠 있을 수 없다. 풍랑에 따라 흔들리고 요동치면 그 배는 더 이상 고요의 상태를 유지할 수 없다. 고요의 상태를 유지할 수 없는 상황에 바다에 떠 있기 위해서는 다른 배가 되지 않으면 안 된다. 풍랑에 연연하지 않는 고요한 배가 아니라 풍랑에 대처하는 날렵한 배. 그런 유의 변화가 '친구들의 집'에 요구된다는 결론이 친구들 사이에 공유되었다. 쟝은 공원의 일부를 개간하자고 제안했다. "그동안 친구들은 이곳을 통로로만 생각하고 정착할 생각을 하지 않아서 적극적인 모색을 할 마음을 먹지 않았습니다. 생각을 바꿔봅시다. 내일 여기를 떠난다고 해도 오늘은 여기가 정착지라고 생각하며 사는 겁니다." 쟝의 의견은 모두에게 전해졌다. 그는 말을 알아듣지 못하는 이들을 위해 그의 말을 통역하게 했다. 친구들은 모두 그의 말을 알아들었다. 침묵은 알아듣지 못했기 때문이 아니라 알아들었기 때문에 생겼다.

얼마간의 시간이 흐른 후에, 괜찮을까요? 하고 누군가 물었다. 외부인인 우리에게 그런 걸 허용하겠느냐는 그 친구의 질문에 몇 사람이 동조하며 우려를 표시했다. 그렇긴 하지만 그렇다고 아무것도 하지 않고 이 동굴 속에서 죽어갈 수는 없잖아요, 하고 반문한 사람은 뜻밖에도 황선호였다. 그곳에 모인 모든 친구들이 의외라는 듯 그를 쳐다보았다. 황선호의 적극적인 동의는 확실히 효과가 있었다. "적어도 현재 상황으로는 이곳이 안전하다고 생각합니다. 제가 그쪽 사람들을 좀 만나봤는데, 눈에 띄지 않는 사람을 일부러 찾아다닐 정도의 의욕이 있는 것 같지는 않았습니다. 인원이 충분하지도 않을 겁니다. 이 폐쇄된 공원 안쪽까지 친구들을 찾으러 오지는 않을 것 같습니다." 쟝의 설명에 고개를 끄덕이긴 했지만 암담한 표정이 완전히 사라지지는 않았다. 그 끄덕임은 다른 도리가 없다는 데 대한 인정이었지 가능성에 대한 긍정은 아니었다. 문학 교사였다는 친구가 대체 이 버려진 땅을 어떻게 개간할 것이며 무슨 농사를 지을 거냐고 물었다. 이제 계획을 세워야지요, 우리들 중에는 분명 여러 분야에 경험과 지혜를 가진 친구가 있을 겁니다, 하고 말하며 쟝은 친구들을 둘러보았다. 한 친구가 손을 들고 여기 오기 전에 규모는 작지만 농장을 운영했다고 말했다. 공학 박사 친구가 자기는 젊을 때 부모님과 함께 닭을 키웠다고 말했다. "저는 오래전 '친구들의 집'에서 몇 년간 밭일을 했습니다. 나름 경험자인 셈입니다. 물론 힘이 들 겁니다. 우리는 개척자가 될 각오를 해야 합니다. 버티는 것이 이기는 길입니다."

'친구들의 집'의 변화는 불가피했다. 내면의 평화를 추구하는 명상적 공동체였던 과거의 친구들보다 현실적이고 더 절실한 동기를 가진 이들에 의해 이루어진 새로운 공동체. 물론 그들의 절실한 현실적 필요와 남다른 의욕이 그 실현을 담보하는 것은 아니었다. 앞날이 불투명하고 불확실했다. 시간이 얼마나 걸릴지, 의도한 대로 결과가 나타날지 장담할 수 없었다. 그래도 부딪치지 않으면 안 되는 상황이라는 데에 의견을 달리하는 친구는 없었다.

류가 황선호를 찾아온 것은 그 무렵이었다. 류는 지난번 보보체리나무가 서 있는 옛 '친구들의 집'에 동행한 후 불같은 창작열에 붙들려 글을 쓰느라 두문불출했다. 일주일 휴가를 내고 외출도 하지 않고 자기 방에 틀어박혀 무엇에 홀린 듯 글을 썼다. 그가 쓴 소설은 거의 필과 장과 황선호로부터 들은 내용을 그대로 옮긴 것에 다름아니었다. 그는 그들로부터 들은 것을 충실히 재현해낼 수만 있다면 그것으로 충분하다고 생각했다. 자신의 상상력으로 그들의 경험을 능가하는 이야기를 만들어낼 수 있을 거라고 생각하지 않았다. 자신의 상상이 보태져 오히려 그가 들은 이야기의 순수한 힘이 훼손되지 않을까 그것이 걱정이었다. 그래서 류는 최대한 상상력을 억제했다.

일주일 만에 출근한 그에게 호텔 매니저는 대뜸 305호에 올라가보라고 했다. 305호요? 류가 묻자 매니저는 엘라핀이 다시 돌아왔다고 알렸다. "그 사람은 다시 올 줄 알았지. 그런 사람까지 몰아내면 말이 안 되잖아." 그러면서 매니저는 그녀가 오자마자 그 동양인 외부인에 대해 물었다고, 네가 그 사람 소식을 알고 있을 거라고 생각해서 전화번호를 알려줬는데 연락이 오지 않았느냐고 물었다. "당장 전화를 걸 기세던데." 류는 글을 쓰는 동안 전화기를 꺼놓고 지냈다고 말했다. 생각해보니 부재중 전화 중에 모르는 번호가 몇 개 있었다. "암튼 연락해봐. 지금 방에 있는 것 같은데."

류가 인터폰을 하자 엘라핀은 자기가 여러 번 전화를 했는데 연락이 되지 않더라고, 무슨 일 있느냐고 물었다. 류는 전화를 꺼놓고 지낼 일이 있었다고 말했다. 그녀는 강진 씨가 추방당했는지 알고 싶어 했다. 류는 어디까지 이야기를 하는 게 좋을지 몰라 잠시 망설이다가, 그동안 일이 많았는데 짧게 말하기가 어렵다고 말했다. 엘라핀은 그 사람을 만날 수 있느냐고 물었다.

류는 필에게 연락을 해놓고 근무 시간이 끝나는 8시에 엘라핀을 데리고 '몰리'로 갔다. 필은 류의 연락을 받고 장에게 전화를 걸어 황선호와 약속을 잡았다. 장은 황선호와 동행했다. 그러니까 그날 저녁 필의 펍에는 장과 황선호, 류와 필, 그리고 엘라핀까지 다섯 명이 모였다. 얼기설기이긴 했지만 엘라핀은 장을 통해 대강의 이야기를 들었다. 사이사이에 류가 몇 가지 에피소드를 덧붙였다. 어젯밤까지 쓴 글의 내용이기도 했으므로 그의 이야기는 생생했다. 특히 그는 과거의 '친구들의 집'이 어떻게 수난을 당하고 사람들의 기억에서 사라졌는지 꽤 자세하게 전했다. 엘라핀은 놀라고 흥분하고 한숨지으며 그 이야기들을 들었다. 마음이 진정되지 않는지 주먹으로 가슴을 몇 번이나 쳤다. 다 듣고 난 후에 그녀는 상대도 자기와 같은 마음이라는 걸 모른 채 감정을 억누르며 살아낸 김경호와 황선호 어머니의 사연에 마음이 울컥해진다면서 훌쩍였다.

"그러면 당신은 이제 어떻게 합니까? 당신 나라로 돌아가지 않습니까?" 한참 시간이 지난 후 엘라핀이 황선호를 보며 물었다. 쟝과 필은 눈을 피하고 류는 황선호를 바라보았다. 황선호는 지체하지 않고 친구들과 같이할 거라고 대답했다. 친구들과 함께 개척자가 되기로 했다는 쟝의 말에 엘라핀이 반응했다. 그녀는 개척자가 된다는 말의 뜻을 물었고, 쟝은 공원 내 버려진 땅의 개간에 대한 구상을 이야기했다. "산을 밭으로 만들겠다는 말입니까? 무얼 경작할 건데요?" 엘라핀은 뜻밖의 진지한 태도로 꼬치꼬치 물었다. 대답은 주로 쟝이 했다. 물을 공급하는 시설이나 토양 성분과 같은 다소 전문적이라고 여겨지는 대화도 오갔다. 이야기를 듣는 도중 엘라핀은 고개를 젓거나 메모를 하거나 깊이 생각하는 듯한 표정을 지었다.

그러고 나서 공원 내 숲을 개간하는 것은 시간과 수고가 너무 많이 들고 여차하면 헛고생이 되어버릴 가능성이 있다는 의견을 냈다. 작물이 잘 자랄 수 있는 토질인지도 의심스럽거니와 공원에 무허가로 개간을 해서 농사를 짓다가 원상복구 명령이라도 떨어지면 도리가 없다는 설명이었다. "그보다 궁금한 게 있어요." 엘라핀은 그 땅에서 농사를 지은 경험이 있다면서 옛 '친구들의 집'을 이용할 생각은 하지 않은 이유가 있느냐고 쟝에게 물었다. 그런 이유가 따로 있을 리 없었다. 굳이 말하자면 일종의 공간적 시간적 거리감이 작용했을 수 있었다. 지금 있는 곳 중심으로 생각하다 보니 시간적으로 멀고 공간적으로 떨어진 그곳을 떠올리지 못했었다. "만일 그 땅을 이용할 수 있다면, 내가 생각하기에는 그게 가장 좋을 것 같습니다. 아시다시피 나는 이 나라에서 생산되는 농산물을 다른 나라로 유통하는 일을 하고 있습니다. 농장과 계약하고 거기에서 생산한 모든 농산물을 이웃 나라로 싣고 갑니다. '친구들의 집'에서 생산하는 농산물을 모두 내가 사겠습니다. 지금 저와 계약하자고 제안하는 겁니다. 농사에도 전문 기술이 필요하다는 거 아실 겁니다. 내가 경험 많은 기술자들을 보내 처음부터 실패하지 않도록 돕겠습니다. 어떻습니까?" 쟝은 몇 번이나 정말이냐고 물었고, 엘라핀은 당장 계약서를 쓸까요? 하고 되받았다. 쟝이 벌떡 일어나 엘라핀을 껴안았다. "당신이 여기 온 것도 우연이 아닙니다. 누군가 당신을 우리에게 보냈습니다. 나는 누가 당신을 보냈는지 알 것 같습니다." 황선호와 필도 고맙다고 인사했다. 엘라핀은 나, 장사꾼입니다, 나도 손해볼 일은 안 해요, 하며 웃었다. 필이 오늘 맥주값은 자기가 낸다며 잔을 돌렸다.

류가 쓴 책《외부인들》에는, 상황이 그렇게 험악한데도 친구들이 안전하게 보호될 수 있었던 연유를 유추하게 하는 에피소드가 기록되어 있다. 쟝은 거리에 나가지 않는 한 안전하다고, 국민안전국 사람들이 외부인들을 찾아내기 위해 일부러 폐쇄된 공원 안쪽까지 들어오지는 않을 것 같다고 말했었다. 쟝의 말은 반은 맞고 반은 틀렸다. 거리에 나가지 않는 한 안전하다는 말은 맞지만, 국민안전국 사람들이 외부인들을 찾아내기 위해 일부러 폐쇄된 공원 안쪽까지 들어오지는 않을 것 같다는 말은 맞지 않다.

류의 책에는 단속반원들이 폐쇄된 공원 문을 넘어 들어왔다는 기록이 있다. 해가 질 무렵이었다. 종일 뜨겁던 태양이 하늘에 불을 지르고 핏빛 붉은 기운을 세상에 퍼뜨리고 있을 때 일곱 명의 단속반원들이 구루공원의 서2문을 열고 들어왔다. 그들은 공원 안 동굴에 체류증 없이 숨어 지내는 불순한 외부인들에 대한 정보를 진즉부터 확보하고 있었다. 단속할 의욕이 없었던 것이 아니라 인원이 모자라 미뤄온 것뿐이었다. 마침내 일곱 명의 단속반원이 차출되었다. 어떤 권리도 저항 수단도 갖고 있지 않은 외부인들을 붙잡는 데 일곱 명이나 필요하지 않다는 의견이 있었지만, 숨어 있는 이들의 숫자가 의외로 많을지 모르므로 인원이 더 필요하다는 의견도 있었다. 그 기관에서 동원할 수 있는 최대 인원이 세상이 어두워지는 시간의 급습 작전에 참여했다. 그들이 계산한 것은 숨어 있는 외부인들의 숫자였다. 그 외에 다른 것을 계산할 수 없었고, 그것은 누구도 계산할 수 없는 것이었고, 그러므로 그들의 잘못이 아니었다.

공원 안으로 들어선 그들은 공원이 불타는 것 같다고 느꼈다. 불 속으로 들어가는 것처럼 느끼며, 더러는 그런 말을 주고받으며 풀숲을 헤치며 걸어들어갔다. 처음에는 석양 때문이라고 생각했다. 그 생각은 틀리지 않았다. 그러나 그 생각은 곧 바뀌었다. 10분 정도 오르막을 올랐을 때 그들 앞에 나타난 것은 거대한 바리케이드였다. 그렇게밖에 말할 수 없었다. "저게 뭐야?" 앞장서 가던 사람이 우뚝 멈춰 섰고, 이어서 다른 사람들도 걸음을 멈췄다. 더 이상 앞으로 나갈 수 없었다. 아무도 말을 하지 않았다. 그들을 막아 세운 것은 눈에 붉은 불을 켠 채 내려다보고 있는 셀 수 없이 많은 개들이었다. 도시를 떠돌던 개들이 모두 그곳에 모여 있는 것 같았다. 개들은 작전을 수행하는 군인들처럼 대열을 갖춰 서 있었다. 개들은 명령만 떨어지면 당장 달려들 것처럼 다리를 빳빳이 세운 채 몸을 앞으로 기울이고 있었다. 거기 있는 사람들 가운데 누구도 그렇게 많은 개들이 그렇게 일사분란하게 대형을 이루고 있는 모습을 본 적이 없었다. 개들이 전투태세를 갖추고 있다는 것이 가능할까. 그러나 그들이 본 것은 의심할 여지 없이 작전에 투입된 군인의 전투태세였다. 개들의 눈은 불화살처럼 이글거렸다. 가운데 있던 검은 개 한 마리가 몸속 가장 깊은 곳에서 끌어올리는 듯한 소리로 으르렁거리자 다른 개들도 일제히 따라서 같은 소리를 냈다. 그 소리는 땅속에서 올라오는 것 같기도 하고 하늘 위에서 내려오는 것 같기도 했다. 수천 마리의 개들이 함께 만든 위협적인 소리에 천지가 흔들렸다. 단속반원들 중에 몇 사람이 놀라 중심을 잡지 못하고 비틀거리다 쓰러졌다. 얼마 있지 않아 누군가 몸을 돌려 왔던 길로 뛰기 시작했다. 그러자 다른 사람들도 곧 그 뒤를 따라 도망쳤다.

류는 그런 일이 '친구들의 집'을 재건하는 현장에서도 일어났다고 적었다. 도시를 활보하던 수많은 개들이 건물을 다시 세우고 땅을 일구는 친구들 곁을 지켰다고. 그들이 국민안전국의 직원들이 얼씬도 하지 못하게 막았다고. 그래서 친구들이 어떤 방해도 받지 않고 오랫동안 방치되어 있던 집을 재건할 수 있었다고. 그는 그 중심에 마리티무스가 있었다는 사실을 밝히는 걸 잊지 않았다.

《외부인들》은 류의 첫 소설이다. 그가 작가의 말에서 밝히고 있듯, 이 소설의 대부분은 실제 있었던 일에 근거하고 있다. 그는 이름이나 지명까지 그대로 사용했다. "나는 거의 가공하지 않았습니다. 내 어쭙잖은 상상력이 나에게 이야기를 들려준 이들의 그 생생한 경험을 훼손하지 않을까 조심했습니다." 그러니까 이 책에 나오는 개들의 활약에 대한 삽화 역시 꾸며낸 것이라고 단정할 수 없다. 하지만 꾸밈없이 쓰려고 해도 그대로 되지 않는다는 것을 모르는 독자가 있을까. 그러니

보보를 떠도는 개들이 언젠가 도시를 장악할 거라는 황선호의
백일몽과 같은 상상이 류의 머릿속에서 이런 식으로 구체화되
었을 수도 있겠다는 추측을 해봄직하다.

34

'친구들의 집'이 재건되었다. 폐쇄된 공원 동굴 속에 웅크리고 있던 이들이 오랫동안 방치되어 있던 옛 '친구들의 집' 터로 옮겨왔다. 강제 해산을 당한 후 쇠락하고 부서진 채로 방치된 그 집을 여태 지킨 건 한 그루 보보체리나무였다. 마치 그 집의 주인이라고 주장하는 것처럼 체리나무는 폐허의 한가운데 우뚝 서서 홀로 푸르렀다. 지켜보는 사람이 없어도 1년 내내 꽃을 피우고 열매를 맺었다. 한순간도 꽃이 시든 적이 없었다. 한때 자전거를 타고 세상 곳곳을 휘젓고 다녔던 노란 친구 김경호가 물을 주고 정성을 쏟아 키운 나무였다.

친구들은 그 나무를 중심으로 공간을 분할했다. 나무 뒤편에 여러 채의 집을 짓고 앞에는 농산물을 재배하는 밭을 만들기로 했다. 왼쪽에는 양계장, 오른쪽에는 보보체리나무를 비롯한 과일 묘목을 심었다. 그 나무 열매를 함께 먹으며 노란 친구를 기념했던 옛 친구들 가운데 몇 명이 공동체 재건에 동참했다. 그들 대부분은 장이나 필처럼 나이가 많았지만 누구보다 열정적으로 일했다. 그들은 기억을 되살려 과거의 '친구들의 집'과 같은 구조의 집을 지었다. 과거의 친구들과 새로운 친구들이 집을 짓는 데 참여했다. 집은 그때보다 더 튼튼하고 보기 좋게 지어졌다. 그때는 없던 목수 친구가 일을 주도했기 때문이다.

친구들은 각자 자기가 할 수 있는 일을 했다. 공동체에는 할 일이 많았고, 친구들이 전에 살던 곳에서 하던 일은 다양해서 적재적소에 맞춤하게 배치되었다. 황선호는 집을 지어본 적도, 농사를 지어본 적도 없었지만 무엇이든 적극적으로 참여했고, 일을 빨리 익혔다. 나중에 그는 군에서 제대한 후 대학 등록금을 얻기 위해 1년 정도 양계장에서 아르바이트 한 기억을 되살려 닭을 돌보는 일을 맡았다. 닭은 알에서 부화해 병아리가 되기까지 3주가 걸렸다. 부화되어 나온 닭은 넓은 공터에 울타리를 치고 풀어놓았다. 그는 시간에 맞춰 사료를 주고 배설물을 치웠다. 암탉은 4, 5개월이면 달걀을 낳았다. 그는 그 일을 즐겁게 했다. 다른 친구들도 마찬가지였다. 오랫동안 버려져 있던 땅이 살아나는 데는 시간이 많이 걸리지 않았다.

공동체는 활기가 넘쳤다. 경작하는 땅이 넓어지고 재배하는 농작물도 많아졌다. 엘라핀은 약속한 대로 그곳에서 생산되는 모든 농산물을 구매했다. 보보에 있는 동안 그녀는 '친구들의 집'에서 묵었다. 호텔보다 편하다고 말하기도 하고, 은퇴한 후에는 자기도 여기 와서 지내고 싶다고 말하기도 했다. 닭과 달걀은 거래처를 뚫어 시장에 납품했다. 시내에 나가는 일은 주로 쟝과 나이 많은 옛 친구들이 맡았다. 친구들은 아침부터 저녁까지 일하고 일과가 끝난 후에는 예전처럼 한자리에 모여 공동식사를 하며 대화를 나누었다. 과거의 추억과 미래의 희망이 뒤섞였다. 여러 언어가 오가며 소통했다. 세 단계의 통역을 거쳐 겨우 전달되는 사연도 있었다. 그래도 힘들어하거나 답답해하지 않았다. 서로에 대한 믿음이 그들을 묶고 있었으므로 소통이 되지 않아 불편해하는 일은 없었다. 친구들은 자기를 대하듯 친구를 대했다.

시장 안의 가게에 야채와 닭, 달걀을 배달하고 필요한 물건을 구입해오겠다고 나간 쟝은 국민안전국 직원의 전화를 받았다. 전부터 알고 지내던 사람으로 쟝과 친구들에게 호의적이었다. 그는 친구들에게 중요한 정보를 알려주고 필요한 편의를, 자신의 권한 안에서 제공해왔다. 외부인으로 분류된 친구들의 추방이 의제가 되었을 때 문제를 해결해준 사람도 그였다. 그는 쟝을 불러 '친구들의 집'이라는 공동체의 운영에 대해

소상하게 소명하게 했다. 보보민주공화국에 해를 끼칠 일이 전혀 없을 뿐 아니라 오히려 이들의 존재가 큰 이익이 된다는 것을 구체적으로 설득시켜야 했다. 그는 쟝에게 운영계획서와 함께 친구들의 신원을 보증하고 혹시 생길지도 모르는 모든 문제에 대해 포괄적으로 책임진다는 서약서를 제출하게 했다. 거래처 상인들의 의견서와 엘라핀 회사와의 구매계약서가 포함되었다. 엘라핀은 국민안전국의 사실 확인에 협조하면서 '친구들의 집'을 적극적으로 옹호하는 발언을 했다. 이 일의 담당자였던 그 직원은 직접 현장을 점검한 후 윗사람에게 호의적인 보고서를 올려 문제를 해결했다. 그가 아니었다면 친구들은 개인당 3리터의 물, 3일 치의 음식과 함께 보트에 태워져 바다로 보내졌을 것이다. 보트 위에서 허기와 갈증에 지쳐 죽었을 것이다. 바다 속에 수장되었을 것이다.

쟝은 시장에서 필요한 물건을 산 다음 트럭의 시동을 걸다가 그 직원의 전화를 받았다. 그는 쟝에게 대뜸 지금 어디 있느냐고 묻고는, 용건을 말하지도 않고 자기가 만나러 갈 테니 꼼짝하지 말고 기다리라고 했다. 무슨 일이냐고 묻는데도 기다리라는 말만 했다. 그 직원의 목소리에 스며 있는 심상치 않은 조심스러움이 저절로 긴장하게 했다. '친구들의 집'은 국민안전국의 관리와 감시를 받고 있었다. 정기적인 보고와 수시 점검이 이루어져왔다. 자기가 문제없다고 보고한 곳에서 문제가 생기면 안 되기 때문에 직원은 유난히 신경을 많이 썼다. 사소한 것도 미리 알려 대비하게 했다. '친구들의 집'이 재건된 후 별탈 없이 지낸 것은 그 직원 덕이었다. 안정과 평화가 지속되기를 바라는 쟝의 마음 한편에서는 이런 안정과 평화가 지속되는 데 대한 은근한 불안이 스멀거렸다. 다른 친구들도 마찬가지였다. 안정과 평화로부터 오래 떨어져 산 사람은 어쩌다 찾아온 그 상태를 당연한 것으로 받아들이지 못하고 의심한다. 오래전 '친구들의 집'이 당한 수난의 기억은 떠올리지 않으려고 해도 저절로 떠올라 그를 초조하게 하곤 했다. 그 직원이 이런 식으로, 그 자리에 꼼짝하지 말고 기다리라고 다급하게 연락한 적은 한 번도 없었다. 무슨 일이 생긴 게 분명했다.

쟝은 진정되지 않는 마음을 가다듬기 위해 운전석에 신발을 벗고 올라 가부좌를 하고 눈을 감았다. 배에 힘을 주고 심호흡을 했다. 그러고 보니 꽤 오랫동안 이런 자세를 하지 않고 지냈다는 사실이 깨달아졌다. 스승이 그의 등을 후려치는 것 같은 통증이 느껴졌다. 스승은 생각을 끊으라고 했다. 스승은 명상을 하면서 꾸벅꾸벅 조는 그의 등을 후려치며 생각을 끊지 못하니 잠을 못 잔다고 했다. 생각을 끊지 못하니 잠을 자면서 꿈을 꾸게 된다고, 그러니 잠을 제대로 자지 못한다고 했다. 그는 잠을 잔다고 야단치는 것이 아니라 잠을 자지 못한다고 야단치는 스승을 이해하지 못했다. 꿈을 꾸고 고개가 떨구어지는 것이 잠을 자지 못하는 표시라고 스승은 말했다. 스승에게 그것은 그가 잠을 잔다는 표시가 아니라 제대로 자지 못한다는 증거였다. 스승은 그 자세를 하고 잠을 제대로 잤다. 고개가 떨구어진 적이 없었다. 그는 한 번도 성공한 적이 없었다. 스승은 생각을 물고 늘어지는 것이 아니라 끊어내는 것이 중요하다고, 그러면 잠에 이르게 된다고 하고, 잠의 양이 아니라 깊이가 중요하다고 하고, 자면서도 생각을 끊지 못하니 꿈을 꾸고 많이 자도 개운하지 않은 거라고 나무랐지만 그는 늘 긴가민가했다.

그는 곧 깊은 심연 속으로 빠져들었다. 어지럽게 헝클어져 있던 생각들이 어디론가 사라져버리고 아무것도 없는 빈 공간에 그는 혼자 있었다. 처음이었다. 찰나와도 같고 영원과도 같은 시간이 지나갔다. 잠을 잘 잔 것이 아니라 잠을 잔 시간이 아예 존재하지 않은 것 같았다.

그랬으므로 트럭의 조수석 문이 열리고 누군가 올라탔을 때 쟝은 그 사람이 누구인지, 왜 그 사람이 차에 올라타는지 몰라 순간적으로 당황했다. 그러나 쟝의 그런 상태를 짐작할 리 없는 국민안전국의 직원은 앉자마자 쟝의 눈앞에 한 장의 사진을 불쑥 내밀며 물었다. "'친구들의 집'에 이 사람 있어요?" 쟝은 곧바로 대답하지 못하고 설명을 요구하는 눈빛으로 그를 쳐다보았다. 그는 쟝의 그런 반응을 긍정의 뜻으로 받아들였다. "이 사람을 찾는 사람이 있어요. 이 사람을 찾아 그 나라에서 일부러 여기까지 왔어요. 이 사람 어떤 사람입니까?" 쟝은 여전히 아무 말도 하지 않았다. 어떤 상황인지 가늠하지 못한 것은 아니었다. 위기가 일상인 시간을 살아오는 동안 몸에 밴 습관이 찾는 사람의 정체를 알 수 없는 상황에서 섣부른 대답을 하지 못하게 했다. 국민안전국의 직원은 마음이 급한 듯했다. 쟝의 대답을 기다리지 않고 말을 이었다.

"우리가 무시할 수 없는 라인을 통해서 지시가 내려왔어요. 이 사람의 신상을 파악하지 못해 질책을 받았어요. 이런 사람들이 얼마나 많은데 우리가 어떻게 다 파악하겠어요. 추방당할 게 뻔한데 이런 사람들이 자발적으로 신고할 리도 없고. 우리도 곤란한 일이 많다고요. 아무튼 이 사람은 내전이나 독재 정권이나 지진이나 가난을 피해 도망 나온 부류의 사람이 아니라는데, 그걸 우리가 어떻게 알아요. 외부인은 따지지 말고 무조건 내쫓으라고 다그칠 때는 언제고. 이 사람 국적을 보면 알 수 있지 않느냐고 하는데, 언제 그런 리스트를 준 적이 있나요? 내려보내지도 않고 어떻게 하라는 건지. 임의로 처리하면 또 그랬다고 질책할 거면서. 우리도 애로가 많아요. 암튼 이 사람 행적을 찾아 헤매다녔어요. 처음 한 달간 호텔에 묵은 건 확인했는데, 그 이후 행적이 묘연한 거예요. 호텔 직원 말로는 그 이후 다시 나타나지 않은 것으로 보아 아마 나라를 떠났을 거라고 하고. 자기 나라로 돌아가지 않았으면 이웃 나라로 갔을 거라고. 아무튼 자기들은 국민안전국 지시대로 체크아웃해서 호텔에서 내보냈다고 변명만 늘어놓는 데 참 난감하더라고요. 그래서 우리도 그렇게 보고하고 끝내려고 하는데, 그들이, 그 사람을 찾으러 온 이들이 두 명이에요, 두 명 다 남자고, 동양인들 나이를 가늠하기가 쉽지는 않지만, 사십대로 보여요, 그들이 직접 우리 사무실로 찾아왔어요. 이 사진을 보여주면서 요구를 하고, 또 그들을 안내해온 우리 쪽의 그 무시할 수 없는 라인의 인사가 적극적으로 협조하라고 당부하는데, 그게 지시지 무슨 당부겠어요. 그래서 숙박업소와 통신사와 SNS와 음식점 등 여기저기 탐문을 했어요. 해안가에 얼마 전 설치된 수용소에도 가보고. 그런데 흔적이 없는 거예요. 통화기록도 없고 신용카드도 안 쓰고, 이건 뭐 유령이라면 모를까, 이미 우리 도시를 떠났다고 볼 수밖에 없더라고요. 아님 죽었거나. 그렇게 결론을 내고 포기하려는데 그 호텔에서 연락이 왔어요. 파트타임으로 근무하다 얼마 전에 그만둔 직원이 있는데, 그 직원이 그 사람 행적을 알지 모른다고. 그러면서 '친구들의 집' 이야기를 하지 뭡니까."

그는 길고 자세히 설명했다. 쟝이 지어 보인 표정과 반응을 통해 자기가 찾는 사람이 '친구들의 집'에 머물고 있다는 걸 확신하고 내보이는 여유였다.

그러나 쟝은 긍정도 부정도 하지 않았다. 황선호를 찾는다는 이들의 의도를 알 수 없는 상황이니 신중하지 않을 수 없었다. 말을 전하는 직원 역시 그 의도를 정확하게 파악하고 있는 것 같지 않았다. "나는 아직 이 사진 속 인물을 '친구들의 집'에 가면 만날 수 있다고 말하지 않았어요. 그 전에 그들이 이 사람을 찾는 이유가 뭔지 알아야겠습니다." 쟝의 말에 직원은 '친구들의 집'에 머물고 있다고 말한 것이나 마찬가진데 뭐, 하며 피식 웃었다. 중요한 인물인 건 맞는 것 같은데, 어떻게 중요한지는 잘 모르겠어요. 그렇지만 이제까지의 오랜 공직 경험을 통해 만들어진 내 직관으로 말하자면, 그 사람에게 해로운 일은 아닌 것 같아요. 이건 그냥 내 짐작이에요. 무슨 사연이 있는지는 몰라도 해치려는 건 아닌 것 같다는 인상을 받았어요. 해치려고 하는 경우에는 아무리 감추려고 해도 표가 안날 수 없거든요. 해치려 한다기보다 예우한다는 느낌이 조금더 들었어요. 그렇긴 하지만 찜찜한 구석이 없는 건 아니에요. 나쁜 일이 아니라면 이런 식으로 은밀하게 찾아다닐 무슨 이유가 있나, 자기네들끼리 연락이 안 된다는 것도 좀 그렇고……. 모르지요. 드러내기 곤란한 무슨 사연이 있다고 봐야겠지요." 그의 말투와 눈빛에서 쟝은 진심을 읽었다. 그가 속고 있다면 몰라도 적어도 그가 쟝을 속이거나 자기가 아는 것을 감추고 있는 것 같지는 않았다. 그를 의심할 이유가 없다고 판단했고, 또 그런 조짐도 보이지 않았기 때문에 쟝은 시간을 끌지 않기로 했다. "만일 이 사진 속 사람이 우리 집에 있다고 합시다. 그러면 어떻게 해야 합니까?" 쟝의 말이 끝나자 국민 안전국의 직원은 시동을 걸라고 말했다. "갑시다. 가서 확인해야지요. 이 사진 속 사람이 맞는지 확인이 되면 보고를 하고 지시를 기다릴 겁니다. 그게 내 일이에요. 그다음은 그들의 일이지요. 그들이 어떻게 할지 나는 몰라요."

35

그들이 '친구들의 집'을 찾아온 것은 황선호가 닭들이 모여 있는 우리 안에 장화를 신고 들어가 모이를 주고 있을 때였다. 장의 트럭을 타고 온 국민안전국의 직원이 보고를 한 지 두 시간 만이었다. 국민안전국의 직원은 사진과 황선호를 비교해보고 이름을 확인했다. 신분증에 적힌 강진이라는 이름을 가리키며 본래 이름은 황선호가 맞지요? 하고 물었다. 황선호는 침묵으로 대답을 대신했다. 국민안전국의 직원은 어딘가로 전화를 걸어 이야기인가를 나눈 다음 황선호에게 말했다. "조금만 기다리면 됩니다. 곧 올 겁니다."

황선호는 그를 찾으러 온 사람이 있다는 말을 듣고도 동요하지 않았다. 그를 찾으러 온 사람이 있다는 사실이 믿어지지 않았지만, 찾아온 사람이 누구든 무슨 상관이랴, 싶은 마음이 내처 들었다. 어찌나 침착한지 자기 일이 아닌 듯 무심해 보였다. 국민안전국의 직원은 그 무심함을 의아한 시선으로 주시했다. 쟝은 어떤 대비를 해야 하는 거 아니냐고 물었는데, 황선호는 무슨 대비를 할까요? 반문하며 웃었다. "그 사람들이 누군지 짐작이 가는 겁니까?" 쟝이 다시 물었고 황선호는 고개를 저었다. "나와 같은 피부색을 가진 사람이겠지요. 키도 나만 하던가요?" 황선호는 농담을 던진다고 한 말이지만 쟝은 웃지 못하고, 자기도 그들을 보지는 못했다고 대답했다. 황선호는 그들이 누구인지 짐작하지 못했다. 그들이 누구인지 짐작해보려고 하지 않았다는 게 아마 더 정확한 진술일 것이다. 누가 자기를 찾아왔을지 생각해보려고 했지만 이상하게도 집중이 잘되지 않았다. 그곳을 떠난 것이 까마득히 먼 옛날 일로 여겨졌고, 그래서 실감이 나지 않았다고 할 수 있었다. 빛바랜 추억처럼 떠나온 곳의 일들이 흐릿했다.

얼마 전까지만 해도 그는 기다리는 사람이었다. 처음에 그 시간은 6개월이었고, 5개월이었고, 4개월이었다. 그를 '있는' 사람으로 만들어줄 저쪽으로부터의 소식이 간절했다. 그가 간절할 때 저쪽은 소식을 보내지 않았다. 그러다가 어느 순간 그는 아무것도 기다리지 않는 사람이 되었다. 얼마나 시간이 흐른 것일까. 기다리지 않는 사람이 된 황선호는 그것을 알지 못했다. 국민안전국의 직원은 호기심 가득한 시선으로 그를 쳐다보고, 쟝은 그들이 곧 이곳으로 올 거라고 말했다. "닭들이 알을 낳았을 거예요. 모이를 줄 시간이기도 하고요." 황선호는 그렇게 말하며 양계장을 향해 성큼성큼 걸어갔다.

그들은 생각보다 빨리 찾아왔다. 두 명 가운데 한 명은 황선호가 잘 아는 사람이었지만 한 명은 모르는 얼굴이었다. 기린 팀의 일원이었던 그의 동지는 반가움과 의아함과 미안함이 뒤섞인 복잡한 표정으로 황선호의 손을 잡았다. 황선호의 표정과 몸짓은 어색했다. 그러려고 그런 것은 아닌데 몸이 굳어서 반가움을 표시할 수 없었다. 황선호는 손님에게 손을 잡힌 채 어정쩡하게 서서 닭똥 냄새가 날 텐데, 닭똥 냄새가 지독할 텐데,라는 말만 했다. 그러면서 자기 손을 잡고 미묘한 표정을 짓고 있는 옛 동료의 이름을 기억해내려고 애를 썼다. 이상하다는 생각이 들 정도로 아무것도 떠오르지 않았다. 잘 아는 사람이라는 사실은 분명한데 이름은 생각나지 않았다. 성도 떠오르지 않고 그 이름에 대한 어떤 힌트도 떠오르지 않았다. 황선호는 무거운 갑옷을 입고 있는 것 같은 갑갑함을 느꼈다. 그렇다고 사실대로 말하고 이름을 물어볼 수는 없었다. 그렇게 하는 것이 실례라는 정도의 인식은 있었다.

그러나 그뿐이었다. 그는 끝내 그 사람의 이름을 기억해낼 수 없었다. 멀리서 온 손님은 황선호의 무심한 표정에서 원망을 읽었다. 죄송합니다, 죄송합니다, 하며 고개를 깊이 숙인 것이 그 반응이었다. 그 사람은 오독한 것이 분명했지만 황선호는 굳이 그것을 바로잡아주어야 할 필요를 느끼지 않았다.

"어떻게 된 겁니까, 대체?" 오랫동안 깊이 숙이고 있던 고개를 들고 이름이 기억나지 않은 옛 동료가 그렇게 물었을 때 황선호는 뭐가? 하는 표정으로 쳐다보았다. 아무리 섭섭하기로서니 이렇게 연락을 완벽하게 끊다니, 하는 말에는 가벼운 질책이 묻어 있었다. 황선호는 섭섭해한다는 오해를 풀어주어야 하나 잠깐 고민했지만 이내 부질없다고 생각하고 가만히 있었다. "하여간 과장님의 책임감은 뭐……. 솔직히 다들 놀랐습니다. 이렇게까지 철저하게 투명인간이 되어 임무를 수행하다니……." 황선호는 그가 사용한 '투명인간'이라는 단어가 잘못 사용되었다고 지적하고 바로 잡아주고 싶은 충동이 생겼지만 그게 무슨 대단한 일이라고, 하는 생각이 뒤이어 찾아왔으므로 허허, 웃었다. 잊고 있던 자신의 신분과 임무가 서서히 떠오르고, 마주 서서 이야기하는 옛 동료도 조금씩 친근해지는 것이 느껴졌다. 그러나 그의 이름은 여전히 생각나지 않았다. 황선호는 굳이 그 사람의 이름을 기억해내려는 노력을 하지 않기로 했다.

"20개월이 지났습니다. 우여곡절이 많았지만, 그래도 과장님 덕택에 모든 일이 잘되었습니다. 끝이 좋으면 다 좋은 거지요." 황선호는 임무를 성공적으로 수행해낸 조직원을 향해 찬

탄의 말을 늘어놓는 것 같은 옛 동료의 말이 부담스러웠다. 그곳에서 무슨 일이 일어나는지 생각하지 않고 지낸 지가 오래되었기 때문에 어리둥절하기도 했다. 그곳 사정을 궁금해하지 않으면서도 이상하다는 생각조차 하지 못했다. 모든 일이 잘되었다는 말을 통해 옛 동료가 전하려고 하는 바가 무엇인지 깨닫는 데도 시간이 조금 걸렸다. "이겼군요." 그의 말에는 열의가 실려 있지 않았다. 옛 동료는, 궁금하긴 해요? 하고 물으며 웃었다. "여기 계속 서서 이야기해야 하나요? 먼 데서 온 손님한테 대접이 영⋯⋯." 주변을 둘러보며 그렇게 말함으로써 황선호가 아직 이름을 떠올리지 못한 옛 동료는 긴장이 상당히 풀렸다는 것을 나타냈다. 황선호는 여기가 어때서, 하면서도 숙소 건물 앞 테라스 쪽으로 자리를 옮겼다. 김경호의 보보체리나무 그늘 아래 목수 친구가 만든 둥근 테이블이 놓여 있었다. 그곳으로 이동하는 동안 옛 동료는 같이 온 젊은 사람을 소개했다. "과장님 찾는 일에 나보다 더 애를 많이 쓴 친굽니다." 그 사람의 이름이 정확히 들리지 않았지만 황선호는 묻지 않았다. 아까부터 곁에 얌전히 서서 황선호에게서 눈을 떼지 않고 있던 그 젊은 사람은 꾸벅 인사했다. 악수는 하지 않았다. 우리 쪽은 아니고, 라는 동료의 설명 역시 황선호는 주의 깊게 듣지 않았다.

옛 동료는 어려운 선거였다고 말했다. 어려운 선거였지만 이겼다고, 한 표 차이로 이겨도 이긴 거고 백만 표 차이로 이겨도 이긴 거 아니냐고 덧붙였다. 황선호 덕분에 이겼다고 말했지만, 어려운 선거였다고 말함으로써 황선호 탓을 하고 있는 것 같기도 했다. 황선호는 송이 전화를 걸어 귀국을 종용했던 일을 떠올리며, 그때 내가 귀국했어야 했을까? 하고 중얼거렸다. 황선호는 혼잣말로 한 말이었지만 마주 앉은 옛 동료는 그 말을 자기에게 한 질문으로 들었다. "선거야 뭐 워낙 여러 가지 요인이 작용하니까요. 이겼다는 게 중요하지요." 그는 황선호 탓이 아니라고 분명하게 말하지 않았다.

보보체리나무의 무성한 잎들 사이로 햇빛이 비쳐들어 눈이 부셨다. 황선호는 얼굴을 옆으로 돌려 햇빛을 피했다. "여기는 햇빛이 참 강렬하군요. 며칠 있는데도 어찌나 뜨거운지. 이런 데서 어떻게 사나 싶더라고요. 그동안 정말 고생 많으셨습니다." 옛 동료는 늦게 찾아온 것을 사과하면서 선거가 끝난 후 안전한 귀국을 보장받기 위해 관계 부처와 물밑 협상하는 것이 만만치 않았다고 설명했다. 우여곡절이 있었지만 잘 정리되었다고 말하며 그는 황선호의 표정을 살폈다. "시장님이 마음의 부담을 많이 느끼고 계시다는 말을 전해달라고 하셨습니다. 왜 그렇지 않겠어요. 과장님의 헌신에 대해 우리 모두 무한한 감사와 존경의 마음을 가지고 있다는 말을 꼭 드리고 싶습니다. 현장에서 우리도 현실적으로 가능한 최선의 해결 방법을 찾으려고 애를 썼어요. 그건 알아주세요." 황선호는 진부하기 짝이 없는 드라마의 대사를 듣는 것 같아 집중이 되지 않았다. 하품을 할 정도는 아니었지만 흥미를 느끼지 못한 것은 사실이었다.

옛 동료가 그렇게 진부한 대사를 늘어놓은 것은 그들이 마련한 소위 '현실적인 최선의 해결 방법'이 황선호에 의해 최선의 방법으로 받아들여지지 않을 수도 있다고 걱정했기 때문이었다. 현실적인 방안인지는 모르지만 최선의 해결 방법은 아니라고 판단할 가능성이 높다는 것을 그는 모르지 않았다. 기린팀의 구성원들이 조직을 위해 살신성인한 동료를 상처 없이 복귀시키기 위해 최선의 노력을 기울인 것은 사실이었다. 그러나 최선의 노력이 반드시 최선의 결과를 낳는다고 할 수는 없었다. 그들이 놓인 현실이 최선을 축소하고 옹색하게 만들었다는 사실을 옛 동료는 설득시킬 의무를 가지고 있었고, 그가 아무리 성능이 좋은 자동차도 급경사나 울퉁불퉁한 도로에서는 최고 시속으로 달릴 수 없잖아요, 급경사나 울퉁불퉁한 도로는 자동차가 가진 최고 성능을 발휘하지 못하게 하잖아요, 라고 말할 때 황선호는 그가 그러려고 한다는 사실을 어렴풋이 이해했다. 그래서 그는 아무 말도 하지 않았는데, 동료는 그 침묵을 다르게 해석했다.

그는 이해시키기 어려운 일을 이해시켜야 하는 과제를 떠안은 자신을 탓하고 그런 과제를 떠안긴 동료들과 보스를 원망했다. 그는 자원하지 않았다. 아무도 자원하고 나서는 사람이 없었다. 20개월 전에 황선호가 자원하지 않았던 것처럼 그도 자원하지 않았고, 20개월 전에 황선호가 자원하지 않았지만 자원한 것처럼 되었던 것처럼 그도 자원하지 않았지만 자원한 것처럼 되었다. 그를 지목한 것은 시장이었다. 근거가 없지는 않았다. 정보기관을 상대하는 것은 그의 업무 중 하나였다. 여태 그쪽 사람들과 협조하며 일해온 사람이 아무래도 낫겠지, 하고 보스가 말했고, 그것은 그가 적임자라는 뜻이었고, 보스의 그 판단에 이의를 제기한 사람은 없었다. 그 업무를 맡아 할 의향이 있거나 자기 외에 다른 누군가가 적임자라는 걸 이해시킬 능력이 있다면 몰라도 그렇지 않는 한 굳이 이의를 제기할 이유가 없었으므로 모두 침묵했다. 그는 네, 뭐, 제가, 하며 어쩔 수 없이 받아들인다는 답을 마지못해 했고, 보스는 그의 어깨를 툭툭 쳤다. 그는 감정적이 되지 않으려고 애썼다. 그저 늘 해오던 일을 하는 것뿐이라고 자신을 타일렀다. 늘 해오던 일에 비하면 오히려 쉬운 일이 아닌가, 하고 중얼거리기도 했다. 어떤 의미에서는 그랬다. 그러나 쉬운 일이면서 특별한 일인 경우는 사정이 조금 달랐다. 쉽고 특별한 일을 맡기 위해서는 자신을 윽박지르는 일, 즉 안간힘이 필요했다.

광역자치단체장 선거는 험난했다. 예상한 대로 선거 초반에 상대 진영에서 제기한 건설회사의 뇌물수수 사건이 마지막까지 악재로 작용했다. 사전에 예측하고 미리 대비하지 않았다면 아마 재선의 벽을 넘지 못했을 것이다. 그 사건은 그 정도로 위력적이었다. 선거전에서는 실낱같은 의혹만으로도 치명타를 입는 일이 흔했다. 선거운동 기간이 짧아 의혹을 해명하고 반격하고 여론을 되돌리기가 어렵기 때문이었다. 그런 점에서 어차피 터질 일이라면 차라리 초반에 터져서 사람들의 감각을 무디게 하고 수습할 시간을 갖는 편이 나았다. 기린팀은 상대 후보 쪽에서 이쪽의 뇌물수수 사건에 대한 정보를 수집하고 있다는 것을 알고 그 편을 택했다. 시는 자체 감사 결과 시청 산하기관 소속 직원이 건설회사에 특혜를 제공하는 대가로 뇌물을 받은 비리가 포착되었다고 발표했다. 시장은 부하 직원을 잘 관리하지 못한 책임을 통감한다며 사과의 큰절을 했다. 믿고 맡긴 직원에 대한 배신감과 함께 철저한 조사와 관용 없는 처벌, 전 직원 전수 조사 등 강도 높은 대책을 내놓았다. 문제의 담당 직원으로 거명된 황선호가 나라를 떠난 직후였다. 감사의 칼끝이 자기를 향하고 있다는 것을 눈치챈 비리 당사자가 쥐도 새도 모르게 출국해버려 사건의 진상을 파악하기 어려워졌다는 보도가 나간 이후에 시장은 무거운 책임감을 느낀다는 사과문을 읽으며 다시 또 큰절을 했다. 모든 수단을 동원해 해외에 도피 중인 것으로 추측되는 직원을 조속히 귀국시키고 진상을 공개하겠다는 선언을 하고, 공무원 비리 사건의 재발 방지를 위한 획기적인 제도 개선과 공정하고 투명한 행정도 약속했다. 시장이 깊숙히 연관되어 있다는 여론의 줄기찬 의혹에 대해서는 악의적인 선동이라고 되받아 쳤다. 언론과 상대 후보 진영에서는 이 비리 사건의 몸통인 시장이 담당 직원을 나라 밖으로 빼돌렸다고 주장했다. 그 직원의 신상에 불상사가 생겼을 가능성을 제기하며 생사를 확인해야 한다고 주장하는 의견도 나왔다. 시장이 관련되어 있다는 증거를 찾아내려는 그들의 노력은 이쪽의 주도면밀한 대처 때문에 성공하지 못했다. 연관되어 있는 모든 사람들이 입을 맞추었다. 해당 건설회사에 11년 다니다가 퇴직한 한 직원이 업무와 관련 있는 공공기관을 관리하는 부서가 회사 내에 있다고 제보했지만, 그 제보가 구체적 사건을 특정한 것이 아닌데다가 그 제보자 역시 협력업체로부터 뇌물을 받은 일로 퇴직한 사실이 공개되면서 파장은 사그라들었다. 사건의 진실을 파악하기 위해 외국에 도피 중인 것으로 파악된 비리 혐의 직원을 강제 귀국 조치하라는 상대 후보 측의 요구가 빗발쳤다. 시장 캠프는 그 요구에 반대하지 않는다는 의사를 표명했다. 수사기관 역시 적극적인 수사 의지를 보였다. 적어도 표면상으로는 그러는 것처럼 보였다. 그러나 사라진 직원의 자취는 어디에서도 발견되지 않았고, 시간은 어김없이 흘러갔다. 수사기관과는 별도로 캠프에서도 황선호에게 여러 방면으로 귀국을 종용하는 메시지를 보내고 있다는 증거들을 제시했다. 연결되지 않은 수십 통의 통화 시도와 수신이 확인되지 않은 문자 및 이메일 내용이 공개되었다. 직원 가운데 두 명을 황선호가 도피한 것으로 확인된 나라로 급히 보냈다는 내용도 언론에 알려졌다. 캠프의 적극적인 대응은 효과가 있어서 긴가민가하다는 여론이 만들어졌다. 상대 후보 캠프에서도 이 문제에만 매달려 선거를 치르는 것이 유리하지 않다는 판단을 하고 더 이상의 이의제기를 삼가는 분위기로 돌아갔다.

다시 위기가 찾아온 것은 건설사 직원 가운데 한 사람이 유서를 통해 양심선언을 하고 스스로 목숨을 끊은 사건이 일어났기 때문이었다. 그 직원의 유서는 시장이 뇌물수수의 당사자라는 기왕의 의혹을 다시 불러일으켰다. 세상은 다시 뇌물 사건에 달려들었고 여론은 급속도로 악화되었다. 시장과 기린 팀의 고심이 깊어진 시기였다. 위기를 넘어서기 위해 여러 날 회의하며 가지가지 시나리오를 가지고 모의시험을 되풀이했다. 논의는 무성했지만 결론은 단순했다. 희생자를 한 명으로 유지해야 한다는 데 의견을 달리 하는 사람은 없었다. 황선호를 귀국시키자. 귀국해서 기자회견을 하게 하자. 모든 책임을 그에게 지우자. 되도록 빨리 털어버리자. 그것 말고 돌파해나

갈 길이 없다.

　그러나 황선호는 그 요구를 받고 연락을 차단했고, 어떤 연락에도 응하지 않았고, 행방을 알 수 없게 되어버렸다. 선거는 마지막까지 긴장을 늦출 수 없는 박빙의 승부가 이어졌다. 상대 후보는 끝까지 뇌물 사건을 물고 늘어졌고, 시장은 끝까지 자신의 무고함을 주장했다. 부하 직원을 관리하지 못한 데 대한 사과도 몇 차례 더 했다. 의혹을 깔끔하게 해소시켜주는 효과는 없었지만 반복적인 메시지를 통해 이슈 자체를 진부하게 만드는 데는 어느 정도 성공할 수 있었다. 1퍼센트 차이의 아슬아슬한 승리를 얻기까지 매 순간이 살얼음판을 걷는 것 같았다.

　선거가 끝난 후 그 뜨겁던 뇌물수수 사건은 사람들의 관심에서 멀어졌다. 언론도 조용했고 정치권의 공방도 사라졌다. 언제 그런 일이 있었느냐는 듯 아무도 그 일을 궁금해하지 않는 게 신기할 정도였다. 기린팀이 안전하고 조용하게 황선호의 거취 문제를 논의하기 위해 다시 연락을 취한 것은 선거일로부터 3개월이 지난 후였다. 이메일을 보내고 전화를 하고 문자 메시지를 남겼다. 그러나 역시 답이 없었다. 여러 경로를 동원하여 추적했지만 소재 파악도 되지 않았다. 한편에서는 그의 안전을 보장받기 위한 노력도 같이 진행했다. 관련 기관들과의 접촉과 협상이 이루어졌다. 수사기관은 실무자들의 접

대 수준이라는 건설회사 측의 일관된 주장을 받아들여 사건을
마무리하려 했다. 건설회사 직원의 죽음은 내부고발이나 양심
선언과 무관하고 죄책감에 의한 극단적 선택으로 해석되어 기
소장에 적힐 것이다. 그러나 선거운동 기간 내내 잠적해 있던
핵심 담당자인 황선호에게 아무 조치도 하지 않고 넘어간다는
것은 곤란하다는 것이 수사당국의 입장이었다. 그것은 시장의
입장과 다르지 않았다. 그는 야망이 있는 사람이었다. 시장직
은 그의 더 큰 야망을 위한 징검다리일 뿐 종착지가 아니었다.
그의 야망을 실현하는 과정에서 언제든 불거질 수 있는 방해
요소는 치울 수 있을 때 깔끔하게 치우고 가야 한다고 그는 판
단했다. 그냥 두면 언제든 다시 튀어나와 그의 발을 걸려 넘어
지게 할 거라고 그는 생각했다. 큰일을 위해 어느 정도의 희생
은 불가피하지 않은가, 하고 그는 회의 중에 말했고 그 말은
그대로 지침이 되었다.

핵심 인물인 황선호의 자진 출두 시나리오가 관계 기관과의
협상의 결과물로 제시되었다. 황선호는 건설회사 실무자가 제
공한, 처음에 드러난 액수에서 현저하게 축소된, 뇌물의 수수
를 인정하기로 했다. 가족 중 한 사람을 통해 우회적으로 현금
이 제공된 사실을 처음에는 알지 못했으며 인지한 후에는 곧
돌려주려 했으나 그 기회를 놓쳤다고, 스스로에게 엄격하지
못한 점을 깊이 반성하며 책임을 지겠다는 공항 도착 회견문

이 만들어졌다. 장기간의 도피에 대한 해명도 마련했다. 여태 독신인 그의 사생활이 이 시나리오에 활용되었다. 황선호는 오래전부터 꽤 가깝게 지내온 여자가 있다는 것을 고백하게 될 것이다. 해외 도피를 위해 출국한 것이 아니라 곧 결혼하게 될 그 여자와 여행을 떠났던 것이다. 공교롭게 시점이 겹쳐 오해를 산 것뿐이다. 귀국을 하지 않고 장기간 해외에 머문 것에 대해서도 대답을 준비했다. 국내 언론에 자기 이름이 거론된 걸 보자 덜컥 겁이 났으며, 선거에 미칠 부정적 영향을 생각하니 오래 모셔온 시장님께 죄송해서 일단 피하고 보자는 마음으로 연락을 차단했다고, 겁이 나서 머뭇거리다가 돌아올 시간을 잡지 못했다고, 결과적으로 잠적하는 꼴이 되어버렸다고 변명하기로 했다. 시나리오는 치밀하고 구체적이었다. 문제는 당사자인 황선호의 동의를 얻어 실행해야 한다는 점이었다. '투명한 하늘과 순수한 햇빛'의 도시 보보에 그 두 사람이 찾아오지 않을 수 없는 사정이 그랬다.

36

이제 다 끝났다고, 자기들과 함께 비행기를 타고 귀국하면 된다고, 그러면 이분이 알아서 다 처리할 거라고 하며 황선호의 옛 동료는 옆에 앉아 있는 젊은 남자를 가리켰다. 그러고는 티 나게 목소리를 낮춰, 보스가 상당한 보상을 약속했다는 말을 덧붙였다. 그 말이 황선호의 마음을 매우 언짢게 하리라는 걸, 황선호가 이름을 기억해내지 못한 기린팀의 옛 동료는 알지 못했다. 황선호는 그늘을 만들어 햇빛을 가려주고 있는 보보체리나무에 눈길을 준 채 말했다. "중요한 결정을 해야 했을 때 우리 어머니가 나에게 해준 말이 있어요. 네가 원하는 일을 해라. 남이 원하는 일이 아니라. 중요한 결정을 해야 하는 상황이 생길 때마다 그 말을 기억했어요. 그래도 항상 어려웠어요. 왠지 알아요? 내가 원하는 일이 무엇인지 잘 몰랐던 거예요. 그래서 늘 선택을 잘하지 못했어요. 그런데 이제는 그걸 알게 된 것 같아요. 적어도 내가 원하지 않는 일이 무엇인지는 분명히 알게 된 것 같아요." 옛 동료는 황선호가 하는 말의 뜻을 정확하게 이해하지 못했다. 그래서 무슨 말을 해야 할지 몰라 옆 사람을 쳐다보고 황선호를 쳐다보고 황선호의 눈길을 따라 보보체리나무를 쳐다봤다.

황선호는 잎이 무성한 나무 밑으로 들어가 거의 직각이 되게 고개를 젖혀 나무에 가득 열린 열매들을 바라보았다. 그리고 천천히 시선을 내려 나무줄기 한가운데로 옮겼다. 친구 김경호. 세월이 엉겨 붙어 바래고 흐릿해진 이름을 그는 읽었다. 그의 손이 나무줄기를 어루만졌다. 보보체리나무예요, 하고 그가 말했다. 그의 옛 동료는 그 말을 알아듣지 못했다. 나무에 붙은 이름도 읽지 못했다. 황선호와는 달리 그 사람의 마음에는 그 이름이 없었으므로 눈에 들어오지 않았다. 다만 황선호가 보보체리나무예요, 하고 말할 때 마치 사람을 소개하는 것 같은 이상한 느낌을 받기는 했었다. 그는 한참 지나서야 아, 체리로군요, 하고 황선호의 눈길을 따라 나무를 바라보았다. "이제까지 본 체리보다 훨씬 크고 색깔도 붉은 것 같아요." 황선호는 맛을 보겠느냐고 묻고 손을 뻗어 열매를 따서 그의 손바닥에 떨어뜨려주었다. "보보체리는 달콤하지만 약간 새콤해요. 입에 넣으면 향기가 몸속 구석구석 아주 오래 돌아다녀요." 황선호는 자기 입에 체리를 넣고 눈을 감았다. 그의 옛 동료는 벌써부터 심상치 않은 기운을 느끼고 말을 잃었다. 손 바닥 위의 체리를 입으로 가져가지도 못했다. 알 수 없는 어떤 기운이 그 열매를 입에 넣지 못하게 했다.

"나는 그 도시에 없는 사람이에요. 벌써부터 그랬지만 지금 은 더욱 그래요. 여기 있기 때문이지요. 나는 앞으로도 여기 있는 사람이기를 원해요. 친구들의 친구가 되기를 원해요." 황 선호는 보보체리나무 밑에서 그 말을 했다. 그 말을 할 때 나 무는 불어오는 바람을 맞아 가볍게 흔들렸다. 황선호가 끝내 이름을 기억해내지 못한 그의 옛 동료는 한 번도 경험해보지 못한 이상한 기운에 압도당해 아무 말도 하지 못했다. 그를 데 리고 가는 임무를 완수해야 한다고 생각하면서도 입이 열리지 않아 말하지 못했다. 보보체리나무에 주렁주렁 매달린 열매들 이 흡사 수천 개의 눈으로 쏘아보기 때문인 것도 같고 나뭇잎 들이 바람에 따라 흔들리며 내는 속삭임 때문인 것도 같고 못 본 사이에 전혀 다른 사람이 되어 있는 황선호 때문인 것도 같 았다. 하늘과 땅을 침묵이 지배했다. 침묵 사이로 나뭇잎이 살 랑거리고 체리 향이 퍼져나갔다. 쟝이 자전거의 페달을 밟으 며 지나갔다. 마리티무스가 저글링을 하듯 발을 바삐 움직이 며 그 뒤를 따랐다. ▪

작가의 말

이 소설은 2018년 5월부터 2019년 3월까지 《Axt》에 연재되었다. 연재를 마친 후 소설을 고치는 시간이 제법 오래 걸렸다. 나로서는 드문 일이다. 코로나 바이러스의 3년 통치기와 대부분 일치한 기간이었는데, 우리 안의 '다른 나라'에 대한 인식이 불안정하게 요동쳐서 기존의 구상을 고수하는 게 쉽지 않았던 것 같다. 내부의 국경이 이리저리 흔들렸다고 해야 할지 모르겠다. 나라와 나라 사이의 이동이 제한되어 있던 그 시간 동안 나는 내부인의 외부와 외부인의 내부 사이를 자주 오갔다. 어디에나 있는 다른 나라, 그리고 한 사람 안의 외부인에 대해 많이 생각했다. 뭔가 많이 바꾼 것 같은데 내용이 크게 달라지지 않았다고 느껴지는 것도 신기하긴 하다. 골격은 그대로 두고 내부를 꾸미는 데 신경을 쓴 셈이라고 해야 하나.

의식의 표출이 절제되고 이야기가 조금 튀어나온 것 같은 변화가 감지된다. 그 공정이 수월하지만은 않았으니 내용과 잘 어울렸으면 좋겠다.

내가 1년간 머물고 있던 엑상 프로방스에 들러 세계를 떠돌며 겪은 다양한 이야기들을 들려준, 아마 지금도 세계 어딘가를 떠돌고 있을 자전거 여행가 임송학 님과 연재 기회를 주고 긴 퇴고의 시간을 기다려준 은행나무출판사에 감사의 인사를 드린다.

2022년 가을
이승우

이국에서

1판 1쇄 발행 2022년 9월 29일
1판 2쇄 발행 2022년 11월 11일

지은이 · 이승우
펴낸이 · 주연선

(주)은행나무
04035 서울특별시 마포구 양화로11길 54
전화 · 02)3143-0651~3 ｜ 팩스 · 02)3143-0654
신고번호 · 제 1997—000168호(1997. 12. 12)
www.ehbook.co.kr
ehbook@ehbook.co.kr

ISBN 979-11-6737-225-3 (03810)